CW01510621

SAS

COUP D'ÉTAT À TRIPOLI

DU MÊME AUTEUR

GÉRARD DE VILLIERS

COUP D'ÉTAT À TRIPOLI

Éditions Gérard de Villiers

Retrouvez les Éditions Gérard de Villiers sur :

www.editionssas.com

Modèle : tous droits réservés

Photographe : droits réservés

Cover Design : Michel Allandrieu

Éditions Gérard de Villiers, 2015

ISBN 978-2-360-53527-9

PROLOGUE

Le colonel Muammar Kadhafi était en proie à une sourde angoisse. Pourtant, installé au fond d'une immense tente climatisée, au sol recouvert de tapis précieux, il se trouvait dans son élément : le désert. Très exactement au sud de la ville de Syrte, là où il était né.

On introduisit son visiteur et les deux hommes entamèrent une conversation à voix basse, comme si on avait pu les entendre, alors que des gardes empêchaient qui que ce soit de s'approcher de la tente. Le colonel avait déjà reçu une douzaine de personnes, tous des fidèles, cherchant à recouper des bribes d'informations qui nourrissaient une inquiétude grandissante chez lui. L'homme avec qui il s'entretenait, Ahmed Gedafedam, était à la fois son cousin, un des responsables de ses services de renseignement et un diplomate plus à l'aise que lui dans le monde occidental. Et son cousin lui confirmait certains bruits fâcheux : les Américains préparaient quelque chose contre lui, Kadhafi. Or, le colonel Kadhafi n'avait peur que d'une chose en ce bas monde : des Américains. Le bombardement de Tripoli en 1986 l'avait traumatisé. Jamais il n'aurait pensé qu'ils oseraient. Ce jour-là, il avait échappé à la mort de justesse et sa fille adoptive avait été tuée. Mais, surtout, il s'était senti totalement impuissant.

Depuis, il s'était efforcé de garder un profil bas, pour

désamorcer tout conflit. Haut et fort, il avait proclamé son désengagement du terrorisme et sa volonté de paix.

Il avait également prétendu renoncer à toute fonction d'autorité, laissant le pouvoir aux Comités révolutionnaires et se retirant ostensiblement dans le désert.

Chaque fois qu'il accordait une interview, il mettait l'accent sur son pacifisme, essayant de donner de lui une image positive.

Seulement, tout cela n'était qu'un écran de fumée. Plus que jamais le colonel Kadhafi poursuivait sa politique agressive. Certes, les bouleversements survenus à l'Est en 1990 avaient perturbé les activités de ses réseaux en Europe : les services roumains ne fournissaient plus de passeports, les autres pays de l'Est avaient démantelé les réseaux libyens ou les groupes associés, comme celui d'Abu Nidal. Mais, chaque fois qu'il le pouvait, Kadhafi poussait ses pions en Afrique, par la terreur et le meurtre. Par l'intermédiaire du Bureau exportateur de la Révolution, il continuait à aider les groupes terroristes de tout poil. Mieux, il avait réussi à construire une usine pour produire des armes chimiques, à Rabta, la déguisant en centre de production pharmaceutique. Le Mathaba continuait à aider les ennemis d'Israël et des pays « impérialistes ».

Kadhafi savait que les Américains savaient et qu'ils n'attendaient qu'une occasion de se débarrasser de lui. Ils savaient aussi qu'il continuait à être le véritable patron de la Libye.

Les neuf directions concentrant tous les pouvoirs en matière de sécurité étaient tenus par des hommes à lui, comme le Conseil suprême de Sécurité, l'organe qui contrôlait toute la Libye.

Lorsqu'il eut terminé sa conversation avec son cousin, son inquiétude avait encore grandi. Il était sûr maintenant que les Américains avaient juré d'avoir sa peau.

Allait-il arriver, une fois de plus, à déjouer leurs plans ? Depuis le 1er septembre 1969, date où il avait pris le pouvoir en Libye, ce n'était pas la première fois qu'on cherchait à l'éliminer. Mais, à ce jour, tous ses ennemis étaient au cimetière et, lui, était toujours bien vivant.

CHAPITRE PREMIER

Le colonel El Mabrouk Sahban, lancé à pleine vitesse dans la rue, déserte qui longeait la voie ferrée Tunis-La Marsa, dépassa la villa où il se rendait, surplombée par l'hôtel de *La Reine Didon*, et dut freiner brutalement. Les heures de conduite sur les routes rectilignes et monotones entre Tripoli et Tunis avaient émoussé ses réflexes. Après une brève marche arrière, il se rangea devant une grosse villa cossue cachée dans les frondaisons d'un jardin en friche, comme il y en avait tant dans ce quartier résidentiel de Carthage Dermech, à une dizaine de kilomètres au nord de Tunis.

De l'ancienne ville romaine, il ne restait que quelques ruines éparses sur les collines pelées.

Il eut l'impression d'entrer dans un four quand il sortit, sa veste à la main, de sa Corolla climatisée, à la plaque verte libyenne. Sa chemise et son pantalon, déjà froissés, s'imprégnèrent de transpiration le temps de traverser la rue. Dans cet endroit chic de Carthage, on ne laissait pas jouer les enfants dehors et, pour les adultes, c'était l'heure sacro-sainte de la sieste.

Un peu plus haut, deux policiers en gris veillaient à l'entrée du raidillon menant à la résidence du ministre de l'Intérieur.

Le colonel libyen entra dans le jardin et sonna. Toutes les fenêtres étaient équipées de *moucharabieh*[1], interdisant d'apercevoir l'intérieur.

---

1. Croisillons de bois formant écran, typiques de l'architecture arabe.

La porte s'ouvrit aussitôt sur une fillette aux cheveux frisés et aux grands yeux noirs à l'expression déjà trouble. Son corps à peine formé était dissimulé sous une *hark*[1] et elle avait les pieds nus.

Elle inclina la tête sans un mot et s'effaça pour le laisser passer.

La fraîcheur du hall sombre était délicieuse après la canicule de l'extérieur. Le Libyen, suivit la fillette jusqu'à un petit salon mauresque plein de poufs, de divans et de mobilier syrien aux formes raides et aux incrustations de nacre. Elle l'y abandonna et disparut.

Un claquement de mules sur le dallage fit tourner la tête à l'officier libyen. Une femme surgit dans le salon. Une sorte de monstre. La tête aux cheveux flamboyant de henné était encore superbe, avec un visage sensuel, éclairé par deux yeux bleus étonnants et une bouche comme un coquelicot.

Cela se gâtait à partir du triple menton. Une djellabah en lourde soie verte essayait de retenir les innombrables bourrelets d'un corps éléphantesque réduit à une masse graisseuse et informe. L'échancrure du vêtement révélait la naissance de deux seins qui auraient pu nourrir toute la population du Bangladesh. Seules les longues mains aux ongles interminables n'étaient pas trop atteintes.

Galant, le colonel Sahban arbora instantanément un sourire qui se voulait plein de gourmandise et s'empara des deux mains de son hôtesse pour les baiser successivement.

— Leila ! Quelle joie de te revoir. Tu es superbe !

Leila Kadouni ne réagit pas. Depuis qu'un dérèglement thyroïdien avait transformé une des plus jolies femmes de Tunis en monstre gélatineux, elle devait subir plusieurs fois par jour ce genre de compliment hypocrite d'hommes qui ne s'aventuraient jamais au-delà du baisemain. Voulant en faire plus, El Mabrouk Sahban essaya de la prendre par la taille, mais renonça devant l'ampleur du projet.

— As-tu fait bon voyage ? demanda-t-elle.

1. Robe sans couture.

— Fatigant, reconnut-il avec une grimace. La route est vraiment longue.

De Tunis à Tripoli, cela faisait huit cents kilomètres. Sans autoroute. Avant, pour ce genre d'escapade, on prenait l'avion. Depuis l'embargo sur le trafic aérien imposé à la Libye par les Nations unies, il n'y avait plus que la voiture.

— Ici, tu vas oublier les fatigues de ce long voyage, annonça-t-elle d'une voix sucrée.

Après avoir été une des call-girls les plus chères de Tunisie, une dizaine d'années auparavant, Leila Kadouni, mi-turque, mi-française, s'était reconvertie dans ce que les Tunisiens appelaient le « bezness ». C'est-à-dire qu'elle dirigeait d'une main de fer une organisation de prostitution destinée principalement aux « frères » des pays arabes les plus fortunés. Les filles, toutes maghrébines, parfaitement dressées, offraient à leurs clients réguliers, comme le colonel Sahban, la possibilité de réaliser leurs fantasmes, interdits dans des contrées austères.

La fillette qui avait ouvert réapparut, portant un plateau de cuivre sur lequel se trouvaient une bouteille de Johnnie Walker Carte Noire, un verre et des glaçons. Elle le posa et leva sur l'officier le regard effronté de ses yeux déjà maquillés de khôl.

— Pas de glace, indiqua le colonel Sahban.

Elle le servit généreusement, et il vida son verre d'un coup. L'alcool acheva le travail de l'atmosphère feutrée et du parfum qui alourdissait l'air.

Leila Kadouni contemplait son client avec l'indulgence d'une mère offrant à son fils sa première raquette de tennis. Lorsqu'il eut reposé son verre, elle le prit par la main, l'entraînant vers l'escalier recouvert d'une épaisse moquette. Au premier étage, une douce musique arabe sortait d'invisibles haut-parleurs et les murs épais de la villa arrêtaient tous les bruits de l'extérieur.

Leila Kadouni poussa une porte en bois cloutée et s'effaça pour laisser passer le colonel El Mabrouk Sahban. Ce dernier s'immobilisa sur le seuil, fasciné par le spectacle qu'il découvrait.

L'adrénaline se rua dans ses artères comme un torrent et il sentit soudain son ventre s'alourdir.

Un immense lit à baldaquin en bois doré tarabiscoté occupait presque tout l'espace. Les quatre colonnes torsadées soutenaient un ciel de lit fait de miroirs assemblés. D'autres recouvraient l'intérieur des quatre bordures encadrant l'immense matelas de trois mètres sur trois, drapé de tissus multicolores. Trois jeunes créatures s'ébattaient dans des poses languissantes au milieu de ce ring érotique. Une brune, visiblement très jeune, vêtue seulement d'une sorte de sari, l'enveloppant des hanches aux chevilles. Ses seins nus étaient incroyablement longs et pointus, et son maquillage, à base de khôl et de paillettes d'or, lui donnait l'air d'une hétaïre de l'Antiquité. À genoux, le torse très droit, elle posa un regard brûlant sur l'entrejambe du colonel libyen.

Une autre fille, debout, était appuyée à une des colonnes du baldaquin, sanglée dans une guêpière en vinyle noir à laquelle étaient accrochés des bas brillants montant très haut sur les cuisses. Légèrement déhanchée, le buisson de son ventre taillé en forme de cœur, elle arborait aussi un sourire salace.

Une troisième créature était allongée sur le ventre, drapée dans une djellabah blanche d'une finesse arachnéenne moulant sa croupe callipyge. Le dos creusé, une expression d'invite sur son visage rond encore enfantin, encadré de cheveux frisés, elle lança à El Mabrouk un regard qui faillit lui faire péter les artères. Comme si cela ne suffisait pas, elle se souleva légèrement face à lui, révélant les pointes brunes de ses seins, grosses comme des crayons, longues de plus d'un centimètre !

Leila Kadouni posa sa bouche chaude contre l'oreille du Libyen.

— Tu vois que je connais tes goûts, El Mabrouk ! murmura-t-elle. Houda, Saïda et Mina vont te faire oublier ta fatigue.

Une seule femme ne suffisait jamais au colonel Sahban. Même lorsqu'il était en voyage avec la sienne, dans ses déplacements officiels à l'étranger, il l'installait dans un hôtel, et lui résidait dans un autre, avec une suite pleine de call-girls payées par la Jamahiriya libyenne...

La gorge sèche, El Mabrouk Sahban ne put même pas répondre. Comme un enfant devant une vitrine de confiseries. Leila Kadouni ajouta :

— Donne tes vêtements à Amina, elle va te les repasser. Et ne sois pas trop brutal avec Saïda. Elle est presque vierge.

Entendant son nom, la fille allongée se redressa un peu et le Libyen crut que son ventre allait exploser.

Discrète, Leila Kadouni se retira.

Aussitôt, la fille en guêpière de vinyle noir vint se coller à El Mabrouk.

— Je m'appelle Mina, roucoula-t-elle. Nous allons t'aider avec Houda à retirer tes vêtements.

La fille en sari s'approcha à son tour et le Libyen eut l'impression que tout ce qu'il portait était aspiré par une tornade. À peine fut-il nu qu'il sentit entre ses cuisses les seins pointus de Houda et qu'une bouche docile l'engloutit. Il était dans un tel état qu'il ne prêta aucune attention à Amina qui, se déplaçant comme une ombre, vint récupérer tous ses vêtements.

Fiévreusement, il palpait la croupe de Mina découverte en grande partie par la guêpière, faisant courir son doigt entre les fesses rondes.

Saïda – celle qui était « presque vierge » – s'étira et rejoignit langoureusement le groupe. Glissant la tête entre Mina et le Libyen, elle colla sa bouche à sa poitrine, commençant une sarabande infernale avec une langue agile et pointue. Une caresse impossible à obtenir des quelques rares putes de Tripoli, abruties et paresseuses...

C'était Byzance ! Le plaisir montait de tous les côtés et El Mabrouk sentait son sexe prendre des proportions pharaonesques. Il envoya une main sous la djellabah de Saïda, découvrant un sexe rasé qui doubla son excitation.

Leila Kadouni avait vraiment bien fait les choses.

Le groupe formé par le Libyen et les trois filles oscillait à côté du lit dans un concert de soupirs et de murmures.

Déchaîné, El Mabrouk arracha pratiquement la djellabah transparente de Saïda, fit ce dont il avait envie depuis son premier regard. Il prit les longues pointes entre ses gros doigts et les tordit violemment en éprouvant un plaisir si violent qu'il faillit exploser dans la bouche de Houda. Saïda poussa un long cri filé sans qu'il sache si c'était de plaisir ou de douleur. Ce dont il se moquait d'ailleurs éperdument. La langue de Houda lui procurait des sensations telles que, pour prolonger son plaisir, il dut s'arracher à la caresse de velours. Il aurait voulu avoir plusieurs sexes et autant de bras qu'une pieuvre.

*

Leila Kadouni chaussa ses lunettes de presbyte et commença à examiner le contenu des poches du colonel El Mabrouk Sahban, sortant un à un tous les papiers. Pendant ce temps, Amina repassait ses vêtements dans la pièce voisine. L'ancienne call-girl fit deux tas. Celui de gauche n'avait aucun intérêt. Celui de droite pouvait en avoir.

Dès qu'elle eut terminé, Leila s'installa près d'un fax, composa un numéro et entreprit de transmettre tous les documents ! Ils aboutissaient à un bureau, au septième étage du ministère de l'Intérieur tunisien, avenue Habib-Bourguiba, à la section de la Sécurité intérieure. Afin d'exercer paisiblement son activité, Leila Kadouni travaillait comme informatrice pour les services tunisiens, espionnant tous ses clients potentiellement intéressants. Grâce à cette collaboration, elle n'avait jamais d'ennuis avec la police. La transmission terminée, Leila Kadouni alla rapporter tous les papiers à Amina qui terminait son repassage. Les documents remis en place, elle s'installa sur une méridienne après avoir rempli un grand verre de Cointreau et de glaçons. Une de ses dernières satisfactions sensuelles. Il n'y avait plus qu'à attendre que le colonel El Mabrouk Sahban ait terminé sa petite orgie.

Au vu de la liasse de dinars libyens, Leila Kadouni avait décidé de le taxer de trois cents dinars tunisiens[1]. Cent par

1. Environ 2 000 F.

fille. Elles en touchaient dix, ce qui laissait à Leila largement de quoi vivre.

*

El Mabrouk Sahban, allongé sur le dos, était au paradis. Il leva les yeux vers les miroirs encastrés dans le ciel de lit, qui lui renvoyèrent l'image des trois filles occupées à lui donner du plaisir. Elles l'avaient finalement entraîné sur le lit, Saïda prenant la place de Houda, pour une fellation plus lente, presque majestueuse, qui permettait au Libyen de jouer avec les interminables pointes brunes de ses seins. Les miroirs installés sur les côtés du lit reflétaient une croupe ronde qui lui donnait des fourmis dans le sexe.

Houda, elle, frottait ses seins aigus contre ceux de son client, les pinçant, les léchant, agenouillée pour qu'il puisse avoir libre accès à son sexe sans effort inutile.

Mina, toujours sanglée dans sa guêpière de vinyle, regardait la scène en se caressant lentement. Finalement, elle referma les cuisses sur une des colonnes torsadées en bois doré, s'y frottant comme une chatte en chaleur. Roulant ensuite sur elle-même, elle se retrouva à quatre pattes, parallèlement à El Mabrouk, mais tête-bêche. Elle se retourna alors, les reins bien cambrés, avec un sourire d'invite. Bien synchronisée, Saïda arrêta sa fellation. El Mabrouk n'en pouvait plus. Il bondit sur ses pieds, se plaça derrière Mina, écartant ses cuisses violemment, prêt à l'investir. Il n'eut même pas à faire l'effort de se guider en elle, Saïda et Houda se précipitèrent, le menant habilement dans le ventre offert.

Houda se plaça ensuite derrière et appuya violemment sur ses hanches afin qu'il embroche d'un coup la fille agenouillée, la tête dans ses mains. Le membre épais du Libyen disparut au fond du ventre de Mina et elle se cambra encore plus. Après toutes ces agaceries, c'était une sensation délicieuse, ce fourreau tiède et serré autour de lui. El Mabrouk referma les mains sur les hanches gainées de vinyle et se mit à défoncer Mina de tout son poids avec des « han » de forgeron, lui arrachant des hurlements de plaisir parfaitement simulés. Elle n'avait d'orgasme qu'avec une autre femme, mais, cela, El Mabrouk ne pouvait pas le savoir.

Il se donnait tellement de mal que Houda n'arrivait plus à continuer à agacer ses seins convenablement.

Le Libyen était trop excité pour chevaucher longtemps sa prise. Très vite, il commença à grogner sur un rythme de plus en plus haletant, encouragé par Houda qui lui glissa à l'oreille :

— Vas-y ! Vas-y ! Oh, Mabrouk ! défonce-la, nique-la bien.

Il explosa dans un grand éblouissement et retomba sur le côté, voyant des étoiles partout.

Immédiatement, une bouche se referma sur son sexe encore gonflé, une autre sur ses seins.

Il fut de nouveau présentable très vite. Rapidement, Houda vint l'enfourcher, enfouissant le gros sexe au fond de son ventre juvénile avec une grimace de satisfaction. El Mabrouk s'amusa un peu de cette façon, mais il ne voulait pas finir ainsi.

Il balaya sa partenaire comme on renvoie un animal, se dressa à genoux, bandant comme un cerf, et prit Saïda par la nuque. Celle-ci lui décocha aussitôt un regard aussi soumis que provocant.

— Que veux-tu ? Oh, Mabrouk ! demanda-t-elle. Je suis encore presque vierge.

Elle savait très bien ce qu'il voulait et s'y était préparée, ointe d'huile odorante. Le Libyen la courba en avant et elle s'allongea docilement sur le ventre, la croupe aussitôt relevée par un coussin glissé sous elle par Houda. El Mabrouk se plaça derrière elle et Mina vint aussitôt susurrer à son oreille avec un sourire vicieux :

— Tu vas la défoncer avec ton gros sexe de bouc ! Dans la mythologie arabe, le bouc, c'était par définition le Sexe avec un grand « S ».

Houda avait empoigné son membre, le masturbant un peu pour lui donner encore plus de consistance. Elle l'approcha de la croupe de Saïda, le posant contre l'ouverture de ses reins. El Mabrouk en frémit de plaisir anticipé.

— Vas-y ! Déchire-la, murmura Houda d'une voix fluette et pleine de vice.

En même temps, elle pinçait les fesses poilues du Libyen. Ce dernier poussa en avant de toutes ses forces et s'enfonça d'un coup dans l'étroite ouverture. Jusqu'au fond, presque sans difficulté, ce qui le frustra quelque peu. Heureusement, Saïda poussa un cri horrible et se répandit en gémissements bien répétés et en supplications.

— Arrête ! Arrête ! Oh, Mabrouk ! Tu me déchires, tu vas me tuer !

En même temps, elle ondulait des hanches sous lui, ce qui eut pour effet de l'exciter encore plus. Poussé, léché, asticoté de tous les côtés, El Mabrouk se mit à sodomiser Saïda comme un fou, encouragé par les voix susurrantes et obscènes de ses autres partenaires.

— Déchire-la, grondait Mina, regarde comme tu es gros.

Sous les coups de boutoir d'El Mabrouk, sa « victime » s'était retrouvée à plat ventre. En appui sur les avant-bras, comme pour faire des tractions, le Libyen se laissait tomber de tout son poids sur ses fesses cambrées, avec l'impression de s'enfoncer chaque fois un peu plus dans les reins offerts.

Impression renforcée par les cris déchirants de la sodomisée. Ses deux copines riaient sous cape. Vu son expérience et son goût pour la sodomie, Saïda aurait pu avaler un membre d'âne sans vraiment se faire de mal, mais il fallait faire rêver le client... Ce dernier se déchaînait, jouissant de chaque fraction de seconde. Des gouttes de sueur tombaient de sa poitrine velue sur les reins creusés de sa « victime ». Mina réussit à se glisser entre leurs deux corps et se mit à le téter comme une louve romaine. Ce qui l'acheva.

Avec un cri rauque, secoué comme un électrocuté, il se déversa dans les reins complaisants, sous les encouragements des deux autres salopes. Tout de suite après, Mina vint essuyer sa transpiration et l'entraîna dans une salle de bains où elles se mirent à le frictionner avec des éponges naturelles imbibées d'huiles parfumées.

Lorsqu'il revint dans la chambre, récuré jusqu'au bout du

sexe, Saïda gisait toujours sur le ventre et lui lança d'une voix mourante :

— Jamais je n'avais connu cela. Oh, Mabrouk ! Tu es un bouc royal.

La servante attendait avec ses vêtements. Il se rhabilla et, son orgueil flatté, distribua quelques billets avant de gagner l'escalier. Leila Kadouni surgit avec un sourire complice.

— Tu as aimé mon lit ?

— Il est magnifique, s'extasia El Mabrouk Sahban.

— C'était celui du premier bey de Tunis, commenta Leila. Il y couchait avec ses quatre favorites. La prochaine fois, tu pourras l'imiter, si tu le souhaites.

Le Libyen se récria. Trois, c'était suffisant. Tandis qu'il comptait les billets de dix dinars, Leila Kadouni demanda d'un ton détaché :

— Tu restes longtemps à Tunis ? Veux-tu que je t'arrange quelque chose d'autre ?

— Hélas, non, répliqua El Mabrouk Sahban, j'ai un rendez-vous tout à l'heure et je reprends ensuite la route pour Tripoli.

— Qu'Allah le Clément et le Miséricordieux veille sur toi, conclut Leila en glissant les billets dans une poche de sa djellabah. Tu seras toujours le bienvenu dans ma maison.

Dans le hall, le Libyen trouva Amina, un grand parapluie à la main. En babouches, elle l'escorta jusqu'à sa voiture, le protégeant du soleil brûlant.

Dès qu'il fut sorti, Leila gagna son bureau, rangea les billets dans un coffre et composa le numéro de téléphone de son correspondant au ministère de l'Intérieur.

— Il repart tout à l'heure, annonça-t-elle avant de raccrocher.

Elle reversa un peu de Cointreau sur les restes de ses trois glaçons, attrapa un bol de pistaches avec un soupir. Depuis longtemps, elle passait le plus clair de son temps dans cette pièce.

Grâce à des centaines d'informateurs comme Leila Kadouni, le ministre de l'Intérieur surveillait efficacement le pays.

Chaque matin, il trouvait sur son bureau une note détaillée sur les activités des personnes « sensibles ». Il avait jugulé la menace intégriste avec une brutalité qui avait fait l'admiration des connaisseurs et provoqué des couinements de la Ligue des Droits de l'Homme, envoyant des milliers de suspects en prison, sans jugement. Les Libyens étaient, certes, des « frères », mais ils aimaient la Tunisie d'un amour parfois envahissant. Les services tunisiens les soupçonnaient de financer partiellement les intégristes.

Un quadrillage pesant dans toutes les villes faisait comprendre à la population que les intégristes n'avaient pas le vent en poupe. D'ailleurs, on ne voyait pratiquement plus de femmes voilées dans les rues.

À tel point qu'on disait dans la médina que sur quatre Tunisiens, il y avait trois flics et demi, le quatrième ne travaillant qu'à mi-temps...

Dans Tunis même, les policiers en gris, talkie-walkie à la ceinture, étaient omniprésents, renforcés par des nuées d'indicateurs.

Tous les étrangers « sensibles » étaient « chouffés »[1] sans discontinuer.

*

El Mabrouk Sahban venait juste de s'installer à l'ombre d'un parasol sur une chaise-longue, au bord de la piscine de l'hôtel *Abu Nawas*, palace ultra-moderne construit au milieu du parc Kennedy, entre l'avenue Mohammed V et le lac de Tunis, lorsqu'une jeune femme blonde pénétra sur le terre-plein de la piscine, à l'étage de la mezzanine, venant de l'intérieur de l'hôtel.

Il faisait un temps à faire prendre un coup de soleil à un lézard, aussi le colonel libyen était-il le seul client de la piscine. Comme tous les Arabes, il n'aimait guère le soleil, mais il était en avance pour son rendez-vous et en profitait pour

1. Surveillés. De « chouf » : regarder.

récupérer dans cet endroit calme, un Johnnie Walker à portée de la main.

La nouvelle venue ressemblait un peu à une hippie avec sa longue robe informe en tissu à fleurs, ses espadrilles et sa besace accrochée à l'épaule.

Des lunettes noires dissimulaient son regard.

La voyant s'avancer dans sa direction, El Mabrouk Sahban la suivit des yeux, vaguement intrigué. Arrivée à un mètre de lui, elle s'arrêta, plongea d'un geste naturel la main dans son sac et la ressortit, tenant une poche de tissu noir d'où émergeait le canon d'un pistolet alourdi d'un silencieux.

À bout portant, avant que le colonel libyen n'ait eu le temps de se redresser, l'inconnue lui tira posément trois balles dans la tête.

CHAPITRE II

Bryan Palmer, chef de station de la Central Intelligence Agency à Tunis, observait le colonel El Mabrouk Sahban depuis quelques minutes lorsqu'il vit surgir l'inconnue blonde au grand sac. L'Américain se trouvait au sixième étage de l'*Abu Nawas*, dans une chambre louée pour la journée pour son rendez-vous avec le colonel libyen. Il ne se faisait aucune illusion. Les services tunisiens savaient à peu près *tout* ce que la CIA faisait à Tunis, ses téléphones étaient sur écoute, et, en dépit de la très grande cordialité de ses homologues, il ne pouvait se conduire en terrain conquis. Il y avait donc de grandes chances pour qu'ils soient au courant de cette rencontre.

— *God damn it !*

Avant même que l'inconnue ne tire l'arme de son sac, Bryan Palmer avait eu un pressentiment. On ne traîne pas dans le Renseignement pendant vingt ans sans acquérir un sixième sens. Il se jeta sur la fenêtre pour l'ouvrir et alerter le Libyen. Trop tard.

Impuissant, il assista au meurtre, vit le colonel El Mabrouk Sahban tenter de se redresser avant de retomber, le visage couvert de sang. Puis, sa meurtrière remit dans sa besace le sac noir contenant son arme et destiné à recueillir les douilles vides.

Une vraie professionnelle. L'Américain allait se ruer vers l'ascenseur pour tenter de l'intercepter dans le hall, lorsqu'il la vit se diriger vers l'autre extrémité de l'esplanade en ciment où était enchâssée la piscine, à la hauteur du second niveau de l'hôtel.

La tueuse, d'un pas tranquille, gagna un des angles dominant la voie transversale reliant l'avenue Mohammed-V à la voie nord-sud. Là s'amorçait un escalier dans lequel elle disparut.

Probablement une issue de secours aboutissant deux étages plus bas.

Quelques instants plus tard, Bryan Palmer repéra une 205 Peugeot rouge qui décollait du trottoir parallèle à l'hôtel et se mêlait à la circulation en direction de la voie nord-sud. Le véhicule était conduit par un homme jeune et brun. De sa passagère, en partie cachée par le toit, l'Américain saisit au vol un pan de robe à fleurs. C'était bien la tueuse. Arrivée au feu rouge, la 205 tourna à droite, vers le centre-ville, Bizerte ou Hammamet...

Bryan Palmer reporta son regard sur le colonel El Mabrouk Sahban. La piscine étant déserte, personne ne s'était encore aperçu de sa mort. Il paraissait dormir au soleil. Bryan Palmer se rua dans l'ascenseur. Si le Libyen avait des papiers dans sa chambre, autant les récupérer avant que les barbouzes tunisiennes ne fassent leur apparition.

*

L'Airbus A 320 d'Air France entama avec douceur sa descente vers l'aéroport de Carthage. Penché vers le hublot, ayant tout juste terminé son caviar, Malko regardait ce pays où il n'avait pas mis les pieds depuis dix ans[1]. Toujours la mer bleue, les plages désertes et la laide ville plate, truffée d'usines.

Vue d'avion, Tunis semblait minuscule, avec l'avenue Habib-Bourguiba – les Champs-Élysées locaux – allant de la mer à la médina et quelques quartiers périphériques à la riche architecture moderne.

1. Voir « Commando sur Tunis », SAS n° 68.

Dans le hall d'arrivée, il retrouva l'odeur familière du Maghreb et le brouhaha méditerranéen. À peine émergeait-il de la douane qu'un jeune homme blond et très maigre s'avança vers lui et demanda respectueusement :

— Mr. Linge ?

— Oui, dit Malko.

— Bonjour, je m'appelle Robin Ferry et je suis chargé de vous conduire chez Mr. Palmer.

Il semblait frais émoulu de Harvard. Une jeune recrue de la *Company*… Malko le suivit jusqu'à une Ford grise dont la plaque commençait par 22, numéro diplomatique des États-Unis, conduite par un chauffeur à la nuque rasée. Sûrement un Marine. La circulation était fluide sur la route de Tunis, mais il ne dépassait pas les 90.

— Je vous ai retenu une chambre à l'*Abu Nawas*, annonça Robin Ferry, c'est ce qu'il y a de mieux à Tunis.

— Et le *Hilton* ?

Le jeune Américain eut un sourire contraint.

— Mr. Palmer dit que le *Hilton* a été vaincu par l'Afrique ; il est totalement pourri. Mr. Palmer a pensé que vous aimeriez l'*Abu Nawas*. Vous voyez, c'est le grand bâtiment blanc, là-bas.

Il désignait, loin devant, une grande bâtisse hypermoderne avec des formes compliquées assez laides, entre le lac de Tunis et l'avenue Mohammed-V. La première chose qui frappa Malko dans le hall de l'*Abu Nawas*, ce fut l'odeur pestilentielle, mélange de cadavre en décomposition et de pourriture, que personne ne semblait remarquer. Il mit quelques secondes à comprendre que c'étaient les effluves du lac de Tunis, dont l'eau morte croupissait sous le soleil accablant. À part ce menu détail, tout était rutilant, il y avait du marbre partout et les ascenseurs marchaient. Malko déposa ses bagages dans sa chambre et rejoignit son cicérone.

— L'ambassade se trouve toujours avenue de la Liberté ? demanda-t-il.

— Toujours, sir, répondit Robin Ferry, mais Mr. Palmer

dispose d'une villa un peu plus loin, place Pasteur. C'est là que nous allons… L'ambassade n'est pas trop discrète.

C'était une litote. L'énorme complexe de bâtisses blanches, protégé par un haut mur et des grilles aux pointes acérées ressemblait à une forteresse en état de siège ! Des plots en ciment sur le trottoir de l'avenue de la Liberté l'empêchaient d'être atteint par d'éventuelles voitures piégées et la moitié de l'armée tunisienne semblait s'être donné rendez-vous là. Sans compter les faux balayeurs, les faux employés du gaz et les promeneurs à l'œil trop vif qui traînaient alentour…

Deux cents mètres plus loin, la Ford déboucha sur la place Pasteur. Elle stoppa devant une villa mauresque, cachée dans la verdure, juste en face du jardin botanique. Seul détail incongru : les reflets verdâtres des fenêtres révélant qu'elles étaient en verre blindé. Un coup de « bip » et le portail glissa silencieusement, découvrant des caméras et une barre d'acier qui se leva aussitôt.

Le temps que Malko descende de la voiture, un homme débouchait sur le perron pour l'accueillir. La cinquantaine, de grosses lunettes d'écaille, des cheveux poivre et sel rejetés en arrière, rougeaud, d'apparence négligée, avec un costume clair froissé. Les boutons de sa chemise tendus à se rompre sur son estomac étaient plus loquaces que toutes les explications… Ce n'était pas un ascète.

— Bryan Palmer, annonça-t-il. Content de vous voir.

Malko le suivit au premier étage dans un bureau spacieux et climatisé, dont la modernité tranchait avec l'aspect vieillot de la villa. Des vitres blindées isolaient de l'extérieur, les murs étaient couverts de cartes de Tunisie, semées de signes cabalistiques. Un plateau attendait sur une table basse, avec du thé, du café et des petits gâteaux tunisiens, que le chef de station de la CIA commença à grignoter machinalement. Plusieurs bouteilles s'alignaient sur une console voisine, transformée en bar : Johnnie Walker, Cointreau, Stolychnaya, cognac Gaston de Lagrange XO, gin… le teint fleuri du chef de station n'était pas seulement dû au bronzage.

— Vous trouvez Tunis changée ? demanda-t-il.

— Pas trop, reconnut Malko.

Les taxis jaunes sillonnaient toujours les rues, se faufilant entre des trams verts comme à Francfort. L'Américain eut un hochement de tête entendu.

— En surface, non… Mais les Tunisiens ont beaucoup évolué. Le Premier ministre, Ben Ali, est un homme à poigne. Et il n'aime pas beaucoup ceux que vous avez connus, en 1982. Le simple fait de prononcer le nom de M'Zali[1] vous rend suspect. Toute l'ancienne équipe est passée aux oubliettes.

— Dommage, remarqua Malko.

— Oh, les nouveaux ne sont pas mal, soupira l'Américain. Bon, *let's get to the point*… La station de Vienne ne vous a mis au courant de rien ?

— Ils m'ont simplement dit qu'il y avait un problème.

Quand tout marchait bien, la CIA ne faisait pas appel à son contractuel de luxe. Heureusement pour les vieilles pierres du château de Liezen, les opérations secrètes de la CIA tournaient une fois sur trois au désastre. Ce qui éloignait du dernier des Linge, le prince Malko, le spectre de la famine. Une fois de plus, il avait quitté l'Autriche en plein début d'été, alors que ses châteaux bruissaient de réceptions toutes plus fastueuses les unes que les autres et qu'il s'apprêtait à emmener sa fiancée, la pulpeuse comtesse Alexandra en week-end à Paris aux frais d'Air France. Grâce au programme « fréquence + », chaque vol sur Air France lui donnait droit à des points qui, capitalisés, permettaient des surclassements ou des billets gratuits sur plus de 200 destinations.

Seulement, il fallait gagner sa vie, celle de Krisantem, fidèle majordome et accessoirement tueur à gages, et celle du vieux couple qui tenait d'une main de fer l'intendance du château de Liezen. Sans parler des goûts dispendieux de son éternelle fiancée qui refusait de l'épouser pour ne pas risquer d'être prématurément veuve. Bien que le noir, lui aille à merveille. D'ailleurs, lorsque le temps le permettait et qu'ils étaient d'humeur joueuse avant un départ, elle se déguisait en

---

1. Ancien Premier ministre.

veuve, à grand renfort de voilettes, de dentelle noire et de bas à couture, et ils allaient, la nuit tombée, s'offrir un petit fantasme dans le paisible cimetière du village de Liezen.

Distraction certes sulfureuse, mais combien excitante…

Afin de chasser ces pensées impures, Malko se concentra sur son vis-à-vis. Bryan Palmer avait l'air d'un brave homme, besogneux, plein de conscience, à qui on avait donné son bâton de maréchal en lui offrant la station de Tunis. Comme ces consuls qui terminent ambassadeurs de pays grands comme des placards, au cœur de régimes insalubres. Il faut dire que Tunis n'était pas considérée par Langley comme une station où l'on « traitait » beaucoup de gens. L'essentiel du travail consistait en écoutes techniques dirigées principalement sur la Libye.

Malko le sentait à la fois excité et anxieux. Il but un peu de son thé à la menthe et adressa à l'Américain un sourire engageant.

— En quoi ma présence est-elle utile à Tunis ? s'enquit-il.

— Cela demande un petit « flash-back », répondit Bryan Palmer. Depuis deux ans que je suis à Tunis, je « traite » un certain Ibrahim Khalifa, le responsable de la direction de la Sécurité extérieure, dans les services de renseignement libyens.

Malko dut faire un sérieux effort de mémoire pour ne pas décevoir son interlocuteur qui attachait visiblement beaucoup d'importance à son « traité ».

— J'ignorais qu'il avait des contacts avec la Company.

— Normal, approuva l'Américain, légèrement pompeux, c'est une opération « hermétique ». Très peu de gens sont au courant. J'ai connu Khalifa quand j'étais à la station de Rome. Il voyait beaucoup de gens du SISMI[1] et avait une relation privilégiée avec l'amiral Fulvio Martini. C'est comme cela que je l'ai rencontré. Depuis, nous nous voyons régulièrement.

Bryan Palmer en avait plein la bouche de son Libyen. Qui

---

1. Services secrets italiens.

n'était pourtant qu'une des centaines de « sources » traitées par des obscurs agents comme Palmer.

— Ibrahim Khalifa a maintenant un rôle très important en Libye, compléta l'Américain. Il dirige le Bureau populaire des Liaisons extérieures et la Sécurité extérieure.

Malko savait que la Sécurité extérieure libyenne regroupait à la fois la collecte des renseignements à l'étranger, la liquidation des opposants libyens et l'aide à certains groupes terroristes.

— Il doit vous apporter des informations précieuses, remarqua-t-il.

— Mieux, se rengorgea Palmer. Il y a quelques mois, il est venu avec une proposition qui a fait saliver tout Langley : renverser le régime Kadhafi. De l'intérieur.

— Vaste programme ! fit Malko avec un sourire teinté de scepticisme.

Depuis une dizaine d'années, Français et Américains avaient échafaudé des plans avec divers déflecteurs, dont aucun n'avait abouti. Il faut dire que ces Libyens-là se trouvaient à l'extérieur, généralement en Égypte. Devant la prudence de Malko, Bryan Palmer se hâta de compléter.

— À Langley, ils ont eu la même réaction quand je leur ai parlé de cette histoire : ils l'ont prise avec des pincettes... Mais ils ont changé d'avis lorsqu'ils ont été mieux informés. Ibrahim Khalifa appartient à une petite tribu libyenne, les Bichara. Ceux-ci ont dû s'allier pour survivre aux deux grandes tribus qui dominent le pays depuis le coup d'État du colonel Kadhafi. Les Kadhadifa, la tribu du colonel, et les Makariha, celle du commandant Jalloud, le numéro 2 du régime.

— Et quelles sont les motivations de cet Ibrahim Khalifa ? interrogea Malko.

Probablement ému, Bryan Palmer alla se verser une rasade de Johnnie Walker avant de revenir s'installer en face de lui.

— D'abord, l'esprit de revanche, expliqua l'Américain. Il veut redonner le pouvoir à sa tribu. Ensuite, la Libye est un pays riche, à cause du pétrole. Khalifa va profiter de cette manne.

— Ce sont d'excellentes raisons, reconnut Malko, mais un homme seul peut-il déstabiliser un régime comme celui de Kadhafi ?

— Il n'est pas seul, répliqua aussitôt Bryan Palmer. En plus de ses relations avec l'armée et les services libyens, il a derrière lui toute la classe moyenne des businessmen, des marchands, excédés d'être mis au ban de l'humanité, de ne plus pouvoir voyager librement, d'être privés des « fromages » réservés aux intimes de Kadhafi et de Jalloud. La Libye d'aujourd'hui est un attelage incongru entre un visionnaire fou et un peuple de boutiquiers paisibles.

— Tout cela se tient, admit Malko.

— Enfin, martela Bryan Palmer, Ibrahim Khalifa n'est pas un expatrié tirant des plans sur la comète, mais un personnage puissant, au centre du système. Son rôle au cœur des services secrets libyens lui permet de mettre au point un plan d'action qui tienne debout.

« *To make a long story short*, abrégea-t-il, Langley a fini par se rallier à mon idée et le desk Moyen-Orient a accouché d'un plan opérationnel inspiré de mes conversations avec Ibrahim Khalifa.

Il se tut quelques instants pour donner plus de poids à la suite et lança avec une pointe de solennité :

— Ce plan a reçu le nom de code « Desert Spring ». Il comporte deux volets. L'élimination d'une vingtaine de personnages clefs du régime libyen – dont évidemment Kadhafi et le commandant Jalloud –, et ensuite la venue au pouvoir d'une nouvelle équipe dirigée par Ibrahim Khalifa. Qui, naturellement, abandonnerait l'idéologie anti-impérialiste et anti-sioniste du colonel Kadhafi, le terrorisme, et ferait à nouveau de la Libye un État comme les autres.

— Quelles sont les modalités opérationnelles ? interrogea Malko.

Il sentait que Bryan Palmer avait déjà répété cent fois son histoire. C'était l'affaire de sa vie. Le modeste employé de la

Company était sur le coup du siècle. Celui qui ferait pâlir d'envie la nouvelle génération de chefs de station polis par Harvard ou Berkeley. Palmer s'efforçait au calme, mais on sentait chez lui une excitation rentrée presque palpable.

— Vous avez entendu parler du colonel Haftar ? répliqua Bryan Palmer.

— Vaguement. Il combattait en Libye pour le compte de Kadhafi et a été retourné par la Company.

— Exact. Il a entraîné avec lui six cents Libyens, prisonniers de guerre à N'Djamena, qui ont préféré le suivre aux États-Unis plutôt que de rentrer chez eux. Ils se trouvent dans des camps en Floride où ils ont suivi un entraînement aux armes modernes sous les ordres de Haftar. Celui-ci n'a qu'une idée : rentrer en Libye en virant Kadhafi.

— Six cents hommes, ce n'est pas beaucoup, remarqua Malko. À ma connaissance, l'armée libyenne en compte une centaine de mille.

— Exactement cent huit mille, fit doctement Bryan Palmer. Avec deux mille neuf cents chars, mille cinq cents pièces d'artillerie, cinq cent trente avions de combat et trente hélicoptères d'assaut. Seulement, nous avons quelques atouts dans notre manche…

Ses yeux brillaient comme des phares derrière les verres épais des grosses lunettes.

— Ce que je vais vous dire est *hyper secret*, continua-t-il d'une voix plus basse. C'est le cœur de « Desert Spring ». Voilà comment l'opération va se dérouler.

« Nous sommes aujourd'hui le jeudi 4 juin. Dans cinq jours, le 9, les six cents hommes du colonel Haftar seront transportés jusqu'à une base de l'US Air Force, en Sicile. Une trentaine d'entre eux partiront de là en Hercules C. 130 jusqu'à Tozeur, dans le Sud tunisien. Nous avons demandé aux Tunisiens l'autorisation de procéder à des manœuvres de commando dans la région du chott El Jerid, à un peu plus de deux cents kilomètres de la frontière libyenne.

« À bord de leur Hercules C. 130, ils disposent de véhicules qui leur permettront de gagner la Libye, en utilisant des pistes abandonnées. Ils se déplaceront de nuit, à l'insu des Tunisiens qui ne savent pas qu'il s'agit de Libyens retournés, ou qui ne veulent pas le savoir. Ils franchiront la frontière, très au sud, dans la nuit du 10 au 11 et gagneront à une centaine de kilomètres de là deux aéroports désaffectés, qui datent de la Seconde Guerre mondiale. Nous savons par les satellites et les écoutes radio qu'ils ne rencontreront aucune opposition sérieuse, l'armée libyenne étant absente de cette partie du territoire.

« Dès que ces deux aéroports seront occupés, le gros de la force du colonel Haftar viendra s'y poser avec des Hercules C. 130, du matériel de transmission et des véhicules légers.

« Les C. 130 partis de Sicile voleront à cent pieds au-dessus de la Méditerranée. De plus, les moyens électroniques de la VIe Flotte s'activeront à brouiller les radars libyens. Ceux-ci, depuis le départ des Allemands de l'Est, sont d'ailleurs peu efficaces. Normalement, ils doivent gagner leur point d'intervention sans être repérés par les Libyens.

— Et ensuite ? demanda Malko, un peu abasourdi par ce plan audacieux.

— À l'aube du 11 juin, le colonel Haftar fera sa liaison avec Ibrahim Khalifa et passera sous ses ordres.

— Concrètement, que se passera-t-il ? interrogea Malko.

— Ibrahim Khalifa a sélectionné un certain nombre d'objectifs à neutraliser. Bien entendu, il a les adresses de tous ceux qui comptent en Libye. Donc, dans la journée du 11, les hommes du colonel Haftar s'assureront des personnes suivantes, dont Khalifa possède les adresses et connaît l'emploi du temps.

Il prit une feuille dans un dossier et la tendit à Malko, d'une main tremblante d'excitation. Il y avait une dizaine de noms :

— Commandant Abd El Salem Jalloud. Le véritable patron du pays.

— Colonel Abdallah Senoussi, beau-frère du colonel Kadhafi, numéro 2 de la Sécurité extérieure.

— Général Omar Abdallah Gouider, directeur de la Sécurité intérieure.

— Colonel Rakhebi, directeur de la Sécurité militaire.

— Moussa Koussa, responsable du Mathaba.

— Mohammed Madjoub, chef des Comités révolutionnaires.

— Khouldi Al Hamidi, membre du Conseil suprême de Sécurité.

— Mohammed Ghozali, membre du Conseil suprême de Sécurité.

— Sayed Qadafeddam, chef du renseignement extérieur.

Malko rendit la feuille à Bryan Palmer et demanda :

— Cela suffira ?

— Bien sûr que non, admit l'Américain. Mais en sus de ces gens qui représentent la « ligne dure » antioccidentale, les commandos de Haftar s'empareront de la Télévision, de la Radio et de l'immeuble des Comités révolutionnaires à Tripoli.

« En outre, et c'est le plus important, Ibrahim Khalifa garantit le retournement du colonel Abu Baker Younes – de la même tribu que lui – qui contrôle l'armée. Donc, celle-ci ne bougera pas.

« Le jeudi 11 est le jour de l'Aïd El Khebir, la grande fête qui mobilise tous les musulmans. Cela facilitera les choses. Ibrahim Khalifa a de nombreux amis dans toutes les directions « sensibles ». Normalement, le soir du 11, il tiendra Tripoli et aura éliminé les gens les plus dangereux du régime. Selon lui, l'armée basculera alors, grâce à son ami le colonel Younes. Il restera à prendre le contrôle de Benghazi et de Syrte.

— Et le colonel Kadhafi ?

Bryan Palmer sembla, pendant une fraction de seconde, vaguement embarrassé, puis enchaîna :

— Lui se trouve quelque part dans le désert de Syrte, à environ trois cents kilomètres de Tripoli. Ibrahim Khalifa m'a juré qu'il avait contacté deux pilotes de Mig 29 qui effectueront un raid sur son campement dans le désert, dès le début de l'opération. Ils ne peuvent pas le rater.

« Que pensez-vous de ce plan ?

— C'est superbe, reconnut Malko. Dieu veuille qu'il réussisse. Cela mettrait au moins fin à la plus grande partie du terrorisme international. C'est aussi très audacieux. Kadhafi a eu largement le temps d'asseoir son pouvoir.

— Exact, reconnut l'Américain, mais sa tribu a toujours été méprisée par les autres. En plus, depuis l'embargo, la vie est devenue très difficile pour les Libyens qui voyagent. Ceux qui comptent.

Évidemment, ce n'était pas drôle pour les Libyens de faire 300 kilomètres à partir de Tripoli pour aller prendre l'avion à Djerba.

Malko était cependant sceptique sur les tentatives de renversement de Kadhafi. Régulièrement, l'administration américaine tonnait contre le leader libyen, puis se calmait. La France et les États-Unis entretenaient quelques opposants en exil, grassement rétribués, qui n'avaient jamais pu être mis sur orbite. La société libyenne était très complexe, avec une structure complètement tribale. Peut-être que de l'intérieur, il y avait plus de chances. Et puis, Ibrahim Khalifa était incontestablement un homme de poids. Bryan Palmer semblait un peu perdu, comme si le passage à l'acte le perturbait. Il répéta, comme pour se convaincre :

— Je pense que c'est un très bon plan.

Malko ne put s'empêcher de remarquer perfidement :

— Il y aurait un moyen bien plus simple de déstabiliser Kadhafi…

— Lequel ?

Bryan Palmer s'était raidi comme un fox-terrier à l'arrêt.

— Interdire aux compagnies pétrolières américaines d'exploiter ses ressources, fit suavement Malko. Vous savez bien que depuis 1961 douze d'entre elles tirent tous les ans du sol libyen quatre cents millions de barils, ce qui finance presque entièrement le pays. Affamé, le colonel Kadhafi serait beaucoup moins crédible.

L'Américain haussa les épaules, désabusé.

— Pas de politique-fiction ! lâcha-t-il. Nous sommes un pays démocratique, nous ne pouvons pas empêcher les compagnies privées de faire du business avec ce fou. Si on ne travaillait qu'avec des gouvernements convenables on s'éclairerait à la bougie. En plus, il n'y a pas que nous sur le coup. Les Français ou les Anglais seraient trop contents de nous remplacer.

Un ange passa, les ailes dégoulinantes d'or noir. Le pétrole, c'était sacré. Bryan Palmer était prêt à défendre « son » plan bec et ongles. Cela rappelait à Malko la « Baie des Cochons ». Cette tentative avortée de la CIA, en 1962, pour renverser Fidel Castro. Achevée dans la déroute totale.

— D'accord, fit Malko. Maintenant, j'aimerais savoir pourquoi je suis à Tunis.

Bryan Palmer sembla soudain perdre une grande partie de son enthousiasme. Ses épaules s'affaissèrent et il lâcha sans regarder Malko :

— Il y a eu un cas « non conforme », il y a deux jours. J'avais rendez-vous à Tunis avec un envoyé d'Ibrahim Khalifa, le colonel El Mabrouk Sahban, afin de mettre au point les derniers détails opérationnels de « Desert Spring ».

— Il n'est pas venu ?

— Si, mais on l'a abattu sous mes yeux, avant même que j'aie eu le temps de lui parler.

Il relata rapidement à Malko les circonstances de la mort de l'officier libyen.

— Que saviez-vous sur lui ? demanda Malko.

— Pas grand-chose. C'était un Bichara, comme Khalifa. Il appartient au Bureau d'exportation de la Révolution, l'organisme libyen destiné à aider les révolutionnaires et les terroristes du monde entier.

— Les services tunisiens n'ont rien trouvé ?

— Rien. Leur foultitude d'informateurs et de mouchards n'ont rien ramené. Aucune infiltration suspecte en provenance de Tripoli. De plus, j'ai assisté au meurtre, ce n'était pas le *modus operandi* arabe style Abu Nidal. C'était beaucoup plus professionnel, comme des Israéliens. En dépit des barrages mis en place par les Tunisiens, on n'a retrouvé ni la 205 ni ses occupants.

— Vous n'avez pas pensé à Kadhafi ? Il a pu avoir vent de « Desert Spring » et s'y opposer. À sa façon.

— C'est une hypothèse qu'on ne peut pas éliminer, mais quelque chose me gêne. Si c'était lui, il aurait eu dix fois le temps de liquider ce colonel beaucoup plus discrètement, entre Tripoli et la frontière, et sans interférer avec les Tunisiens qui voient d'un mauvais œil qu'on vienne faire ça chez eux.

— Ça nous laisse quoi comme hypothèse ?

— Honnêtement, je n'en sais rien, avoua honteusement Bryan Palmer. C'est très grave. Nous sommes à huit jours du déclenchement de « Desert Spring ». Il faut coûte que coûte élucider ce meurtre. Le compte à rebours a commencé. Il est impossible de continuer sans remplir deux conditions. D'abord, reprendre un contact avec Ibrahim Khalifa. Ensuite, trouver qui a pénétré cette opération.

— Khalifa ne vous a pas contacté depuis le meurtre ?

— Non. Il ne le fait jamais directement. Il envoie quelqu'un de sûr qui laisse un message convenu ici, à Tunis, sur un numéro de téléphone secret relié à un répondeur. Je pense qu'il va le faire très vite. Il le faut, ajouta-t-il comme pour se convaincre.

— Sur ce plan, je ne peux guère que prier avec vous, dit Malko.

— Bien sûr, mais je voudrais que vous remontiez la piste de la meurtrière du colonel Sahban.

— Je ne travaille pas avec une boule de cristal. Comment voulez-vous que je réussisse là où les services tunisiens ont échoué ? Mon arabe est extrêmement limité et mes amis tunisiens sont en exil.

— Pas tous, corrigea Bryan Palmer. Une de vos anciennes connaissances – d'après les dossiers de la Company – est peut-être mêlée à cette affaire.

— Qui ?

— Une certaine Leila Kadouni.

— Leila Kadouni…

L'image de la pulpeuse rousse passa devant les yeux de Malko. Ils avaient passé ensemble quelques moments brûlants.

— Qu'est-elle devenue ?

L'Américain eut un sourire plein d'ironie.

— Elle tient une maison de rendez-vous très bien fréquentée et travaille un peu pour les services tunisiens. Vous êtes en bons termes avec elle ?

— Nous nous sommes quittés en excellents termes, il y a dix ans, corrigea Malko. Je serais ravi de la revoir. Elle habite toujours Carthage ?

— Tout à fait. Eh bien, vos souhaits vont être exaucés.

— Comment est-elle impliquée ?

— Juste avant d'être assassiné, le colonel Sahban se trouvait chez votre copine. Elle sait peut-être quelque chose. Si elle ne vous dit rien, vous n'aurez qu'à reprendre l'avion et, moi, je serai dans la merde. Vous avez toujours son numéro ?

— Non.

— Le voilà.

Il tendit à Malko un rectangle de carton blanc, précisant aussitôt :

— Bien entendu, les Tunisiens savent qui vous êtes et doivent déjà vous « chouffer ». Je préfère que vous l'appeliez de votre hôtel. Elle est sûrement sur écoutes, mais comme vous la connaissez, votre coup de fil peut faire croire à une simple visite de courtoisie. OK ?

— OK, acquiesça Malko en se levant. Je vous tiens au courant.

Le bruit de la circulation était assourdissant, place Pasteur. Robin Ferry l'attendait au volant de la Ford et le conduisit à l'*Abu Nawas*. Un discret coup d'œil dans le rétroviseur permit à Malko de repérer une 309 Peugeot qui semblait gluée au pare-chocs arrière. Les Tunisiens tenaient leurs dossiers à jour. Heureusement qu'il avait rendu un sacré service à leur pays et qu'ils ne l'avaient peut-être pas oublié. À l'époque, les Libyens voulaient déstabiliser la Tunisie par une campagne de terreur. Depuis, il y avait eu les intégristes et cette menace paraissait bien dépassée.

— À propos, qu'est devenu Habib Bourguiba ? demanda Malko.

L'ancien président de la Tunisie, le « Père de l'Indépendance », avait été écarté du pouvoir par un coup d'État « mou » quelques années plus tôt.

— Il est à Monastir, en résidence surveillée. On ne l'a pas vu depuis des mois, dit le jeune Américain. Il va sur ses cent ans et ne gêne plus personne.

Arrivé à l'*Abu Nawas*, Malko fila directement dans une des cabines du hall et demanda une ligne. Le numéro sonna longuement, puis une voix féminine à l'accent arabe demanda en mauvais français :

— Qui c'est ?

— Je peux parler à Leila Kadouni ? De la part de Malko.

Son interlocutrice le fit répéter trois fois, puis posa l'appareil. Longtemps après, une voix vibrante de chaleur faillit faire exploser les tympans de Malko.

— Malko ! C'est bien toi ?

— C'est moi. Je suis de passage à Tunis. Je me demandais ce que tu devenais. Cela me ferait plaisir de te voir...

Il y eut quelques secondes de silence, puis Leila Kadouni fit, un peu plus bas :

— Me voir ! Oh non, ce n'est pas possible.

Malko eut l'impression de recevoir une douche glacée. C'était un obstacle qu'il n'avait même pas envisagé. Pourquoi la pulpeuse Leila Kadouni refusait-elle de le rencontrer, après tout ce qu'ils avaient fait ensemble ?

CHAPITRE III

— Mais pourquoi ne veux-tu pas me voir ? insista Malko. Tu as un homme jaloux dans ta vie ?

— Non, non ! affirma Leila Kadouni avec un rire mélancolique, mais j'ai beaucoup changé en dix ans ! Tu ne me reconnaîtrais pas. Tu n'aurais même pas envie de moi...

— En tout cas, ta voix est toujours la même, affirma Malko. Moi, je tiens à te voir. Je sais où tu habites, je vais venir. Tu ne me fermeras quand même pas la porte au nez...

Un long silence comme si Leila réfléchissait.

— Bien, dit-elle. Viens ce soir vers six heures. Si tu y tiens vraiment...

Après avoir raccroché, Malko passa au bureau de l'hôtel louer une Renault 19 et regagna sa chambre. Il n'avait pas pu emporter son pistolet extra-plat à cause des contrôles et se sentait un peu démuni. C'était déstabilisant de se dire que des tueurs rôdaient peut-être, prêts à frapper de nouveau.

Une chape brûlante recouvrait Tunis, accompagnée d'un vent de sable qui desséchait les poumons, mais la piscine de l'*Abu Nawas* était déserte. Comme le jour où le colonel libyen avait pris trois balles dans la tête. Malko n'avait plus qu'à tuer le temps jusqu'à six heures. Il s'installa devant la télé Samsung de sa chambre et mit CNN, après avoir pris dans le minibar une bouteille de Moet glacée à souhait.

*

La fillette en djellabah, pieds nus, qui ouvrit la porte à Malko ne devait pas avoir quinze ans, mais sa bouche était déjà fardée, ses yeux noircis de khôl, et de longues boucles d'oreilles descendaient jusqu'à ses épaules. Cette apparition, l'odeur d'encens, la musique assourdie et la pénombre volontairement entretenue donnaient une touche sulfureuse à cette villa si convenable vue de l'extérieur. Malko l'avait facilement retrouvée, un peu plus décrépie seulement qu'à son premier séjour. Sans un mot, la Lolita le précéda dans un salon mauresque très sombre encombré de bibelots, et l'installa sur un profond canapé en face d'un panneau de bois ajouré, un énorme moucharabieh qui coupait la pièce en deux du plafond au plancher. La Lolita revint avec du thé vert brûlant et s'esquiva. Plusieurs minutes s'écoulèrent avant que les craquements du plancher ne signalent une présence de l'autre côté du moucharabieh. Malko se leva et, dans la pénombre, devina une silhouette debout, tandis que les effluves d'un parfum lourd atteignaient ses narines. Surpris, il appela à voix basse :

— Leila ?

— Tu m'as vue ?

C'était bien la voix rauque et capiteuse de Leila Kadouni, avec une pointe d'anxiété. Pourquoi cette comédie ?

— Non, je t'ai sentie, précisa Malko, reconnaissant le parfum de jasmin qui l'enveloppait depuis quelques minutes. Pourquoi ne me rejoins-tu pas ?

— Je ne veux pas que tu me voies, je tiens à rester dans ton souvenir comme j'étais il y a dix ans. Toi, tu n'as pas changé. Tu dois toujours plaire aux femmes, ajouta-t-elle avec une pointe d'envie. Moi, j'ai beaucoup changé, hélas.

— Tu es ridicule ! rétorqua Malko, je veux te voir.

— Non, répéta Leila Kadouni.

Ils étaient tous les deux collés à la cloison de bois ajourée, séparés seulement par deux ou trois centimètres, et il recevait l'haleine chaude et parfumée de Leila en plein visage. Ses yeux s'accommodaient à la pénombre, il distinguait maintenant une grosse bouche rouge entrouverte.

— Tu as toujours une bouche merveilleuse, remarqua-t-il.

— C'est tout ce qui me reste…

Ils demeurèrent quelques instants sans parler puis un petit volet de bois coulissa sans bruit, créant une ouverture rectangulaire où s'encadra aussitôt la bouche de Leila Kadouni.

Elle approcha ses lèvres de celles de Malko et sembla hésiter quelques instants comme si elle allait se rapprocher davantage. Il sentait son souffle parfumé et se remémorait la texture de sa peau satinée et l'érotisme de ses formes pleines. Mais, comme si un combat s'était livré dans sa tête entre le passé et l'instant qu'ils étaient en train de vivre, Leila Kadouni soupira. Il entendit le froissement du tissu de sa robe et comprit qu'il ne se passerait plus rien entre elle et lui. Il le savait : une femme ferait des sacrifices extraordinaires pour qu'un amant conserve d'elle l'image de beauté rayonnante qu'il lui a connue.

Puis, Malko vit la bouche s'éloigner du moucharabieh. Leila Kadouni avait très légèrement reculé, mais sa présence continuait à le faire fantasmer.

Il avait envie d'arracher la grille de bois qui le séparait de Leila Kadouni.

— J'ai envie de toi, dit-il.

— Moi aussi, souffla Leila Kadouni après un court silence. Mais ne parlons plus de ça.

— Tu reçois tous tes visiteurs ainsi ? C'est pour cela que tu as fait installer cette barrière ?

Leila eut un rire de gorge triste et excité à la fois.

— Non, mais certains clients ne veulent pas être reconnus par mes pensionnaires. Il est possible de faire glisser des panneaux de ce moucharabieh. Afin de permettre aux filles de passer leur main ou leur bouche. Maintenant, dis-moi pourquoi tu es venu vraiment.

— Tu ne t'en doutes pas ?

— Si. Pour El Mabrouk Sahban. Qu'est-ce que tu veux savoir ?

— Qui l'a tué ?

Il y eut un long moment de silence puis Leila Kadouni répliqua :

— Moi, je ne sais rien, mais Amina, celle qui t'a ouvert, a remarqué quelque chose qui pourra, peut-être, te servir. Elle a accompagné le colonel dehors quand il est parti, avec un parapluie pour le protéger du soleil. Quand il est monté dans sa voiture, Amina en a vu une autre démarrer derrière lui. Avec un couple, des étrangers. Un homme et une fille avec de longs cheveux blonds.

Cela pouvait être la tueuse de l'*Abu Nawas*.

— Rien d'autre ?

— Si. Elle a reconnu la voiture. Une 205 Peugeot rouge, louée chez Budget.

— Comment sait-elle cela ? demanda Malko, suffoqué de tant de précision.

— Son frère travaille chez Budget à l'aéroport de Carthage. Il l'emmène parfois en promenade. Elle a remarqué le papillon orange de Budget sur la lunette arrière de la 205. Tu peux aller le voir de ma part. Il s'appelle Taieb. Mais ne dis jamais à personne que je t'ai renseigné.

Malko tira un billet de vingt dinars et le glissa à travers le moucharabieh.

— Tu donneras ça à Amina. Mais je voudrais quand même te voir.

Leila eut un rire contenu, plein de sentimentalité.

— Tu peux revenir ici chaque fois que tu le souhaites. Comme aujourd'hui. Si tu veux essayer une de mes filles, tu es aussi le bienvenu. Il y en a de très belles.

Il devina à un glissement de tissu que Leila s'éloignait du moucharabieh et n'insista pas.

*

Leila Kadouni retrouva son boudoir presque avec soulagement. Elle avait des larmes plein les yeux. D'une main ferme, elle ouvrit une bouteille de Gaston de Lagrange XO et se versa une grande rasade de cognac. Ensuite, elle s'allongea sur le récamier et laissa l'alcool calmer sa tristesse.

*

Taieb était une publicité vivante pour l'acné juvénile. Il n'était plus qu'un énorme bouton surmonté d'une tignasse frisée, et parlait un français petit nègre. Le seul nom de Leila Kadouni l'avait fait fondre. Visiblement, sa sœur devait bien gagner sa vie. Il jeta un coup d'œil en coin à Malko, se demandant visiblement s'il avait goûté à Amina... Ce dernier commença par vingt dinars, expliquant ce qu'il cherchait. Dans un pays où le SMIC était à 120 dinars, c'était un argument convaincant...

— Attendez-moi au bar là-bas, demanda Taieb, je vais chercher dans les dossiers. Si on avait le numéro de la voiture, ce serait plus facile.

Malko alla se faire servir un café. L'employé de Budget le rejoignit un quart d'heure plus tard, triomphant.

— Je crois que j'ai trouvé ! Nous avons loué une 205 rouge, il y a huit jours, à un couple hollandais. D'après ma copine qui les a reçus, la fille était blonde avec de longs cheveux. Voilà leurs noms et l'adresse qu'ils ont donnée en Tunisie, ainsi que les numéros de leurs passeports.

Malko l'aurait embrassé sur la bouche, quitte à se retrouver couvert de boutons. Il empocha le papier, trente dinars changèrent de poche, et il fila vers sa voiture. Leila Kadouni était toujours aussi précieuse. Bryan Palmer allait tomber de bonheur.

*

— L'hôtel *Al Boustan*, à Djerba, n'a jamais entendu parler de ces Hollandais. Ils n'avaient même pas de réservations, annonça la secrétaire de Bryan Palmer. Nous sommes en train de vérifier leurs passeports avec la Hollande. J'ai faxé le tout à notre station d'Amsterdam. On devrait avoir une réponse rapidement.

— Les passeports sont sûrement faux, dit l'Américain, cela ne mènera nulle part.

Il n'était que huit heures et la nuit tombait déjà. Les deux hommes attendirent près d'une heure. Enfin, la secrétaire pénétra dans le bureau avec un télex qu'elle tendit à son patron.

— Les passeports sont faux, bien entendu ! lança Bryan Palmer.

— Mettez les Tunisiens sur le coup, conseilla Malko. Si ces deux faux Hollandais sont encore en Tunisie, ils devraient les retrouver facilement. Avec leur quadrillage policier…

Bizarrement, Bryan Palmer ne semblait pas enthousiasmé.

— Si je balance ça aux services tunisiens, remarqua-t-il, je ne saurai que ce qu'ils voudront bien me dire. C'est-à-dire pas grand-chose. J'aimerais mieux remonter la piste moi-même.

— Comment ?

— Je vais agir officieusement. J'ai un contact au ministère de l'Intérieur. Je lui demande souvent de petits services. Je vais faire comme si c'était une affaire sans importance. S'il découvre quelque chose, vous prendrez la suite.

*

Malko était allongé pratiquement à l'endroit où le colonel libyen avait été assassiné lorsqu'il vit surgir Bryan Palmer, visiblement très excité. La matinée s'était écoulée, monotone, et Malko se demandait quand il allait pouvoir quitter la Tunisie. Un vent violent balayait la ville, ramenant vers la piscine les effluves nauséabonds du lac de Tunis. Ce qui en expliquait la modeste fréquentation. Tôt le matin, il s'était un peu promené dans le centre, oppressé par la présence policière pesante. La veille au soir, dans sa voiture de location, il avait longé la médina. À dix heures, il n'y avait plus âme qui vive dans les rues. Inhabituel pour Tunis. Les gens avaient peur.

— On les a retrouvés ! annonça l'Américain en se laissant tomber à côté de lui.

— Qui « on » ?

— Mon contact, Misselati. Il a compulsé les fiches des étrangers qui sont ramassées tous les jours. Voilà : Gerda Eindoven et Hank Meppel. Ils habitent *le Commodore*, un petit hôtel au 17 de la rue d'Allemagne, à côté de la Forte de France et de la médina.

— Donc ils sont toujours à Tunis ? Étonnant.

— Ils y étaient hier… On y va ?

— On y va. Vous êtes armé ?

Bryan Palmer bredouilla :

— J'ai un « 45 » dans ma voiture, mais je préférerais ne pas avoir à m'en servir. Je voudrais d'abord les identifier positivement, après on verra.

Le choix était limité. En Tunisie, la CIA n'avait évidemment aucun pouvoir de police. Donc, à terme, il faudrait retomber entre les mains des services tunisiens. Bryan Palmer accompagna Malko dans sa chambre, tandis qu'il se changeait. À peine débarquaient-ils dans le hall que l'Américain poussa un juron étouffé. Un homme en chemisette, maigre, bien peigné, se dirigeait vers lui avec un sourire engageant.

— *Shit*, grommela l'Américain, C'est Misselati !

Le policier tunisien était déjà sur eux, la main tendue, arborant un sourire bien faux.

— Monsieur Palmer, dit-il d'une voix douce, je vous ai cherché partout ! À l'ambassade, on m'a dit que vous étiez ici, alors je me suis permis de venir…

— C'est gentil ! parvint à dire le chef de station de la CIA. Vous avez des nouvelles pour moi ?

— Non, reconnut le policier tunisien, tandis qu'ils passaient entre deux rangées de putes installées dans les fauteuils du hall, mais j'ai pensé que je pouvais vous être utile, si vous désirez en savoir plus sur ces deux Hollandais en interrogeant le personnel de l'hôtel *Commodore*. Vous êtes étranger, n'est-ce pas, et les Tunisiens ont peur de parler. Tandis que moi, avec ma carte du ministère de l'Intérieur…

À Tunis, on l'appelait le ministère de la Souveraineté tant ses tentacules étaient puissants…

Bryan Palmer grimaça un sourire contraint.

— C'est gentil, je pensais justement y passer. Vous êtes en voiture ?

— Oui, on se retrouve là-bas ?

Ils se séparèrent sur le parking et, furieux, Bryan Palmer éructa à l'adresse de Malko :

— Cet enfoiré n'a jamais été à l'ambassade, il m'a suivi, oui !

— Vous en auriez fait autant, remarqua Malko. Mais maintenant, on va avoir du mal à se débarrasser de lui... Il doit flairer le bon coup. Vous n'avez toujours pas de nouvelles de Khalifa ?

— Toujours pas, reconnut sombrement l'Américain.

Et ils étaient à J-6 !

Ils remontèrent d'abord l'avenue Habib Bourguiba dans un concert de klaxons presque jusqu'à la Porte de France et l'Américain finit par se garer sur le trottoir. Pour quelques dinars, des chômeurs de mèche avec les policiers de la circulation garaient et gardaient les voitures dans une cohue innommable sur une petite place en face de la médina. La rue d'Allemagne courait le long du marché central dans un quartier grouillant de petits commerçants dont les étals occupaient les trottoirs. L'inspecteur Misselati était déjà là lorsqu'ils arrivèrent devant l'hôtel *Commodore*. L'établissement aurait mérité en France une demi-étoile ; à Tunis, c'était presque un palace... Malko regarda la façade blanchâtre aux volets de bois. Un endroit parfait pour se planquer.

— Voulez-vous que j'interroge l'employé de la réception ? demanda obligeamment le policier tunisien.

Bryan Palmer n'eut pas le temps de répondre. Ils furent presque bousculés par un couple qui sortait de l'hôtel. Une grande rousse, assez maigre, pleine de taches de rousseur, en sandales, avec une robe à fleurs rosâtre tombant presque jusqu'aux chevilles, un nez pointu dans un visage ingrat, une grande besace sombre accrochée à l'épaule. L'homme, costaud, les cheveux longs et bruns, portait une chemisette et un jeans. Il regarda à peine les trois hommes, mais les yeux de sa compagne se posèrent sur Malko puis sur Bryan Palmer et y demeurèrent quelques fractions de seconde de trop. Le couple tourna à droite, s'éloignant en direction de la médina. Sans hâter le pas.

Malko souffla à l'Américain :

— Ils nous ont sentis. Il faut les suivre. Vous la reconnaissez ?

— Oui, confirma Bryan Palmer très excité, même le sac je le reconnais. Elle devait porter une perruque parce qu'elle était blonde.

Le policier tunisien s'était rapproché, curieux, mais observateur.

— Ce sont eux ?

— Je crois, fit prudemment Bryan Palmer, mais je voudrais m'en assurer. Il faudrait les suivre un peu.

Il était temps, le couple venait de tourner le coin de la rue Mustapha-M'Barek menant droit à la Porte de France. Les trois hommes reprirent le contact vue à l'entrée de la médina. Les faux Hollandais se faufilèrent au milieu des piles de jeans étalées par terre et s'engouffrèrent dans la rue Jammâa Ez Zitouna, celle des marchands de cuir et de vêtements, montant à travers la médina vers la mosquée. Il y avait peu d'étrangers dans la foule et c'était relativement facile de les suivre. Leur comportement était celui de tous les touristes, ils entraient dans les échoppes, bavardaient avec les vendeurs qui les agrippaient tous les cinq mètres. Pas une fois ils ne se retournèrent.

Plus haut, ils obliquèrent à gauche dans le souk El Belat, celui des bijoutiers et des marchands de parfums. Malko aperçut la jeune femme en train de marchander un flacon de verre soufflé multicolore.

Brutalement, au bout du souk, au lieu de continuer sur la droite, ils firent demi-tour ! Malko et l'Américain n'eurent pas le temps de se dissimuler dans une boutique et s'absorbèrent dans la contemplation d'un étal de bijoux en argent.

Le couple les frôla sans les regarder, mais il sembla à Malko qu'ils marchaient un peu plus vite.

— Ils ont fait exprès pour nous repérer, souffla-t-il à Bryan Palmer. Ils se savent suivis.

L'inspecteur Misselatti s'était rapproché.

— Voulez-vous que je les interpelle ? suggéra-t-il.

— Vous êtes armé ? demanda Malko.

Le Tunisien sourit.

— Oui, mais ce n'est pas la peine. Ici, dans la médina, tout le monde me donnera un coup de main. D'ailleurs, ils n'ont pas l'air très dangereux.

Le couple avait repris à droite dans le souk El Leffa, bijoutiers et tapis. Malko vit les deux jeunes gens s'immobiliser devant une grande boutique de tapis sur la gauche, « le Palais de l'Orient », puis y pénétrer.

— C'est parfait, lança l'inspecteur Misselati, on va pouvoir bavarder avec eux discrètement à l'intérieur.

Ils entrèrent dans le magasin du marchand de tapis, mais les deux Hollandais semblaient avoir disparu. Un vendeur se précipita vers eux, dégoulinant de servilité, pour leur proposer d'aller voir les tisseuses en plein travail.

L'inspecteur Misselati l'interrompit et lui lança brutalement une question en arabe. Le vendeur désigna un escalier menant au premier et ajouta en français :

— Ces deux-là sont montés admirer la vue sur la médina.

— Il faut les suivre, dit Malko, ils vont essayer de nous fausser compagnie.

Misselati était déjà dans l'escalier. Malko lui emboîta le pas. Ils durent laisser passer un groupe qui descendait et aperçurent en haut des marches la fausse Hollandaise qui, elle aussi, avait été retardée par les mêmes gens. Elle se retourna en entendant Misselati la héler. Le policier tunisien lui fit signe de redescendre. Tranquillement, elle fit demi-tour. Son compagnon était déjà en haut. Malko surprit son regard et comprit soudain ce qui allait se passer. Il prit le policier tunisien par l'épaule et voulut le tirer en arrière.

La jeune femme descendit trois marches de plus. Puis, d'un geste parfaitement naturel, elle commença à retirer sa main droite de sa grande besace et Malko sentit un flot d'adrénaline se ruer dans ses artères.

CHAPITRE IV

Un long canon noir engraissé par le silencieux venait de surgir de la besace de la « Hollandaise », complètement irréel dans ce décor exotique bon enfant. C'est tout ce qu'on voyait de l'arme. La culasse et la crosse étaient dissimulées dans un sac de fin tissu noir, comme les voiles des photographes, qui couvrait aussi la main.

L'inspecteur Misselati s'arrêta net. Médusé. Visiblement, c'était la première fois qu'il se trouvait dans une telle situation. Le regard de Malko était rivé au visage de la jeune rousse, qui s'était comme rétracté. Les lèvres avaient disparu, les ailes du nez étaient pincées, deux grosses veines palpitaient sur ses tempes. Malko savait que l'on regarde toujours où on veut tirer. À cette distance, si l'inconnue le choisissait comme première victime, sa vie s'arrêtait là, dans ce souk de Tunis…

Le suspense ne dura que quelques fractions de seconde. Le bras se tendit brusquement, projetant le long canon noir en avant, et le regard de la tueuse se posa sur le visage de l'inspecteur Misselati. Celui-ci était en train de dégainer fiévreusement un petit pistolet glissé dans un holster de ceinture. Instinctivement, Malko fit un bond en arrière. Juste au moment où claquaient trois détonations étouffées, très rapprochées. Du coin de l'œil, Malko vit le canon noir tressauter trois fois vers le haut et la droite, ramené en ligne chaque fois par la poigne de la rousse. Il reçut le corps de l'inspecteur tunisien dans ses bras, et ils dégringolèrent ensemble en bas de l'escalier.

Lorsque Malko se releva, la tueuse rousse avait disparu. Misselati, allongé sur le dos, râlait. Malko arracha le petit 7,65 de son holster, l'arma et se rua dans l'escalier. Derrière lui, la voix de Bryan Palmer hurla :

— Attention ! Attendez les flics.

L'escalier débouchait sur une pièce remplie de tapis et continuait plus haut. Il s'y engagea, arme au poing, émergeant sur une enfilade de petites terrasses dominant presque toute la médina.

Toutes vides.

Il examina la mosaïque des toits plats et découvrit les deux jeunes gens qui s'éloignaient rapidement, zigzaguant sur les terrasses de hauteurs inégales de la médina. Les allées reliant les souks étant couvertes, il n'y avait pratiquement pas de solution de continuité…

Malko s'élança sur leurs traces, sautant en contrebas. Dans sa main, le 7,65 semblait ridicule. La tueuse n'avait laissé aucune chance au policier tunisien. Une professionnelle qui n'avait pas hésité à tirer pour semer ses poursuivants. Malko revoyait encore son regard. Celui, froid et décidé, d'un chasseur sans âme. Il se reçut à quatre pattes. Devant lui, les autres détalaient. Soudain, la fille se retourna, brandissant son arme, et il n'eut que le temps de s'abriter derrière un toit en surplomb.

Pas de bruit, mais un projectile fit jaillir un éclat de plâtre blanc, non loin de sa tête. En plus, elle tirait bien…

Lorsqu'il se redressa, ils avaient disparu !

Il continua quand même et finit par déboucher devant une sorte de puits : la cour intérieure d'une vieille maison. Ils n'avaient pu s'enfuir que par là. À son tour, il se laissa tomber trois mètres plus bas, le pistolet à la main, traversa la cour, débouchant dans un petit souk de chaussures, assez animé. Les deux fuyards n'étaient nulle part en vue. Il chercha à s'orienter. Leur plan était certainement de sortir de la médina qui pouvait se révéler un piège redoutable quand on ne connaissait pas parfaitement son dédale… Il se dirigea donc à l'instinct vers le bas de la médina, bousculant les touristes et les porte-faix, se faufilant au milieu d'un groupe de Britanniques. Cinq minutes plus tard, il débouchait enfin dans la rue Mongi-Slim, encerclant le bas de la médina. Il prit à droite, vers la Porte de France et, cent mètres plus loin, ralentit brutalement : ceux qu'il poursuivait marchaient rapidement devant lui sur le trottoir à l'ombre.

*

Malko glissa le petit pistolet dans sa poche, reprenant son souffle et cherchant comment procéder. Il avait affaire à de vrais tueurs. S'il tentait de les arrêter, cela risquait de déclencher un massacre. Il avait vu la fille à l'œuvre. Le mieux était de les suivre. Il y avait une chance minuscule pour qu'ils repassent par leur hôtel. Là, il pourrait peut-être les coincer. Bryan Palmer avait dû donner l'alerte.

Ils arrivaient à la Porte de France. La fille se retourna. Elle était trop loin pour que Malko puisse voir son regard, mais il sentit immédiatement qu'elle l'avait repéré !

Ils se remirent tous à courir ensemble, arrivant sur la petite place où on garait les voitures. Pas un policier en vue ! D'habitude, ils grouillaient. Le couple traversait en biais, se dirigeant vers l'avenue Bourguiba.

Soudain, il les vit s'approcher d'une Renault 5 verte qui venait de se garer. Le conducteur était sorti, laissant les clefs sur le tableau de bord et marchandait avec le gardien du parking les trois dinars réclamés… Les deux jeunes gens surgirent. Sans un mot, l'homme se mit au volant. Comme le propriétaire de la voiture se précipitait pour l'arracher de son siège, la rousse se plaça derrière lui. Tout en fonçant pour les rejoindre, Malko cria :

— Attention !

Le vacarme sur la place était trop fort pour qu'on l'entende. Calmement, la tueuse sortit de son cabas son pistolet toujours enveloppé dans le sac noir et appuya le bout du canon sur la nuque du conducteur.

Elle ne tira qu'une fois.

Foudroyé, l'homme s'effondra à terre, sous le regard ébahi du gardien de parking. Déjà la tueuse faisait le tour de la voiture et s'y installait. Le gardien du parking aperçut alors la mare de sang qui s'élargissait autour de la tête du conducteur de la Renault 5 et resta tétanisé, muet de terreur. Il fut obligé de faire un saut de côté pour ne pas être écrasé. Le compagnon de la tueuse avait démarré brutalement, en direction de l'avenue Bourguiba.

Malko sortit le petit pistolet 7,65, mais son bras retomba. Trop de monde ! Entre les piétons et les voitures, il risquait de blesser ou de tuer quelqu'un. La rage au cœur, il vit la voiture volée disparaître dans la circulation. Mais la suite allait être moins facile pour le couple. Il avait noté le numéro de la voiture... Des badauds commençaient à s'agglutiner autour du cadavre. Il fendit la foule et remonta vers la médina.

Cinq minutes plus tard, il aperçut les casquettes grises des policiers tunisiens, très énervés, qui grouillaient dans le souk El Leffa, en face du « Palais de l'Orient ». Il eut un mal fou à se frayer un passage : le souk était interdit à la circulation. Heureusement, Bryan Palmer le vit et l'aida à franchir le barrage. Un Tunisien à grosse moustache discutait avec lui. Bryan Palmer le présenta comme le sous-directeur de la Sûreté : Heidi Kacer. Un drap recouvrait le corps de l'inspecteur Misselati.

Un petit chauve aux yeux globuleux se débattait en criaillant au milieu de plusieurs policiers qui le houspillaient de questions. Le patron du « Palais de l'Orient ». On aurait dit un renard blessé au milieu de labradors hargneux. Le chef de station souffla à Malko :

— Ils pensent que ce type connaît les tueurs.

La discussion se termina. Menotté, le patron fut poussé sans douceur dans le souk sous les yeux réprobateurs des tisseuses qui, payées à la pièce, n'avaient pas arrêté de travailler. Les autres vendeurs se faisaient tout petits... Malko relata ce qui venait de se passer et rendit au sous-directeur de la Sûreté le pistolet de l'inspecteur Misselati. Le policier tunisien nota le numéro de la Renault 5 et le fit diffuser immédiatement.

— On va aller à leur hôtel, suggéra-t-il. Venez avec nous.

En descendant le souk, Bryan Palmer glissa à Malko :

— Ce pauvre Misselati n'avait encore rien dit à ses supérieurs... C'est moi qui leur ai parlé du meurtre de l'*Abu Nawas*.

Ils dévalèrent le souk jusqu'à la Porte de France, protégés par une meute de policiers en gris et casquette plate à l'allemande qui écartaient les passants sans ménagement. La rue d'Allemagne était à deux pas. Quand le concierge du *Commodore* vit l'invasion des casquettes, il devint de la couleur des toits de Sidi Bou Said.

Déjà, deux policiers l'apostrophaient brutalement en arabe. On lui arracha pratiquement la clef de la chambre 22 et le sous-directeur de la Sûreté se lança le premier dans l'escalier. Suivi de Malko, de Bryan Palmer et d'une douzaine de policiers, pistolet au poing. Ils écrasèrent quasiment une femme enceinte au passage. Deux flics prirent une pose théâtrale, tenant la porte en joue tandis qu'on l'ouvrait. La fouille fut rapide. Il y avait peu de chose à l'intérieur : des bagages, quelques vêtements, une carte de Tunisie, mais rien de compromettant. Pas d'armes, pas de documents intéressants.

— Ne touchez à rien, hurla trop tard le sous-directeur de la Sûreté. Il faut prendre les empreintes !

Il se tourna vers Bryan Palmer.

— Nous vous tiendrons au courant. Ils n'iront pas loin, la Tunisie est un petit pays. Je vais faire établir des barrages partout.

Propos optimistes...

Malko et Bryan Palmer se retirèrent discrètement. L'Américain fulminait :

— On n'a pas eu de chance ! Maintenant, ces salauds sont dans la nature...

Cinq minutes plus tard, ils étaient à l'*Abu Nawas* où Bryan Palmer déposa Malko. L'enquête tournait court pour l'instant.

Il y avait peu de chances que le couple de tueurs fasse de vieux os à Tunis. Malko ne voyait plus très bien à quoi il pouvait être utile. En tout cas, il préférait ne pas être dans le plan de Bryan Palmer : le compte à rebours de « Desert Spring » était largement entamé et la CIA allait droit dans le mur.

*

Ali Haddad, le patron du « Palais de l'Orient » faisait « le poulet rôti » depuis deux heures. Le marchand de tapis avait été conduit directement en car de l'avenue Bourguiba dans un des sous-sols du ministère de l'Intérieur réservé aux interrogatoires. Les soupiraux de ces caves donnaient sur la petite rue Abderrazak, interdite à la circulation par un souci de discrétion bien compréhensible. Haddad connaissait ce détail, comme beaucoup d'habitants de Tunis, et savait que ses cris n'alerteraient personne. D'ailleurs, la dernière délégation des Droits de l'Homme venait juste d'être expulsée du pays.

Son séjour avait commencé par une raclée épouvantable où il avait perdu deux dents. Le corps moulu de coups, on l'avait ensuite hissé sur une barre horizontale scellée dans les murs à un mètre cinquante de hauteur pour l'y attacher comme un poulet à la broche...

Ses deux interrogateurs revinrent, buvant de la bière à la bouteille. Deux flics secs, noirauds, moustachus et méchants. En quelque sorte, ils étaient payés au rendement. Un prisonnier qui n'avouait pas, c'était un mauvais point. Trop de blâmes les renvoyaient sur la voie publique. Ce qui leur donnait du cœur à l'ouvrage.

— Alors, gros porc, tu n'as rien à nous dire ? demanda aimablement le chef.

Ali Haddad essaya de le regarder la tête en bas, et gémit.

— Je ne sais rien. Je ne connais pas ces gens ! Il vient des dizaines d'étrangers dans la boutique tous les jours. J'ai de très beaux tapis. D'ailleurs, je serai heureux de vous en faire choisir un pour vous... J'ai de très jolis petits tapis de prière...

Le flic le regarda par en dessous.

— Pourquoi « petit » ? Bon, maintenant, tu vas dire ce que tu sais...

Comme Ali Haddad se répandait en gémissements, il prit une fine badine, retroussa ses manches et commença à cingler la plante de ses pieds nus exposés à la bonne hauteur. Ficelé comme un volatile, la tête en bas, Ali Haddad ne pouvait opposer aucune résistance. L'autre flic, assis sur un tabouret, fumait une cigarette, attendant de prendre son tour. Les hurlements déchirants de Ali Haddad ne l'incommodaient même plus. Le « poulet rôti », c'était de la broutille, mais avec un gros plein de soupe comme lui, cela suffirait probablement...

Cependant, pour accélérer le processus des aveux, lorsqu'il eut terminé sa cigarette, il se leva et vint écraser soigneusement le mégot sur le crâne à moitié chauve du marchand de tapis.

Hurlement d'un porc qu'on égorge...

— Arrêtez ! Arrêtez ! glapit Ali Haddad, j'ai une petite chose à vous dire...

Le flic continua quand même. Certains simulaient pour reprendre leur souffle. Il compta encore vingt coups de badine avant de la poser à terre et de venir se planter devant sa victime.

— Alors ?

*

La minuscule boutique pleine de tonneaux d'olives, de sacs de semoule, de boîtes métalliques, de bidons d'huile, parut soudain envahie par une nuée de sauterelles grises. Il y avait bien une vingtaine de policiers, la plupart en uniforme, pistolet au poing. Un civil braqua son arme sur le gros homme derrière la caisse.

— C'est toi, Fares Cheralby ?

— Oui, fit le commerçant. Mais...

— Viens avec nous, salaud.

Comme il ne bougeait pas assez vite, il fut arraché à son tabouret sous une grêle de coups de poing, de pied, de crosse.

Les flics se bousculaient pour le tabasser. Lorsqu'il déboucha dehors, il avait déjà le visage en sang, éclaté. On le traîna jusqu'à une Peugeot 505 cabossée et on le jeta sur le plancher arrière. Trois ou quatre flics s'assirent ensuite, le maintenant sous leurs pieds et ne se privant pas de le houspiller.

La voiture pénétra en trombe quelques minutes plus tard dans la cour du ministère de l'Intérieur, franchit un sas menant à une seconde cour interdite au public où Fares Cheralby fut extrait et mené à coups de pied jusqu'au sous-sol, les bras menottés derrière le dos. L'humidité encore plus que la peur lui glaça le dos. On le fit pénétrer d'une bourrade dans une cellule et il aperçut un homme le visage bouffi de coups, suspendu à une tringle, la tête en bas. Supplice classique de la police tunisienne.

Le civil qui l'avait arrêté le poussa en face du prisonnier et jeta à ce dernier :

— Répète ce que tu nous as dit.

Ali Haddad ne se fit pas prier. Tout pour cesser de jouer au poulet rôti... Bredouillant, sans regarder son interlocuteur, il lâcha :

— C'est lui qui me les a envoyés. En me disant de leur faire un bon prix, que c'étaient des amis. Mais je...

Déjà, on le faisait taire d'une claque et on entraînait Fares Cheralby dans une seconde cellule. Dès qu'il sentit l'odeur âcre qui s'en dégageait, il lutta de toutes ses forces pour ne pas y entrer, essayant de bloquer la porte avec ses épaules massives. Ce qui déchaîna la fureur des gardiens qui se mirent à le taper comme des sourds. Il atterrit sur le sol carrelé, humant avec désespoir l'odeur de l'acide sulfurique... Une grande baignoire occupait le centre de la pièce. On le mena à un tabouret où on le fit asseoir, lui enserrant les poignets et les chevilles dans des anneaux scellés dans le mur.

Ensuite, tous les policiers quittèrent la pièce, sauf deux. Le civil qui l'avait arrêté et un plus jeune aux cheveux frisés et aux yeux très enfoncés. Fares Cheralby avait du mal à réprimer un tremblement de tout son corps. Il avait entendu parler de cette cellule. Ceux qui y entraient se retrouvaient le plus sou-

vent dans un coin discret du cimetière du Jellaz, avec un certi-
ficat de décès parfaitement faux, et leur famille n'avait pas le
droit de voir leur corps.

L'acide laissait vraiment des traces trop déplaisantes.

— Fares ! lança le flic, si tu parles, ça se passera très vite.
Si tu ne parles pas tout de suite, ça se passera moins vite, mais
tu auras envie que cela se passe très vite. Tu entends ?

Le prisonnier inclina la tête.

— Bien. D'où connais-tu les deux jeunes gens qui habitaient au *Commodore* ? Ceux que tu as envoyés au « Palais de
l'Orient » ?

Premier piège dans lequel ne tomba pas le Tunisien.

— Quels jeunes gens ? demanda-t-il de son air le plus
bête possible.

Le chef adressa un signe discret au frisé, qui s'approcha
avec une grosse pipette remplie d'un liquide marron. Il pressa
le caoutchouc et quelques gouttes tombèrent sur le crâne du
prisonnier, déclenchant aussitôt des couinements démentiels.
L'acide sulfurique pénétrait avec lenteur la peau de son crâne,
le brûlant affreusement ; il avait l'impression que l'os était déjà
attaqué.

Le policier lui envoya un coup de pied en plein visage pour
le faire taire et enchaîna :

— Ne me prends pas pour un imbécile, Fares, sinon, je
mets tes jambes à tremper dans la baignoire.

Ladite baignoire était à moitié pleine d'acide qui fumait
doucement, dégageant un fumet âcre. Fares, de terreur, se mit à
uriner sous lui, ce qui ne fit qu'ajouter à l'odeur nauséabonde.

— Je ne savais pas qu'ils habitaient au *Commodore*,
prétendit-il. Ils sont venus dans ma boutique plusieurs fois.
Ils étaient sympathiques, ils m'ont dit qu'ils voulaient acheter
des tapis, alors, je les ai envoyés à Haddad, pour toucher un
backchich…

À première vue, cela semblait parfaitement plausible…
Seulement, le vieux policier tunisien avait côtoyé des men-
teurs toute sa vie… Ces deux-là n'avaient pas des têtes
à investir dans les tapis… Le regard de Fares Cheralby se

dérobait obstinément et le policier se dit qu'il était temps de frapper un grand coup.

— Détache-le et amène-le dans la baignoire, ordonna-t-il d'une voix douce à son assistant. On va lui mettre les pieds dedans : je voudrais rentrer chez moi pour le match de l'Euro 92...

Comme tous les Tunisiens, il était fou de football.

La première main détachée, Fares Cheralby commença à hurler comme une sirène. Il savait que dès qu'il aurait touché l'acide, c'était fini. Mais l'autre solution ne valait guère mieux... C'est quand les effluves âcres commencèrent à irriter sa gorge qu'il se décida.

*

Bryan Palmer était en train de rédiger une note pour Langley lorsque sa ligne directe sonna. C'était Heidi Kacer, le sous-directeur de la Sûreté tunisienne. Avec beaucoup de civilité, il invita l'Américain à venir prendre un thé à la menthe dans son bureau, vers sept heures. Il aurait probablement du nouveau.

*

Fares Cheralby n'était vraiment pas beau à voir. L'acide avait marqué de rigoles sanglantes son visage empâté, et creusé des taches noirâtres partout où ses bourreaux en avaient fait couler. Ses pieds n'étaient plus qu'une masse brunâtre où surgissait parfois la brillance d'un os à nu. Il respirait lourdement, les traits crispés dans une grimace de douleur figée. Cela faisait deux heures que son supplice avait cessé, mais la douleur était toujours là, le rongeant peu à peu comme un animal.

La porte de la salle d'interrogatoire grinça et s'ouvrit sur Heidi Kacer. L'interrogateur se leva vivement, éteignant sa cigarette. Son chef tenait les quelques feuilles dactylographiées représentant la confession du commerçant. Reconstituée d'après ses aveux entrecoupés de hurlements, enregistrés au magnétophone. Pudique, la secrétaire n'avait pas retranscrit les cris et les supplications.

— Il faut lui faire signer cela, dit le sous-directeur.

L'autre se précipita et se mit à secouer Fares Cheralby qui commença instantanément à glapir. Croyant qu'il avait droit à une dose supplémentaire. Le policier le rassura.

— Tu dois juste signer là, après tu te reposes.

Il posa la dernière feuille de la « déposition » sur une plaquette de bois, sortit un stylo-bille de sa poche et le coinça dans la main du torturé. Ce dernier parvint à dessiner un vague paraphe avant de retomber dans sa torpeur. Soigneusement, le sous-chef de la Sûreté replia la feuille et adressa un sourire chaleureux à son subordonné.

— Bravo, Hakim, tu as bien travaillé.

Hakim baissa les yeux, modeste. C'est lui qui avait mené les interrogatoires des officiers de l'armée tunisienne suspects d'intégrisme et, depuis, l'armée était totalement fidèle au président Ben Ali.

— Qu'est-ce qu'on en fait ? demanda Hakim respectueusement.

Heidi Kacer marqua une imperceptible hésitation, cherchant à deviner si la loque rongée par l'acide pouvait encore leur apprendre quelque chose. Son instinct lui disait que non. Cheralby n'était plus qu'un paquet encombrant. Impossible de l'emmener dans un hôpital dans cet état. Si cela s'ébruitait, Amnesty International allait encore prétendre que la Tunisie était un pays de sauvages...

— Comme d'habitude, dit calmement le sous-directeur de la Sûreté. Tu passeras prendre le permis d'inhumer au deuxième, chez le Dr Mansour.

Il sortit, faisant claquer la grille derrière lui. Aussitôt, Hakim alla prendre dans une petite armoire en bois un gros sac en épais plastique blanc, fermé par un lacet. Il s'approcha du prisonnier et le lui enfila sur la tête. Fares Cheralby tenta de s'en dégager mais, d'un coup sec, Hakim serra la cordelière, en maintenant les deux bouts. Le prisonnier commença à ronfler comme un soufflet de forge sans trop se débattre. Hakim attendait le moment le plus dur. Il vint quand l'air des poumons s'épuisa.

Asphyxié, le marchand de tapis tenta désespérément de se défaire du sac en se roulant par terre. Ses ruades atteignirent la baignoire, il se retourna les ongles sur le plastique, mais Hakim tint bon.

Affamé d'oxygène, le prisonnier avala presque le plastique, ce qui acheva de le tuer. Il eut encore quelques ruades, puis un grand spasme, et demeura immobile.

Hakim laissa le sac en place encore cinq minutes, puis l'enleva et alla le laver dans un petit lavabo. Ils n'avaient pas beaucoup de crédits et ne pouvaient se permettre d'en utiliser un neuf chaque fois. Celui-là commençait à être à bout de souffle, presque troué par les marques de dents des suppliciés, mais il pourrait encore servir une ou deux fois.

Ensuite, le policier enveloppa le corps dans une couverture et le traîna dans le couloir.

Il n'y avait plus qu'à épingler sur sa poitrine le permis d'inhumer avec la mention « arrêt cardiaque en cours d'interrogatoire ». Il finirait avec les autres dans le carré réservé au ministère de l'Intérieur dans le cimetière du Jellaz.

*

Le bureau du sous-directeur de la Sûreté était assez confortable, avec des boiseries, un éclairage tamisé et de grandes baies vitrées donnant sur l'incroyable immeuble en forme de pyramide renversée, œuvre d'un architecte fou ou distrait, qui se dressait en bas de l'avenue Bourguiba. Le haut fonctionnaire tunisien invita Bryan Palmer à s'asseoir et une secrétaire boulotte vint leur apporter le traditionnel thé à la menthe.

— J'ai du nouveau, annonça le Tunisien. Nous avons découvert une filière libyenne liée à ces deux assassins.

— Libyenne ! fit semblant de s'étonner Bryan Palmer. Comment cela ?

— Grâce au témoignage d'un homme que nous avons arrêté il y a quelques heures. Un certain Fares Cheralby qui tient une épicerie juste à côté de l'hôtel *Commodore*. Il a très vite avoué qu'il faisait partie d'un réseau clandestin libyen et qu'il avait des contacts avec un des membres du Bureau populaire de la Jamahiriya[1], à Tunis.

— Vous avez son nom? ne put s'empêcher de demander l'Américain.

— Omar Abdo, il travaille pour les services libyens.

In petto, Bryan Palmer approuva le diagnostic du Tunisien. Omar Abdo travaillait pour le Mathaba, sous la houlette de Moussa Koussa, lui-même très lié au commandant Jalloud. Le Mathaba se consacrait au soutien des organisations terroristes à travers le monde. Mais quel était son lien avec les deux faux Hollandais?

— Vous n'en savez pas plus?

Le sous-directeur de la Sûreté prit le temps de boire son thé afin de donner plus de poids à ses paroles.

— Si, se rengorgea-t-il. Omar Abdo a remis des armes à Fares Cheralby, deux pistolets équipés de silencieux avec des munitions, il y a une semaine. Il l'a prévenu qu'il serait contacté par ce jeune couple qui viendrait lui demander un bidon d'huile de tournesol. Quelque chose qu'on ne trouve pas chez nous.

— Et ensuite?

— Ils sont venus comme prévu et Cheralby leur a remis les armes. Il leur a également indiqué qu'en cas de problème, ils pouvaient procéder à une rupture de filature en utilisant la terrasse d'observation du «Palais de l'Orient». Il a prévenu son ami Ali Haddad. Ensuite, il ne les a plus revus.

Bryan Palmer était suspendu aux lèvres de son vis-à-vis. Seul, Omar Abdo savait donc pourquoi les Hollandais avaient abattu le colonel El Mabrouk Sahban, envoyé d'Ibrahim Khalifa. La voix du Tunisien l'arracha à sa méditation.

— Il y a quelque chose d'intéressant. Dans la boutique de Fares Cheralby, ils parlaient ensemble en anglais...

1. L'ambassade de Libye.

— En anglais ! s'exclama l'Américain. Il ne s'est pas trompé ?

— Il jure que non. D'ailleurs, nous avons trouvé dans leurs affaires plusieurs livres et magazines anglais. Rien de hollandais.

Bizarre, bizarre.

*

— Et si les deux tueurs étaient irlandais ? suggéra Malko.

Bryan Palmer laissa sa fourchette plantée dans son couscous. Ils dînaient dans le seul restaurant de luxe de Tunis, le *Dar El Djed*, dans le haut de la médina. Un intérieur traditionnel de style mauresque avec une grande salle dominée par une galerie où se trouvaient des salons plus discrets. Un joueur de harpe égrenait une musique aigrelette dans l'indifférence générale. Une hôtesse altière accueillait les rares élus : il fallait réserver pratiquement six mois à l'avance. Mais le couscous était délicieux, les brick légers comme des zéphyrs, le Château La Gaffelière 1983 d'un beau grenat sombre, parfait, et c'était bien le seul endroit de Tunis où on pouvait croiser de jolies femmes bien habillées.

— Pourquoi des Irlandais ? interrogea l'Américain.

— L'IRA a beaucoup de liens avec la Libye, lui rappela Malko. C'est leur principal fournisseur d'armes. Souvenez-vous de l'*Eskund*… Le cargo chargé d'armes à Tripoli et destiné aux Irlandais. Cet Omar Abdo a peut-être demandé un service à ses anciens amis.

Bryan Palmer semblait plongé dans de profondes réflexions. Il dit soudain :

— *God damn it !* À une de mes rencontres avec Ibrahim Khalifa, celui-ci s'était engagé à nous livrer, en cas de succès de « Desert Spring », les réseaux de l'IRA en Europe.

— Qui était au courant ?

Le chef de section de la CIA resta silencieux quelques secondes.

— J'ai rédigé une note pour Langley, dit-il, elle est dans le dossier. Et, bien entendu, Ibrahim Khalifa et ceux à qui il peut l'avoir dit.

— Je crois que la cause est entendue, conclut Malko. Il a dû y avoir une fuite du côté de Khalifa et ses adversaires ont réagi. Par la bande. Cela prouve que « Desert Spring » n'est plus vraiment un secret. Toujours rien de Khalifa ?

Bryan Palmer ne répondit d'abord pas. Malko sentait qu'il essayait de chasser de son esprit tous les obstacles qui pourraient freiner le déroulement de son opération.

— Non, admit-il d'un air absent. Mais il va sûrement le faire. Je lui communiquerai alors ce que nous avons appris.

— Est-ce que cela ne serait pas plus prudent de geler « Desert Spring » en attendant d'être fixés sur l'étendue des dégâts ?

Bryan Palmer sursauta.

— Impossible, trancha-t-il, vous n'imaginez pas quelle logistique il faut mettre en branle pour amener les six cents hommes du colonel Haftar à pied d'œuvre. Si on arrête cela, c'est cuit. L'Air Force se démobilisera complètement. Déjà qu'ils ne sont pas chauds…

Pour couper court à la discussion, il acheva son Château La Gaffelière, demanda l'addition et alluma une cigarette. Son visage plutôt mou s'était durci. On touchait à son enfant.

Malko regardait le fax codé installé dans un cagibi jouxtant le bureau de Bryan Palmer cracher des kilomètres de texte en provenance de Langley. Depuis la veille, toutes les informations concernant les deux fuyards étaient centralisées par l'ordinateur de la Company. Bryan Palmer leva les yeux du dernier message reçu et lança à Malko :

— Vous avez tapé dans le mille !

Malko lut la dépêche qui venait de Belfast, relayée par la station de la CIA à Londres. Les deux jeunes gens étaient identifiés.

La meurtrière du colonel Sahban s'appelait Maureen O'Flaherty, militante extrémiste de l'IRA, plusieurs fois arrêtée, soupçonnée d'avoir subi un entraînement militaire dans le camp libyen de Bab Azizia en 1990. Elle avait abattu un soldat britannique à Londonderry et transporté des explosifs pour des attentats commis à Londres. Vingt-huit ans. Célibataire. Considérée comme extrêmement dangereuse. On la croyait toujours en Irlande du Nord.

Son compagnon s'appelait Alan Cork. Également membre de l'IRA depuis une dizaine d'années. Trente-trois ans. Né à Londonderry. Toute sa famille massacrée à la hache par un commando protestant. Plusieurs fois arrêté et enfermé dans la célèbre prison d'Armagh d'où il s'était évadé en janvier 1991. Depuis, plus de traces. On savait qu'il avait eu de nombreux contacts avec les Libyens pour des livraisons d'armes et qu'il était toujours armé. Lui aussi avait effectué plusieurs séjours en Libye et au Liban, et parlait arabe et français. Extrêmement dangereux.

Malko et Bryan Palmer se regardèrent. La seule raison pour un commando de l'IRA, allié des Libyens, d'assassiner un membre des services libyens était la certitude d'avoir été trahi par ses anciens amis.

Donc, les plans d'Ibrahim Khalifa étaient connus de ses adversaires. Malko plongea son regard dans celui de Bryan Palmer.

— Bryan, dit-il. Si j'étais vous, je démonterais. Sinon, vous courez à la catastrophe.

CHAPITRE V

Bryan Palmer fuyait le regard de Malko. Comme si le conseil de celui-ci était une attaque personnelle.

— Non, finit-il par dire, comme pour lui-même. C'est impossible.

— Pourtant, continua Malko en enfonçant le clou, ces deux Irlandais ne sont pas venus à Tunis exécuter par hasard le colonel Sahban. Ils agissaient sûrement sur ordre des instances dirigeantes de l'IRA. Il a fallu que ces dernières soient au courant des intentions d'Ibrahim Khalif concernant l'IRA pour agir préventivement. Qui les a prévenus ? Comment sont-ils entrés en contact avec Omar Abdo ?

L'Américain sembla se réveiller.

— À mon avis, corrigea-t-il, c'est Omar Abdo qui les a contactés. Il travaille pour le BER, qui possède à Tripoli des données informatiques sur tous les terroristes de l'ETA, de l'IRA, de la Rote Armée Fraktion [1], des rebelles de tout poil, Sardes, Corses, Canaques, Polynésiens, même les aborigènes australiens ! Il lui était facile de faire passer un message à l'IRA.

— Et qui a donné des instructions à Omar Abdo ? enchaîna perfidement Malko.

Après un silence pensif, Bryan Palmer reconnut.

— Omar Abdo est de la tribu des Mathariba, comme le

1. Fraction armée rouge.

commandant Jalloud. Il est sous les ordres de Moussa Koussa, intime de Kadhafi.

— Donc, conclut Malko, ils appartiennent au clan qu'Ibrahim Khalifa veut éliminer. Et leur action est parfaitement logique. Seulement, on revient à la question primordiale. Comment sont-ils au courant de « Desert Spring » ?

— Je n'en sais rien, avoua Bryan Palmer après un long silence.

— Ce meurtre a eu lieu il y a presque une semaine. Comment expliquez-vous le silence d'Ibrahim Khalifa ?

L'Américain s'agita, mal à l'aise.

— Il a peut-être du mal à envoyer quelqu'un de sûr ici.

— Il n'y a aucun moyen d'entrer en contact avec lui à Tripoli ?

— Notre ambassade est fermée et nos intérêts sont représentés par le Canada. Nous avons seulement mis en place une procédure de demande d'exfiltration par « boîte à lettres morte », sans autre possibilité.

Avec cinq mille citoyens américains résidant en Libye, la plupart dans les installations pétrolières, la CIA ne se débrouillait pas bien...

Malko ne retourna pas le fer dans la plaie.

— Donc, conclut-il, il faut attendre qu'Ibrahim Khalifa se manifeste. Ce silence devient inquiétant. Et s'il avait été liquidé ?

Le visage de Bryan Palmer exprima une douleur subite comme s'il souffrait personnellement.

— Je le saurais, protesta-t-il mollement, l'œil fixé sur le calendrier.

Il restait cinq jours avant le déclenchement de « Desert Spring » et il était complètement impuissant. Malko continuait sa réflexion et renchérit :

— Il y a encore un point troublant. Apparemment, les deux Irlandais n'ont pas eu de contacts *directs* avec Omar Abdo, puisqu'ils ont récupéré leurs armes chez l'épicier, Fares Cheralby. Or, il fallait connaître avec précision l'emploi du temps de Sahban pour l'abattre. Nous savons qu'ils l'ont suivi grâce à la petite Amina.

« Bien sûr, Omar Abdo a pu les joindre par téléphone à leur hôtel. Mais, lui-même, comment a-t-il su où et à quelle heure vous aviez rendez-vous avec El Mabrouk Sahban ?

— S'ils connaissaient sa venue, ils ont pu le guetter à la frontière tuniso-libyenne et le suivre, avança l'Américain.

Les deux hommes demeurèrent silencieux, à bout d'arguments. Malko sentait très bien ce qui bouleversait le chef de station. Sa raison lui disait de geler l'opération, seulement, c'était la chance de sa vie et il n'arrivait pas à s'y résoudre. Malko le sentait perdre pied. Il n'avait pas l'envergure nécessaire pour ce genre d'action.

L'Aïd El Kebir tombait le 11, cinq jours plus tard. Dans tout le monde arabe, les familles les plus démunies faisaient des miracles pour acheter le mouton que l'on égorgeait traditionnellement ce jour-là, et qui était cette année particulièrement cher.

— OK, laissa soudain tomber Bryan Palmer. Si demain soir Khalifa n'a pas donné signe de vie, on démonte.

*

Ibrahim Khalifa passa distraitement la main dans ses cheveux frisottés poivre et sel, résistant à l'envie de prendre la bouteille de Stolychnaya bien au frais dans son frigo. Même s'il n'avait pas été sous la pression de son opération, il aurait étouffé à Tripoli. D'habitude, grâce à son passeport diplomatique, il voyageait, en Syrie, en Suisse, en France et en Grande-Bretagne. Maintenant, avec l'embargo, chaque déplacement était un calvaire. Les quatre millions de Libyens étaient comme un troupeau en cage, sur le territoire immense de la Jamahiriya. Presque deux millions de kilomètres carrés [1] !

Il se leva et alla contempler les vagues grises de la Méditerranée, à travers la vitre de son bureau situé au sixième étage

---

1. Plus de trois fois la France.

du petit bâtiment abritant la Sécurité extérieure. L'ancien QG avait été détruit lors du bombardement américain de 1986 et on leur avait attribué ce modeste immeuble déjà décati, de six étages, juste à côté de l'hôtel *Mehari* et en face du Bureau populaire des Liaisons extérieures[1], sur le front de mer, dont Ibrahim Khalifa était également le patron. Beaucoup de ministères avaient émigré à Syrte, pour faire plaisir au colonel Kadhafi, originaire de cette région, mais tous les services de renseignement étaient demeurés à Tripoli. La Sécurité intérieure, le Mathaba international, les Comités révolutionnaires.

Des appartements répartis dans toute la ville et dans différentes casernes abritaient les unités opérationnelles comme le service « action » et la Sécurité militaire.

Ibrahim Khalifa revint à son bureau, rongeant son frein. En ce moment il lui était impossible de quitter la Libye, et pourtant il fallait coûte que coûte qu'il donne de ses nouvelles à ses alliés américains. Seulement, à Tripoli, il était comme sur une autre planète.

La mort du colonel El Mabrouk Sahban était un élément nouveau et grave. Il avait attentivement lu la presse tunisienne et reçu un rapport du Bureau populaire de la Jamahiriya de Tunis, attribuant le meurtre au Mossad. Ce qui ne voulait strictement rien dire, le rapport ayant été rédigé par Omar Abdo qui ne faisait pas partie de ses amis… Si ce meurtre était lié à son projet de coup d'État, ce n'était pas de ce côté qu'il le saurait.

Le colonel Abdallah Senoussi, numéro deux de la Sécurité extérieure et beau-frère de Kadhafi, occupant le bureau juste en dessous du sien, au cinquième étage, lui manifestait toujours la même chaleur. Ignorant sûrement qu'Ibrahim Khalifa l'avait placé sur sa liste de personnalités à éliminer en priorité.

Malgré la piste plausible du Mossad, Khalifa était de plus en plus persuadé que le meurtre brutal du colonel Sahban était lié à la mission qu'il lui avait confiée : rencontrer les gens de la CIA à Tunis.

---

1. Ministère des Affaires étrangères.

À partir de là, il fallait affiner la réflexion. Première hypothèse : le colonel Kadhafi avait eu vent du projet de coup d'État, ou, du moins, soupçonnait Ibrahim Khalifa de préparer son éviction du pouvoir.

Mais dans ce cas, pensait-il, il aurait déjà été arrêté. Le colonel Sahban eût été liquidé en Libye, ce qui était facile durant les deux cents kilomètres de route déserte avant la frontière tunisienne.

Il envisagea le deuxième cas de figure : le clan Kadhafi-Jalloud pensait qu'il magouillait quelque chose avec les Américains, sans savoir exactement quoi.

En liquidant son envoyé spécial à Tunis – ce qui permettait de mettre le meurtre sur le dos des Israéliens –, on n'affrontait pas de face Ibrahim Khalifa tout en le menaçant clairement.

Abd El Salem Jalloud était violent, sanguinaire, facilement excité, ce qui augmentait encore son bégaiement chronique, mais n'était pas un imbécile.

Son opposition à Khalifa était ancienne. Jalloud prônant l'islamisation à outrance de la Libye, l'action violente à l'extérieur pour promouvoir la politique libyenne et la guerre sainte à Israël et aux impérialistes, alors que Khalifa souhaitait une ligne plus modérée et l'ouverture sur le monde. Mais Jalloud connaissait le poids d'Ibrahim Khalifa au sein du régime, et aussi la difficulté pratique de s'attaquer physiquement à lui : il était protégé en permanence par une douzaine d'hommes de sa tribu, absolument dévoués.

Le meurtre du colonel Sahban était un message très précis. On ne s'en prenait pas encore à lui, mais on lui demandait de rompre tout contact avec les Américains.

Dans cette optique, ce meurtre n'était qu'un épisode de la lutte sournoise que se livraient Kadhafi et Khalifa pour l'orientation de la Jamahiriya. Khalifa haïssait Jalloud et ses manières cassantes. C'était facile de brûler le drapeau américain quand on touchait tous les mois des dizaines de milliers de dollars sur un compte en Suisse.

La conclusion de sa réflexion était simple. Il fallait continuer. S'il arrêtait maintenant, Kadhafi finirait par savoir ce qu'il avait vraiment tramé et l'éliminerait. Pourvu que la CIA, d'habitude assez frileuse, ne profite pas du meurtre du colonel Sahban pour renoncer à ses projets.

Il regarda sa montre. C'était l'heure de son rendez-vous avec Ashraf Khaled. Il l'avait rencontrée une première fois lorsqu'elle était instructrice au camp de Beida, réservé aux terroristes étrangers. Très belle, Ashraf avait d'abord fait partie des gardes du corps du colonel Kadhafi. Ensuite, capitaine dans l'armée libyenne, elle avait été affectée à la Sécurité extérieure. C'est là qu'Ibrahim Khalifa était tombé amoureux d'elle. Ils avaient eu une longue liaison, terminée par consentement mutuel, mais étaient restés très liés. Ashraf, tournée vers l'Occident, trouvait stupide la politique d'isolement de Kadhafi, et, peu à peu, avait acquis une grande complicité intellectuelle avec Ibrahim Khalifa, jusqu'à être au courant de son projet de coup d'État.

Elle travaillait maintenant aux relations publiques des Comités révolutionnaires, et elle avait gardé des amis partout. La veille, elle avait fait dire à Khalifa qu'elle souhaitait le rencontrer discrètement. Elle l'attendait dans sa voiture, en face de l'hôtel *Mehari*.

Ibrahim Khalifa se leva, vérifia la fermeture de son coffre, glissa un Makarov 9 mm dans sa serviette et demanda à ses gardes du corps de l'attendre. Les quelques loqueteux qui gardaient l'immeuble le saluèrent respectueusement et il s'éloigna à pied vers l'hôtel *Mehari*.

Une Toyota aux glaces noires, sans plaque, était arrêtée en face. La voiture d'Ashraf. Il monta à côté d'elle, et elle démarra aussitôt, longeant le front de mer. En tenue vert olive, les cheveux cachés par un *hijab*, de grosses lunettes noires sur le nez, Ashraf Khaled arrivait à faire oublier qu'elle était une des plus belles femmes de Tripoli. Son pantalon cachait des jambes magnifiques, et Ibrahim le regretta.

— Bonjour, Aziz[1], dit-elle tendrement.

Il se pencha et l'embrassa dans le cou.

1. Chéri.

Sa voiture empestait, le tabac, elle fumait trois paquets par jour. Ce qui l'empêchait de grossir bien qu'elle mange comme quatre. Sans éteindre sa cigarette, elle accéléra en direction de la sortie de la ville.

— J'ai besoin que tu m'aides, dit Ibrahim Khalifa. Il faut que tu ailles à Tunis. Tu voulais me voir ?

Ashraf lui jeta un coup d'œil aigu :

— Oui, j'ai appris quelque chose d'important par Bachir, dit-elle. Quand je te l'aurai dit, tu n'auras peut-être plus envie de m'envoyer là-bas.

Bachir Rakhibi était le bras droit du commandant Jalloud et l'amant d'Ashraf. Trois fois par semaine, il la retrouvait dans une villa ocre au sud de la ville et la couvrait de bijoux. Il ignorait ses liens secrets avec Ibrahim Khalifa.

— Quoi ? demanda ce dernier, l'estomac brutalement noué.

— Ils savent que tu prépares quelque chose avec les Américains, dit Ashraf.

— Est-ce qu'il a parlé de El Mabrouk ? demanda anxieusement Khalifa.

Ashraf Khaled gara sa voiture en bordure de la plage et tourna vers lui un visage grave.

— C'est pour cela que je voulais te voir. Bachir avait bu, il contrôlait mal ce qu'il disait, mais je crois que c'était la vérité. Il m'a dit qu'« on » te laissait faire parce qu'on savait d'avance ce que tu préparais. Que les Américains avec qui tu avais la stupidité de t'allier te trahissaient.

Ibrahim Khalifa ne réagit pas, d'abord assommé. Pourquoi la CIA jouerait-elle double jeu ? Elle avait toujours voulu se débarrasser de Kadhafi et de Jalloud.

Brusquement, il comprenait pourquoi personne à Tripoli ne réagissait à sa trahison possible. On l'attendait au stade final… Pour l'exécuter.

Une coulée glaciale le raidit. C'était plus grave que n'importe quoi.

— Tu es sûre de cela ? demanda-t-il d'une voix altérée.

— Je crois que Bachir ne mentait pas, répliqua Ashraf avec

prudence. Il m'a donné des détails. La fuite viendrait des Américains de Tunis. Quelqu'un qui est très bien placé. Tu ne peux pas lutter contre cela, n'est-ce pas ? Tu devrais tout arrêter avant qu'il ne soit trop tard. Sinon, tu finiras comme Mohammed Mugariaf, au mieux.

Mohammed Mugariaf, ambassadeur libyen en Inde, avait refusé de revenir en Libye. Soutenu à prix d'or par la CIA, il avait fondé en 1981 le Front national pour le Sauvetage de la Libye qui ne réunissait guère que sa famille et quelques amis. Il vivait au Caire, traqué comme un rat, protégé jour et nuit par une nuée de barbouzes égyptiennes et américaines. Sachant qu'un jour Kadhafi aurait sa peau.

Le colonel libyen avait deux marottes sanglantes : le terrorisme et les règlements de comptes. Dans les deux cas, il n'apparaissait jamais au premier plan, se contentant de « suggérer » à ses fidèles le moyen de lui faire plaisir. Ce qui lui permettait de prôner la paix et la réconciliation officiellement.

Ibrahim Khalifa réfléchissait. À qui s'adresser ? Ses amis des services italiens n'étaient plus aux affaires et il n'avait aucun moyen de contacter directement des responsables de Langley. Si l'information transmise par Ashraf était exacte, un membre de la station de la CIA à Tunis trahissait.

Bryan Palmer, le chef de station, était le seul avec qui il pouvait évoquer ce sujet brûlant. Ce n'était pas possible que lui trahisse.

— Que me conseilles-tu ? demanda-t-il presque humblement à Ashraf Khaled.

La jeune femme ôta ses lunettes noires et alluma une nouvelle cigarette.

— Tu veux toujours que j'aille à Tunis ?

— Tu peux le faire sans risque ?

— Oui, répondit-elle sans hésitation. J'y vais très souvent. Cela n'éveillera pas l'attention.

Grâce à son poste aux Comités révolutionnaires, Ashraf Khaled bénéficiait d'un passeport diplomatique, ce qui lui évitait les trois semaines d'attente réclamées par les autorités tunisiennes pour l'obtention d'un visa.

— Dans ce cas, dit Khalifa, il faut que tu contactes Bryan Palmer d'urgence et que tu le mettes au courant. Tu laisseras un message sur un numéro de téléphone que je vais te donner. Je voudrais aussi que tu essaies d'en savoir plus sur le meurtre de El Mabrouk. En arrivant à Tunis, il a sûrement été chez Leila Kadouni. Elle sait peut-être quelque chose.

Feu le colonel El Mabrouk Sahban ne faisait pas mystère de ses goûts.

— C'est une bonne idée, reconnut Ashraf. J'aime bien Leila. Je pense que, si elle peut m'aider, elle le fera.

Chaque fois qu'elle se rendait à Tunis, elle allait prendre le thé à Carthage, chez Leila. Les deux femmes s'étaient liées peu à peu, ayant jadis partagé quelques hommes. Leila connaissait tous les potins de Tunis et possédait souvent de précieuses informations. Bien que quelques années plus tôt, un commando libyen ait tenté de l'assassiner, elle n'en gardait pas rancune à Ashraf, connue pour ses opinions libérales.

— Je partirai demain matin, annonça-t-elle, pour attraper le premier vol Djerba-Tunis.

Elle redémarra et ils suivirent le front de mer pendant plusieurs kilomètres. C'est là, dans une zone « réservée », que les dirigeants libyens habitaient des villas sans grâce, isolées les unes des autres. La vie n'était pas gaie à Tripoli et, dès neuf heures du soir, il n'y avait plus personne dans les rues. Où aller d'ailleurs ? Pas de boîtes, pas de cafés, quasiment pas de restaurants. Les quelques milliers d'étrangers restaient chez eux ou dans leurs hôtels à boire de l'alcool en cachette.

— J'attendrai ton retour avec impatience, conclut Ibrahim Khalifa. Il faut que les Américains démasquent ce traître. Sinon…

*

Malko pénétra dans le hall de l'*Abu Nawas*, de mauvaise humeur. Les deux Irlandais semblaient s'être volatilisés, en dépit des efforts de la police tunisienne… L'opération « Desert Spring », à cause du silence d'Ibrahim Khalifa, continuait en

roue libre. Bryan Palmer commençait à paniquer ; les télex de
Langley devenaient de plus en plus pressants. Il restait deux
jours avant le départ pour la Sicile et la Tunisie des hommes
du colonel Haftar, et il était impossible de donner le feu vert,
sans nouveau contact avec Ibrahim Khalifa. Malko, qui ne
voyait pas ce qu'il pouvait encore faire d'utile à Tunis, trépi-
gnait. Passant son temps entre la piscine et le téléphone avec
Alexandra. C'était frustrant.

Au moment où il prenait sa clef, un jeune homme l'aborda,
parlant français avec un fort accent arabe.

— Tu es Malko ?

— Oui.

— Tiens, c'est Leila qui te donne ça.

Il lui tendit une enveloppe fermée et s'enfuit presque en
courant, mal à l'aise dans le hall luxueux. Malko ouvrit l'enveloppe : il n'y avait que quelques mots.

— *Passe me voir. Leila.*

Il froissa le papier et reprit sa voiture, intrigué. Si cela avait
été une invitation innocente, Leila lui aurait téléphoné.

Vingt minutes plus tard, il s'arrêtait devant la grosse villa
de Carthage. Amina, toujours aussi Lolita, le conduisit dans
le salon coupé en deux par le moucharabieh. À peine fut-elle
sortie que la voix de Leila Kadouni rompit le silence.

— Je suis contente de te revoir. J'ai un message pour toi, de
la part d'une amie. Elle veut te rencontrer, mais discrètement.

— Qui ? Je la connais ?

— Je ne pense pas. Elle non plus d'ailleurs, ajouta-t-elle
avec un rire léger. Mais elle arrive de Tripoli.

— De Tripoli !

— Je ne peux rien te dire de plus, coupa Leila Kadouni. Tu
vas dans la médina. Dans le souk El Attarme, il y a une boutique d'antiquités, tenue par Rachid. Tu lui demandes de la
verrerie. Il te montrera un service de Baccarat et demandera
3 000 dinars. Tu lui en offriras 500…

— C'est tout ?

— Oui, il te mènera alors à la personne qui veut te voir.
Elle t'attend.

Froissements derrière le moucharabieh : Leila Kadouni était partie. Intrigué, Malko fonça vers la médina sans même prévenir Bryan Palmer. Qui pouvait être cette mystérieuse Libyenne ?

*

Rachid, maigrissime, légèrement voûté, huileux comme un olivier, régnait sur un incroyable bric-à-brac mêlant les antiquités fabriquées la semaine précédente et quelques objets anciens authentiques, mais proposés à des prix déments, sauf pour des fous de l'Islam. Impassible, il mena Malko à une vitrine pleine de verres et lui désigna un service Baccarat du XVIIIe, ravissant.

— Il y a cela. Mais c'est cher. Trois mille dinars.

Sans même regarder, Malko répliqua d'une voix calme.

— Cinq cents.

L'antiquaire se récria et n'essaya pas de discuter. Mais, au moment où Malko tourna les talons, le Tunisien le rappela.

— Monsieur, monsieur ! Même si vous ne voulez pas acheter, je vais vous faire visiter la maison, elle date du XVe siècle. C'est très intéressant.

Son expression était un peu trop tendue pour un simple marchandage. Malko le suivit dans un escalier étroit, puis dans un couloir au plafond si bas qu'il fallait se baisser. Les pièces étaient minuscules, tarabiscotées, toutes pleines d'objets en vrac. Le Tunisien s'effaça pour laisser entrer Malko dans la dernière. Un peu plus spacieuse, donnant sur une petite terrasse où somnolaient une douzaine de chats.

Le sol était recouvert de *kilims*, la pièce encombrée de bibelots. Derrière une grande table ronde en cuivre repoussé, il aperçut une splendide jeune femme brune, nonchalamment appuyée sur un amas de coussins, drapée dans une djellabah blanche, dont le décolleté carré mettait en valeur une poitrine généreuse.

Elle toisa Malko de ses grands yeux noirs en amande, et lui tendit la main.

— Bonjour, fit-elle, je m'appelle Ashraf Khaled et je viens de la part d'Ibrahim Khalifa.

CHAPITRE VI

Le soulagement de Malko d'avoir enfin des nouvelles d'Ibrahim Khalifa, juste avant l'expiration du délai fixé par Bryan Palmer, fut tempéré immédiatement par une vague de méfiance. Pourquoi le Libyen n'avait-il pas donné l'ordre à son envoyée de contacter Bryan Palmer, selon la procédure prévue ? Que venait faire Leila Kadouni là-dedans ? Sur ses gardes, il s'assit sur un gros pouf en face de l'inconnue et la détailla. Elle avait un très beau visage aux traits forts et réguliers, avec des sourcils épais et bien dessinés, une large bouche sensuelle et ces superbes yeux étirés aux prunelles d'un noir liquide.

À la largeur de ses épaules, on devinait une sportive, pourtant, elle fumait et le cendrier était plein.

Ses ongles étaient coupés court, bien que ses mains soient très soignées. Il y avait chez elle un mélange d'hyper-féminité et de force quasimasculine. Il remarqua que son regard était sans cesse en mouvement, comme si elle avait peur.

— Qui êtes-vous ? demanda-t-il.

— Ashraf Khaled, répéta-t-elle, une amie très proche d'Ibrahim Khalifa. Je suis ici à sa demande.

— Pour quoi faire ?

Elle lui adressa un sourire ironique et tira sur sa cigarette.

— Je crois que les gens pour qui vous travaillez – entre autres, Mr. Palmer – ont un projet commun avec Ibrahim Khalifa…

Cela sentait de plus en plus le traquenard.

— Je ne suis pas qualifié pour en parler, dit Malko, je pensais que vous aviez le moyen de contacter *directement* Mr. Palmer.

— Bien sûr, dit-elle, en appelant le 257 397. On laisse un message sur le répondeur.

— Alors, pourquoi ne pas l'avoir fait ?

— C'est *vous* que je désirais rencontrer.

— Pourquoi ?

Elle se pencha vers lui, lui soufflant presque la fumée de sa cigarette dans la figure.

— Lorsque je suis arrivée à Tunis, dit-elle, je pensais effectivement contacter Mr. Palmer, mais je voulais d'abord parler à Leila Kadouni afin d'avoir des détails sur le meurtre du colonel Sahban. C'est en discutant avec elle que j'ai eu l'idée de vous rencontrer, vous, au lieu de Mr. Palmer.

Malko sursauta intérieurement.

— Leila Kadouni est au courant de ce projet ?

— Bien sûr que non ! protesta Ashraf Khaled, Elle sait seulement que nous avons certains contacts avec des Américains.

— Mais comment êtes-vous arrivée jusqu'à moi ?

— J'ai demandé à Leila qui était l'homme, parmi les gens de la CIA à Tunis, en qui je pouvais avoir une confiance totale. Elle m'a donné votre nom.

— Mais enfin, pourquoi ? répéta Malko.

Ashraf Khaled lui adressa un long regard plein de gravité.

— J'ai eu des informations selon lesquelles Khadafi et Jalloud auraient eu vent du projet d'Ibrahim Khalifa et que ces fuites proviendraient du bureau de la CIA à Tunis.

La foudre serait tombée aux pieds de Malko qu'il n'aurait pas été plus stupéfait.

— C'est impossible ! protesta-t-il. C'est de l'intox. Ashraf Khaled haussa les épaules en écrasant rageusement son mégot dans le cendrier.

— *C'est vrai !* martela-t-elle. C'est *moi* qui ai recueilli cette information. D'un homme avec qui je faisais l'amour et qui est le bras droit du commandant Jalloud ! Vous me croyez ?

Ses yeux flamboyaient et il se dit que cet homme-là avait bien de la chance. Ashraf devait être une vraie panthère au lit, s'il en jugeait par son caractère à la ville. Penchée en avant, elle lui offrait une vue inégalable sur ses seins. Avec un rictus méprisant, elle lança brutalement, ayant intercepté le regard de Malko.

— Les mollahs ont bien raison de dire que les hommes sont tous des porcs ! En ce moment, vous ne m'écoutez plus et vous ne pensez qu'à me baiser.

Vexé, Malko répliqua du tac au tac.

— Je vous écoute même si je vous trouve extrêmement désirable. Mais je n'arrive pas à vous croire !

— Les informations arrivent en Libye par le canal des pétroliers américains qui se trouvent dans le pays. Ceux-ci ont un relais à Tunis qui est forcément lié à un membre de la CIA assez haut placé pour être au courant de ce projet.

Le silence lourd se prolongea. L'appel aigrelet et psalmodique du muezzin de la mosquée voisine se déclencha, appelant les fidèles à la prière. Malko était atterré. Cette jeune femme ne paraissait ni folle ni excitée. Elle n'était pas venue de Tripoli sans une raison grave. Sa théorie expliquait en partie le meurtre de l'*Abu Nawas*. Sauf si c'était de l'intox. Mais dans quel but ?

La première chose à faire serait de vérifier qu'Ashraf était bien ce qu'elle prétendait être : l'alliée de Khalifa. Seul, Bryan Palmer était, peut-être, à même de le dire, à condition – second problème – qu'on puisse lui faire confiance.

In petto, Malko répondit « oui ». Le chef de station de la CIA tenait trop à son projet pour le saboter. Et il ne paraissait pas assez machiavélique pour mener un double jeu.

— Voulez-vous rencontrer Bryan Palmer ? proposa-t-il.

Ashraf secoua la tête négativement.

— Pas encore. Expliquez-lui ce qui se passe. Je ne repartirai pas de Tunis sans avoir tiré cette histoire au clair. Or, il nous reste un peu plus de trois jours.

Ils étaient dimanche soir et « Desert Spring » devait démarrer jeudi à l'aube.

— Vous êtes au courant de tout ?

— Oui, dit-elle simplement, cela doit se déclencher le jour de l'Aïd El Kebir.

— Qui connaît votre présence à Tunis ?

— Nos amis tunisiens, mais je pense les avoir semés. Leila, elle, ne dira rien. Vous pouvez revenir ici quand vous voulez, je n'en bouge pas, Rachid est un homme sûr.

Malko se leva, le cerveau en ébullition, et Ashraf lui tendit la main ; sa poignée de main avait la force de celle d'un homme. En bas, dans la boutique, Rachid lui remit un gros paquet, susurrant à son oreille :

— Il vaut mieux que vous ne repartiez pas les mains vides.

Malko sortit de la boutique avec son « achat », passablement perturbé. Il ne pouvait décemment pas appeler Langley pour annoncer qu'il y avait un traître à la station de Tunis. Il valait mieux parler à Bryan Palmer. Malko était sûr qu'il n'était pas le coupable. Mais il imaginait la tête du chef de station lorsqu'il serait mis au courant des révélations d'Ashraf Khaled.

*

Malko dut maîtriser une série d'éternuements, tant le bureau de Bryan Palmer était climatisé, avant de pouvoir s'adresser au chef de station. Celui-ci semblait avoir pris dix ans en quelques jours. Bien que ce soit dimanche, il ne décollait pas de son bureau. Ses lunettes d'écaille lui mangeaient le visage. Il leva un regard las sur Malko.

— Où étiez-vous ? Je vous ai cherché à l'hôtel.

Malko ne savait pas très bien comment aborder le problème. Bryan Palmer était responsable de son équipe et il ne fallait pas le brusquer. Malko n'était qu'un contractuel étranger à l'administration de la CIA, et les membres de l'Agence étaient extrêmement susceptibles.

— Toujours pas de nouvelles des Irlandais ? demanda Malko pour briser la glace.

— Aucune. Je pense qu'on n'en aura plus. Ils ont réussi à quitter le pays, soit par bateau, soit vers la Libye.

— Aucune idée de la façon dont ils ont été informés ?

— Pas plus qu'hier.

Il jouait avec un crayon, regardant Malko, vaguement intrigué par son insistance. Ce dernier se jeta à l'eau.

— Bryan, combien de gens ici, à la station, sont au courant de l'opération « Desert Spring » ?

L'Américain se figea.

— Pourquoi me demandez-vous cela ?

— Je cherche toujours comment ces Irlandais ont pu être prévenus.

Bryan Palmer hocha longuement la tête et au moment où Malko pensait qu'il allait l'envoyer promener, il laissa tomber de sa voix lente et triste :

— Nous ne sommes que quatre à être vraiment au courant de tout : Jim, le type des transmissions, ma secrétaire, Jane, Arnold Angel, mon adjoint et moi-même.

— Jim, vous le connaissez depuis longtemps ?

— Un siècle ! Il vit pratiquement dans son bureau. Ne parle à personne.

— Jane ?

— C'est comme moi-même. Mariée à un sergent des Marines, père officier, tué au Viêt-nam.

Malko avait déjà croisé Arnold Angel, élégant comme une gravure de mode, réservé, un visage osseux presque émacié, avec des lunettes à grosse monture blanche, musclé et sec comme un olivier.

— Et Arnold Angel ? demanda Malko d'une voix égale.

Le regard de Bryan Palmer s'anima d'une flamme amusée.

— Arabisant distingué, il a été en poste à Ryad, au Caire et à Tripoli. Il parle parfaitement la langue du Prophète et a d'excellents contacts avec nos homologues tunisiens. Il a la confiance de Langley et a d'ailleurs passé deux ans au desk

Moyen-Orient. Tout ce qu'on peut lui reprocher, c'est d'être un peu distant.

— Marié ?

— Non. Ici, il sort beaucoup avec une jeune diplomate de l'ambassade d'Australie. Mais son truc, ce sont les musées, la vie culturelle et les festivals. Arnold, après Tunis, retournera à Langley avec un très gros job. Comme les Arabes n'ont pas fini de nous causer des problèmes...

Malko se dit que c'était le moment de se lancer à l'eau.

— Votre « dead-line » expire ce soir, remarqua-t-il. Qu'allez-vous faire ?

Le regard de Bryan Palmer s'éteignit.

— J'appelle ce foutu répondeur tous les quarts d'heure, dit-il. Si à minuit, je n'ai toujours rien, je préviens Langley et on démonte. Sans nouvelles de Khalifa, il n'y a pas d'autre solution.

— Il y a des nouvelles de Khalifa, annonça Malko.

L'Américain le fixa avec une stupéfaction qui se transforma aussitôt en fureur.

— Qu'est-ce que vous me racontez ! *You're pulling my leg*[1].

— Non, protesta Malko. Ibrahim Khalifa a envoyé quel-qu'un à Tunis qui a pris contact avec moi. Il y a à peine une heure.

La mâchoire de l'Américain faillit se décrocher.

— Avec vous ? répéta-t-il. Mais pourquoi, bon sang ?

— Je vais vous l'expliquer, dit Malko.

Bryan Palmer reprenait déjà du poil de la bête.

— De toute façon, dit-il, que Khalifa refasse surface, c'est une bonne nouvelle. Sans lui...

— Ce n'est pas forcément une bonne nouvelle corrigea Malko. À propos, connaissez-vous une certaine Ashraf Khaled ?

— Oui, C'est une copine d'Ibrahim. Sa maîtresse, je crois. Pourquoi ?

---

1. Vous vous foutez de moi !

— C'est elle que j'ai vue.

Donc, Ashraf n'était pas une traîtresse à la solde Jalloud. La théorie de l'intox s'effondrait.

— Qu'est-ce que c'est que cette salade ? grommela Bryan Palmer.

— Je vais vous répéter ce qu'elle m'a dit, coupa Malko.

*

Au fur et à mesure du récit de Malko, Bryan Palmer s'était tassé sur lui-même comme un petit vieux.

Il releva enfin la tête, l'œil mauvais.

— Tout ça, c'est du *bullshit*, gronda-t-il. Cette fille a essayé de vous intoxiquer. En réalité, Khalifa se dégonfle et a cherché un prétexte pour tout laisser tomber.

— On n'a pas fait semblant de tuer le colonel Sahban, fit remarquer Malko.

Bryan Palmer leva un doigt.

— Attention ! Je n'ai pas dit que l'équipe Kadhafi-Jalloud n'avait pas eu vent de notre projet. Seulement, je suis persuadé que les fuites ne viennent pas d'ici, mais de Tripoli.

Malko eut un geste d'impuissance.

— Pourquoi refusez-vous d'imaginer qu'il y a des fuites à la station ? Personne n'est à l'abri de ce genre de choses. Souvenez-vous de « Deep Throat », durant le Watergate.

L'Américain posa les mains à plat sur son bureau, refrénant de toute évidence une fameuse envie de les nouer autour du cou de Malko.

— Qui accusez-vous ?

— Personne, dit Malko. Mais puisque vous répondez de Jim et de votre secrétaire, il ne reste comme suspect que Arnold Angel...

— Arnold, je le connais depuis des années, répliqua Bryan Palmer. Il est honnête, désintéressé et consciencieux. Jamais il n'aurait communiqué des renseignements secrets, même à son meilleur ami.

— Je ne demande qu'à vous croire, affirma Malko, mais ce n'est pas moi qu'il faut convaincre. Que va-t-il se passer si Ibrahim Khalifa et vous demeurez sur vos positions réciproques ? Nous sommes dimanche, le 7. Dans quarante-huit heures, les six cents hommes du colonel Haftar atterriront en Sicile. Si Khalifa décide de se retirer du projet, que ferez-vous ?

Bryan Palmer ne répondit pas immédiatement. Une grosse veine battait sur son front et Malko le sentait perdre pied. Sans compter qu'ils n'avaient pas abordé le problème de fond. Si « Desert Spring » était réellement pénétré, c'était de la folie d'aller de l'avant. Pour Khalifa et pour la CIA. L'Américain releva la tête. Des filaments rouges striaient le blanc de ses yeux.

— Admettons que ce soit vrai, dit-il. Nous ne disposons que de quarante-huit heures pour faire une enquête qui demanderait des mois…

— C'est vrai, reconnut Malko, mais on peut essayer…

Bryan Palmer secoua la tête, accablé.

— OK. Vous essayez. Moi je ne stoppe rien pour l'instant. Nous ne risquons à ce stade la vie de personne. Vous avez quarante-huit heures pour faire un miracle. À propos, vous avez une idée ?

— Une toute petite, avoua Malko.

— Alors foncez ! fit Bryan Palmer, et que Dieu soit avec vous. Mardi soir nous ferons une ultime évaluation de la situation, avant de prendre la décision définitive d'arrêter « Desert Spring » ou de continuer.

« Faites comprendre à cette Ashraf Khaled qu'elle doit attendre jusque-là. Je ne bouge pas de ce bureau jusqu'à minuit.

Malko sortit de la pièce. Un peu abasourdi. Venu pour une enquête périphérique, il se retrouvait sauveur potentiel de « Desert Spring ». S'il y avait encore quelque chose à sauver. L'aveuglement volontaire de Bryan Palmer ne lui disait rien qui vaille. Un chef de station plus expérimenté aurait tout arrêté à ce stade.

Seulement l'ego du chef de station hurlait plus fort que les klaxons d'alerte…

Et c'était à Malko de tenter un miracle : trouver un traître en quarante-huit heures et annuler les effets de sa trahison.

CHAPITRE VII

Amina, toujours pieds nus, manifesta une surprise considérable en voyant Malko de nouveau devant la porte. Elle le fit entrer, mais l'emmena dans un salon plus petit que d'habitude, sans moucharabieh, donnant sur les collines de Carthage.

Elle revint trois minutes plus tard avec un plateau et l'éternel thé à la menthe brûlant puis sortit sans un mot.

Quelques instants plus tard, un téléphone posé sur la table basse se mit à sonner. Comme il continuait, Malko finit par décrocher. La voix de Leila Kadouni était moins roucoulante que d'habitude, avec une pointe d'angoisse.

— Que se passe-t-il ? demanda-t-elle. Ton rendez-vous ne s'est pas bien passé ? Tu peux parler, c'est un téléphone intérieur.

— J'ai besoin d'informations, dit Malko, tu es la seule à éventuellement pouvoir me les donner. Arnold Angel, ça te dit quelque chose ?

— L'adjoint de Bryan Palmer ?

— Oui.

— Qu'est-ce que tu veux savoir ?

— Qui il voit, ce qu'il fait, comment il se distrait.

Leila Kadouni eut un rire léger.

— En tout cas, il n'est jamais venu ici. Il paraît qu'il voit beaucoup de monde, surtout des Tunisiens et des diplomates arabes. Il parle aussi bien l'arabe du Machrek que celui du Maghreb.

— Et autrement ? Sa vie privée ?

— Pas grand-chose. Il va dans les cocktails avec une grande blonde, une Australienne, mais il passe le plus clair de son temps avec son meilleur ami. Un certain Forrest Uhler, qui possède une superbe villa à Sidi Bou Saïd.

— Qui est-ce ?

— Il est dans le pétrole, je ne sais plus quelle compagnie. Il ressemble à l'acteur Richard Gère et parle aussi vite que lui. Les femmes en sont folles, car il est très gentil, généreux, et elles ont l'impression d'avoir en face d'elles une vedette de cinéma. Lui aussi s'exprime très bien en arabe. Si tu veux mieux le connaître, c'est facile : il donne souvent, des fêtes dans sa villa où Arnold Angel est toujours invité. Demande à essayer son hammam. Il est, paraît-il, superbe. Tout en faïences anciennes. Il a beaucoup de goût.

— Il est vraiment *intime* avec Arnold Angel ?

— Ils se sont connus en Libye et ont les mêmes goûts. Pratiquement, ils passent tous les week-ends ensemble.

— Ce Uhler, il n'a pas de femme dans sa vie ?

— Il invite souvent une femme peintre, une Libyenne, dont le mari a été assassiné sur les ordres de Kadhafi, une certaine Aïcha Renahem.

— Il est proche des Libyens ?

Leila Kadouni eut un rire de gorge.

— Il est proche des gens qui ont du pétrole. À Tunis, il peut rencontrer des tas de Saoudiens, ou des gens des Émirats. C'est pour ça qu'il a un budget de représentation pratiquement illimité.

— Où se trouve sa villa exactement ?

— Tu demandes à n'importe qui. Il est connu comme le loup blanc. C'est dans le haut, il y a un grand parc, c'est très beau.

— Merci, fit Malko. J'espère te voir en chair et en os, un jour.

— Jamais plus, affirma Leila avec fermeté. Fais attention, les Libyens sont des gens sournois et dangereux.

— Même ton amie Ashraf Khaled ?

— Si elle était ton ennemie, elle le serait aussi. Mais ce n'est pas le cas. Pour le moment.

*

En fin de journée, la médina grouillait encore plus de monde. Les petits cafés avaient sorti leurs tabourets où les clients tiraient sur leur narguileh, se partageant équitablement les innombrables bactéries qui traînaient. Malko se dit que c'était horriblement triste, ces cafés où il n'y avait que des hommes. L'univers musulman lui paraissait terriblement ennuyeux et contraignant avec ses multiples interdits. Il se fraya un chemin à travers les ruelles étroites des souks, jouant le touriste, s'imposant de regarder les horreurs en cuir ou en cuivre et, finalement, redescendit vers la boutique de Rachid, l'antiquaire.

Le Tunisien l'accueillit avec un sourire commercial et, immédiatement, le guida vers le premier étage.

— Vous connaissez le chemin, souffla-t-il.

Malko trouva Ashraf Khaled, pratiquement à la même place, en train de regarder un feuilleton égyptien sur une petite télé Akai. Mais elle s'était changée, troquant sa djellabah pour un tailleur plutôt strict qui dévoilait ses jambes. Cette fois, elle s'arracha à ses coussins pour accueillir Malko et il s'aperçut qu'elle était aussi grande que lui, avec des hanches en amphore, des épaules larges et de longues jambes superbement galbées. Elle lui rappelait les belles « sabras » de l'armée israélienne, aussi douées pour l'amour que pour le combat.

— Bonsoir, dit-elle. Vous avez été très rapide. Qu'a dit Mr. Palmer ?

— Il a été secoué, dit Malko. C'est normal.

— Il vous a cru ?

— Je ne sais pas. Je le pense. Il m'a chargé d'enquêter. Il vous demande de patienter deux jours ici. C'est le temps dont nous disposons.

— Vous me dites que vous allez enquêter. Sur qui ?

Le regard de la Libyenne ne quittait pas Malko. Incisif et grave... Malko se dit qu'au point où ils en étaient, il était obligé de plonger.

— Sur son adjoint, qui est l'intime d'un homme qui pourrait coller avec votre information. Quelqu'un qui est dans le pétrole et qui a vécu à Tripoli.

— Qui ?

— Un certain Forrest Uhler. Vous le connaissez ?

— Bien sûr, répliqua Ashraf Khaled sans hésiter. Il sortait beaucoup dans les soirées à Tripoli et il était plus accepté que les autres Américains parce qu'il parlait arabe. Je sais qu'il comptait de nombreux amis dans l'entourage de Jalloud.

— Vous le connaissiez personnellement ? Savez-vous s'il a conservé des contacts avec ses anciens amis de Tripoli ?

— C'est probable.

— Cela se tient, dit Malko, mais je ne vois pas quelles pourraient être les motivations de l'adjoint de Palmer.

— L'argent, suggéra Ashraf. Les pétroliers en ont beaucoup.

— Il ne semble pas mener la vie à grandes guides, objecta Malko.

— L'imprudence, alors ?

— C'est un professionnel confirmé. Impensable qu'il se laisse aller à des confidences sur un sujet aussi sensible.

Ashraf Khaled écrasa sa cigarette à peine fumée dans le cendrier, montrant des signes d'agacement manifeste. Quand elle releva la tête, son regard fulminait.

— Écoutez, fit-elle, cette enquête est *votre* problème. Je vous ai dit tout ce que je savais. Maintenant, c'est à vous de jouer. Je vais rester ici jusqu'à mardi soir. Ensuite, je dois reprendre le dernier vol de Tunis pour Djerba, où j'ai laissé ma voiture. Il faut que, d'ici là, cette hypothèque soit levée. Sinon, je conseillerai à Ibrahim de laisser tomber ses projets.

Elle se leva et donna une vigoureuse poignée de main à Malko qui comprit que ce n'était pas la peine de tourner autour du pot. Il redescendit, traversa la boutique et retrouva le grouillement de la médina. Il avait quarante-huit heures pour confondre le traître de la CIA. Ou les traîtres. Puisque Forrest Uhler semblait pouvoir jouer un rôle moteur dans l'affaire. Il n'y avait pas une seconde à perdre.

*

Forrest Uhler transpirait dans la « salle chaude » de son hammam, comme tous les jours à la même heure. Une discipline qu'il s'imposait depuis qu'il vivait dans les pays arabes. Il regarda sa montre : encore trois minutes. Une voix appela à travers la vapeur.

— Je vous attends, maître.

C'était Alya, une jeune Tunisienne de quinze ans au corps à peine formé, qui lui servait de femme de chambre. Chaque jour, après le hammam, elle l'essuyait avec une grosse éponge imbibée d'huiles odorantes, pour effacer toute trace de transpiration. L'Américain abandonna les carreaux de faïence brûlants, enroula une serviette-éponge autour de ses reins et sortit de son hammam privé qui comportait les trois salles traditionnelles : la froide, la tiède, la chaude.

Alya l'attendait à côté du grand jacuzzi installé dans son immense chambre, face à la baie vitrée donnant sur la Méditerranée, une énorme éponge à la main. Comme son maître, elle ne portait qu'une serviette-éponge drapée autour de la taille. Avec ses cheveux très noirs, sa poitrine à peine née, son corps gracile, elle avait un troublant aspect androgyne. Forrest Uhler entra dans le jacuzzi, fouetté aussitôt par les jets d'eau sous pression. L'eau était fraîche et, après la moiteur du hammam, c'était délicieux. Il ferma les yeux de bien-être, tandis que l'éponge maniée avec douceur par Alya commençait à le caresser. Comme elle était trop petite pour atteindre facilement ses épaules, il s'assit sur le rebord du jacuzzi, se débarrassant du même coup de la serviette qui entourait ses reins. Alya ne regarda même pas son sexe. C'était une habitude de l'Américain de s'exposer ainsi, sans pudeur, et il semblait trouver cela naturel.

— Frotte-moi bien, dit-il d'une voix pleine de langueur.

Elle obéit, promenant son éponge partout, avec méticulosité. Forrest Uhler se laissait faire, regardant le plafond blanc. Une brève exclamation d'Alya lui fit baisser les yeux : sa serviette venait de se dénouer, découvrant un pubis imberbe et de ravissantes petites fesses rondes. Elle se baissait déjà pour la ramasser quand Forrest Uhler l'arrêta.

— Laisse.

Elle continua à faire glisser savamment l'éponge le long de son corps, la trempant régulièrement dans la bassine contenant le mélange parfumé. Descendant peu à peu, tout doucement, bientôt effleurant ses cuisses. Lorsque le tissu gonflé d'eau tiède atteignit son sexe au repos, la sensation exquise qu'il ressentit commença à provoquer chez lui une légère érection. Alya continua comme si de rien n'était, jusqu'aux genoux et aux mollets. Puis, attirée par le membre grossi entre les cuisses de l'Américain, elle ramena lentement ses caresses à son ventre, provoquant cette fois une érection marquée. C'était déjà arrivé, mais jamais à ce point-là. Elle eut peur. Vivement, elle retira l'éponge et dit d'une voix un peu altérée :

— C'est fini, maître.

D'habitude, à ce stade, Forrest Uhler débouchait une bouteille de Dom Pérignon glacée qui attendait dans un seau et buvait quelques gorgées de champagne. Il ouvrit les yeux et son regard tomba sur la croupe d'Alya, penchée en avant pour tordre l'éponge dans la bassine. Il eut l'impression que son ventre explosait. Sans un mot, il se releva et saisit l'adolescente par ses hanches minces, la collant à la paroi du jacuzzi. Elle poussa une exclamation étouffée en sentant le membre brûlant plaqué contre elle, mais elle ne chercha pas à se dégager.

— Ne bouge pas !

La voix de Forrest Uhler était méconnaissable, rauque, dominatrice. De la main gauche, il fit pression sur sa nuque, écrasant son torse sur le tapis de bain entourant le jacuzzi. De la droite, il saisit son sexe bandé et, sans aucune hésitation, il en appuya l'extrémité sur l'ouverture des reins de la jeune Tunisienne. Elle eut le temps de pousser un couinement de terreur, puis, d'un violent coup de reins, Forrest Uhler l'envahit. Elle était trop étroite pour qu'il puisse la prendre ainsi d'un coup. Il s'immobilisa, les dents serrées et, sans s'occuper de ses sanglots, donna un nouveau coup de reins qui eut pour effet d'achever son viol.

Envahie de toute la longueur respectable du membre brûlant, Alya gémissait et se tortillait, cherchant à échapper à son supplice. Forrest Uhler n'en eut cure. Il se retira, regardant avidement la corolle brune écartelée, puis avec la même brutalité, s'enfonça à nouveau inexorablement au fond des reins d'Alya qui sanglotait sans interruption.

Il se livra au même manège plusieurs fois de suite, jusqu'à ce qu'il sente la sève monter de ses reins. Il explosa enfin, secoué d'un spasme exquis, son ventre plat collé aux globes rebondis, abuté aussi loin qu'il le pouvait. Très vite ensuite, il se retira d'un coup, arrachant un nouveau cri à Alya. Elle se retourna, le visage en larmes, mais une lueur trouble au fond de ses yeux noirs.

— Tu m'as fait mal ! gémit-elle en arabe. Tu es trop gros.

Forrest Uhler reprenait son souffle et la lueur folle de ses yeux s'estompait. Il lui flatta les fesses et dit gentiment :

— Je ne voulais pas te faire de mal. Mais il ne faut jamais en parler. À personne. Maintenant, va préparer la table, les invités vont bientôt arriver.

*

Lorsque Malko pénétra dans le bureau de Bryan Palmer, l'Américain était en train de dévorer un « chawerma » arrosé de Johnnie Walker, les pieds sur son bureau. À peine plus d'une heure s'était écoulée depuis leur dernier entretien.

— Vous avez déjà du nouveau ? lança Bryan Palmer, avec une ironie qui cachait mal son angoisse.

— Pas encore, dit Malko, mais j'ai besoin de votre aide. J'aimerais faire la connaissance de Forrest Uhler. Le plus tôt sera le mieux.

Bryan Palmer posa son sandwich, fit une pause et dit avec une lenteur calculée.

— Forrest Uhler ! Décidément votre réputation n'est pas surfaite. Vous travaillez vite. Mais je connais Forrest depuis un bail. C'est un bon Américain et d'ailleurs il m'a rendu pas mal de services. Officieusement, bien sûr. Je lui demande conseil parfois, et il est considéré comme un H.C.[1] dans la maison.

— Je ne l'accuse pas, corrigea Malko, j'enquête seulement et j'aimerais le rencontrer.

— Eh bien, vous avez de la chance, laissa tomber Palmer après un bref silence. Il donne un dîner ce soir où je suis invité, allez-y à ma place. Je vais prévenir Arnold pour qu'il ne soit pas surpris.

Il décrocha son téléphone et appela son adjoint.

— J'ai trop de boulot, annonça-t-il à Arnold Angel, cela vous pose-t-il un problème que notre ami Malko aille chez Forrest à ma place ?

Malko entendit la réponse dans le récepteur.

— Pas du tout ! J'en parle moi-même à Forrest. Expliquez-lui où se trouve sa maison.

À peine l'appareil raccroché, Bryan Palmer lança un coup d'œil aigu à Malko.

— Voilà, j'espère que cela servira à quelque chose.

— Je ne sais pas encore, avoua Malko. Mais il faut bien essayer.

Le regard du chef de station s'assombrit.

— Je vois où vous voulez en venir. Mais Arnold est un pro. Il ne parle pas. Même à son meilleur copain.

Malko ne répliqua pas. Il n'avait guère le choix. Cette piste, même si elle choquait Palmer, était la seule qu'il pouvait explorer.

---

1. Honorable correspondant.

CHAPITRE VIII

Le maître d'hôtel de Forrest Uhler ouvrit à Arnold Angel accompagné de son Australienne pulpeuse, une blonde aux jambes plutôt fortes et aux hanches junonesques. Forrest Uhler surgit aussitôt, en chemise et pantalon blanc, très playboy.

— Je t'ai attendu, dit-il à Angel.

— Pas le temps ! répliqua Arnold. C'est tout juste si j'ai pu quitter le bureau.

Il se détendait souvent dans le hammam de Uhler, pendant des heures. Ils avaient pris cette habitude à Tripoli, des années plus tôt, lorsqu'ils se rendaient ensemble aux bains, où ils étaient les seuls étrangers. La vapeur et l'atmosphère sereine incitaient à la méditation.

Le temps que Forrest accueille son ami, trois autres couples arrivèrent, s'installant sur des poufs autour d'une immense table ronde, faite d'une dalle de verre biseautée de presque deux mètres de diamètre soutenue par un chapiteau corinthien de pierre, que le maître de maison avait commandée chez le décorateur Claude Dalle, venu spécialement de Paris dans son jet privé pour assurer la décoration. Une pièce d'une rare sophistication. Forrest Uhler attachait beaucoup d'importance à l'élégance de son intérieur.

Parmi les nouveaux arrivants, une poétesse tunisienne, en compagnie d'un homosexuel qui avait jugé amusant de mêler à son catogan quelques queues de lapin. Importation directe de Hammamet. Nouveau coup de sonnette. Le maître d'hôtel ouvrit à une femme portant de grosses lunettes, grande, avec une bouche immense, très maquillée, des yeux étirés sur les tempes, un chignon bas sur la nuque, l'air hautain.

Forrest se précipita pour la serrer dans ses bras.

— Aïcha ! Tu es plus belle que jamais !

C'est vrai qu'avec sa longue robe ras du cou très moulante soulignant les courbes de son corps épanoui, la nouvelle venue était superbe. À quarante ans, elle faisait encore la pige à bien des femmes plus jeunes. Il la présenta aux invités déjà arrivés.

— Aïcha Renahem, peintre de grand talent.

Aïcha prit place autour de la table ronde où les conversations allaient déjà bon train.

— L'ami de Bryan n'est pas encore arrivé ? demanda Arnold Angel.

— Pas vu ! répliqua Forrest. J'espère qu'il ne s'est pas perdu. Tu le connais ?

— Oui, oui, il est très sympathique. Un Autrichien.

Ils échangèrent un regard de connivence. Mieux valait ne pas trop parler de la Company devant les autres, même si tout le monde à Tunis savait ce que faisait Arnold Angel.

*

Lorsque Malko arriva chez Forrest Uhler, les invités buvaient déjà depuis une heure. Grâce au Moet millésimé, au Cointreau et au Johnnie Walker, les conversations étaient nettement plus animées. On le présenta à la ronde comme consultant, sans préciser de quoi ni pour qui et il se retrouva à côté de Aïcha Renahem.

La discussion roulait sur la situation politique tandis que les invités dégustaient le sempiternel couscous servi dans de ravissantes poteries et arrosé – signe de civilisation – non d'un rosé local, mais d'un Château La Gaffelière 1975. La cave du maître de maison regorgeait de ce Saint-Émilion 1er grand cru, hélas, le 1988, une des meilleures années, ne pourrait être bu que vers l'an 2000... Forrest Uhler prit son assiette et vint s'installer sur un gros pouf à côté de Malko.

— Je sais que vous êtes un ami de Bryan Palmer, dit-il à voix basse. Les choses vont donc si mal en Tunisie pour que la Company soit obligée d'importer des troupes supplémentaires ?

Il parlait de la CIA très librement, et cela étonna un peu Malko, qui connaissait la paranoïa et le goût du secret des Américains.

— Je crois que tout va bien en Tunisie, dit-il évasivement. Je ne fais que passer. Vous êtes dans le pétrole, je crois ?

— Absolument ! Depuis que j'ai quitté l'Ohio, je ne fais que cela, confirma fièrement Forrest Uhler.

— Mais il n'y a pas de pétrole en Tunisie, remarqua Malko.

— Non, bien sûr ! Mais c'est un pays commode pour rencontrer des gens qui n'aiment pas voir des Américains chez eux. J'ai reçu des Irakiens la semaine dernière. On va bientôt refaire du business avec eux...

— Vous recevez des Libyens aussi ?

L'Américain éclata de son rire sonore :

— Des Libyens ? Pourquoi ? Il y a déjà cinq mille Américains chez eux.

— Et l'embargo ?

Forrest Uhler haussa les épaules.

— L'embargo, ça ne concerne pas le pétrole... Heureusement, il faut nourrir les raffineries grecques. Qui elles-mêmes fournissent des produits raffinés à notre VIᵉ Flotte. Vous voyez, la boucle est bouclée !

Malko écoutait cet aimable cynique, pas trop surpris.

— Je croyais que le colonel Kadhafi était la bête noire des Américains.

Forrest Uhler avala une gorgée de Château La Gaffelière avant de lui répondre.

— Des politiques, corrigea-t-il. Mais on n'a jamais cessé de faire du business avec lui. Dans ce domaine-là, il est tout à fait raisonnable. D'ailleurs, si on n'en faisait qu'avec les gens bien, ce serait la fin du monde.

Sur cette pirouette Forrest Uhler alla rejoindre d'autres invités. Malko se leva à son tour et gagna la terrasse.

Il y retrouva Arnold Angel en train d'admirer les maisons blanches de Sidi Bou Saïd.

— Quelle vue superbe ! dit l'Américain. Il en a de la chance, Forrest...

— Il a l'air en effet de gagner beaucoup d'argent, approuva Malko. Vous le connaissez depuis longtemps ?

— Oh, des années ! C'est vraiment un bon copain. Toujours drôle, toujours gai. Et incroyablement généreux. À propos, vous n'avez rien trouvé de nouveau sur le meurtre du colonel Sahban ?

— Rien, reconnut Malko. Et c'est fâcheux. J'ai l'impression que toute l'opération « Desert Spring » est au point mort.

Arnold Angel approuva.

— Oui, si on ne débloque pas la situation rapidement, il va falloir l'annuler. Ce qui ne serait peut-être pas une mauvaise chose.

— Vraiment ? vous croyez ? s'étonna Malko.

Arnold Angel continua, du même ton passionné.

— À l'Agence, tout le monde ne jure plus que par cet Ibrahim Khalifa. Mais, quand le colonel Kadhafi a pris le pouvoir en 1969, nous l'avons soutenu, comme Castro lorsque Batista a commencé à nous faire honte. Ici, c'est un peu le même cas. Certes il y a des aspects très déplaisants dans le régime actuel, mais il ne faudrait pas changer un cheval borgne pour un cheval aveugle... J'en ai parlé à Forrest. Il pense comme moi.

— Il est au courant de « Desert Spring » ? demanda Malko d'une voix égale.

Arnold Angel lui jeta un regard peu amène.

— Non, bien sûr ! Mais nous avons souvent des conversations d'ordre général. Il a une grande connaissance du monde arabe. Et il pense que les choses pourraient être pires avec une nouvelle équipe qui en profiterait immédiatement pour mettre son pétrole à l'encan. Au profit des Français, des Japonais ou des Italiens.

Arnold Angel paraissait très à l'aise dans sa démonstration, et Malko se dit qu'il n'était plus complètement impossible que Forrest Uhler soit au courant de « Desert Spring ».

— Qui est ma voisine de table ? demanda-t-il pour changer de sujet.

— Aïcha Renahem. Elle est libyenne. La veuve d'un opposant à Kadhafi assassiné au Caire il y a cinq ans. Son mari a été abattu en pleine rue par un commando libyen qui n'a jamais été jugé et que les Égyptiens ont discrètement remis en liberté. Affaires intérieures libyennes.

« Kadhafi l'a accusé de vouloir fomenter un coup d'État. Sa veuve ne peut plus remettre les pieds en Libye. Elle s'est réfugiée à Tunis où elle vivote en vendant des tableaux.

— Elle en vend à Forrest Uhler ?

— Parfois. Il l'aime bien et ils ont une relation assez intime. Il l'invite souvent.

Arnold Angel regarda sa montre.

— Je crois que je vais rentrer. Comme vous le savez, en ce moment nous avons beaucoup de travail. Je commence à sept heures.

À l'intérieur, la musique arabe avait fait place à un slow tout à fait occidental, diffusé par les haut-parleurs d'une chaîne hi-fi Samsung dissimulée derrière des rideaux. L'adjoint de Bryan Palmer serra la main de Malko et alla récupérer sa cavalière.

Quelques couples évoluaient langoureusement dans la lumière tamisée. Malko aperçut Aïcha Renahem qui faisait tapisserie là où il l'avait laissée. Elle l'accueillit avec un sourire ravi.

— Forrest a été obligé d'aller faxer des documents, expliqua-t-elle, il m'a abandonnée lâchement ! Alors que j'adore danser.

Il aurait fallu être un mufle doublé d'un crétin pour ne pas comprendre. Malko se retrouva sur la piste improvisée, Aïcha Renahem incrustée contre lui comme s'ils s'étaient connus toute leur vie… Son haleine était parfumée au Cointreau et

tout son corps pulpeux semblait prêt à fondre. Une main posée
sur la nuque de Malko, elle dit d'une voix pleine de nostalgie :

— J'adore danser ! Mais, à Tunis, pour une femme seule,
c'est impossible. Il n'y a que des soirées privées, comme ici.

— Une aussi jolie femme que vous ne reste pas longtemps
seule, remarqua Malko avec galanterie.

— Je ne suis pas toujours seule, protesta-t-elle. Mais il y a
des moments difficiles. Heureusement que j'ai ma peinture.

— Vous peignez beaucoup ?

— Il faudra venir voir mes tableaux, dit-elle. Je fais une
exposition à Tunis dans un mois. J'espère que cela va bien se
vendre, car la vie est de plus en plus chère…

En tout cas sa robe venait de chez Balenciaga et son parfum certainement pas des souks. Ils dansèrent encore un peu,
puis revinrent s'installer sur le canapé rond. Arnold Angel et
son Australienne avaient disparu. Un couple flirtait sans rete-
nue non loin d'eux et Aïcha Renahem alluma une cigarette
nerveusement.

— Je n'aime pas les gens qui s'exhibent, dit-elle. Je crois
que je vais rentrer.

— Vous êtes en voiture ?

— Non, des amis m'ont déposée. Ils habitent à côté, mais
je vais appeler un taxi.

— Si vous voulez, je vais vous raccompagner, suggéra
Malko. Je travaille tôt demain matin.

Son enquête était terminée pour ce soir. Il avait quand
même pu vérifier une chose importante : la convergence des
idées sur la Libye d'Arnold Angel et de Forrest Uhler. Convergence qui se trouvait aux antipodes de la doctrine officielle de
la CIA… Mais ce n'était pas suffisant pour accuser les deux
hommes.

— Avec plaisir, dit-elle.

Ils filèrent en catimini, sans avoir revu leur hôte, ne laissant
que trois couples derrière eux.

À cette heure-là, Sidi Bou Saïd était totalement désert,
comme la route de Tunis. Il leur fallut à peine un quart d'heure
pour apercevoir les lumières de la ville.

— J'habite rue Kemal-Atatürk, dit la jeune femme. C'est dans le centre. Je vais vous guider.

Ils suivirent l'avenue Mohammed-V, passèrent devant l'*Abu Nawas*, puis Malko tourna à droite dans l'avenue Jean-Jaurès qui coupait la rue Kemal-Atatürk. Aïcha Renahem lui désigna le numéro 15, un grand immeuble blanc, hideux.

— C'est là. Au premier étage. Mon nom est sur la porte.

Elle se retourna vers Malko. Sa robe avait remonté, découvrant le haut de ses cuisses. Elle souriait, provocante en diable. Mais, très vite, elle tira pudiquement sur sa robe, comme pour mettre fin à ce bref entracte ambigu et proposa d'une voix légère :

— Si vous avez le temps, venez donc demain vers quatre heures prendre un thé à la menthe pour que je vous montre mes tableaux.

— J'essaierai, promit Malko.

Par elle, il pouvait peut-être en apprendre plus sur Forrest Uhler. Il n'avait pas tellement de cordes à son arc.

Comme il se penchait pour baiser la main d'Aïcha Renahem, celle-ci précisa :

— S'il vous plaît, ne parlez pas de votre visite demain. Ici, à Tunis, les gens sont étroits d'esprit. Cela fait mauvais genre pour une femme seule de recevoir des hommes chez elle, mais je n'ai pas les moyens d'avoir une galerie.

— N'avez-vous pas de clients libyens ? interrogea perfidement Malko.

Aïcha Renahem se rembrunit.

— Oh, eux, ce sont encore des sauvages. Ils ne s'intéressent pas à l'art. C'est moi qu'ils voudraient acheter.

Il attendit qu'elle se soit engouffrée dans l'immeuble blanc pour redémarrer. Finalement, la soirée n'avait pas été perdue. Il restait évidemment un énorme maillon manquant pour reconstituer le meurtre du colonel El Mabrouk Sahban et pour prouver la trahison éventuelle d'Arnold Angel. Il y avait une chance minuscule pour qu'Aïcha Renahem le lui fournisse.

*

Le chef de station de la CIA leva un œil torve sur Malko.

— Alors, vous avez passé une bonne soirée ?

Lui, paraissait ne pas avoir dormi ; le teint gris, les traits tirés, il compulsait machinalement des liasses de documents qui lui inspiraient un dégoût manifeste.

— Excellente, répondit Malko. Forrest Uhler est charmant et vit dans un endroit de rêve. J'ai même fait la connaissance d'une Libyenne superbe.

— Ah, la femme peintre ! laissa tomber l'Américain. Elle vous a proposé ses tableaux.

— Bien sûr.

Bryan Palmer abandonna soudain son ton badin.

— Bon, vous avez trouvé quelque chose ?

Malko lui relata sa conversation avec Arnold Angel et Bryan Palmer le coupa aussitôt.

— Je sais bien qu'il n'a pas les mêmes idées que moi. Mais ce n'est pas un crime...

— Forrest Uhler a les mêmes. Et des liens avec les Libyens.

— Oh ! je crois que ses convictions sont superficielles. Il ne pense qu'au fric. *My god !* J'aimerais bien avoir le quart du tiers de son blé.

— Il le gagne légalement ? interrogea perfidement Malko.

Bryan Palmer abandonna ses documents pour se rejeter en arrière dans son fauteuil, ôtant ses lunettes et les essuyant avec sa cravate.

— Je suppose ! Dans le pétrole, les dollars coulent à flots. Ils ont des tas de commissions, de backchichs, personne n'y comprend rien. Et comme ça se passe à cheval sur une demi-douzaine de pays... l'IRS[1] n'y voit que du feu. Vous avez remarqué sa montre ? Elle doit valoir trois mois de mon salaire. Putain, il y a même des diamants ! Et ses meubles ! Ils viennent tous de chez Roméo, créés par Claude Dalle, ça lui a coûté des centaines de milliers de dollars. Ce qui se fait de mieux.

---

1. Internal Revenu Service. Administration fiscale américaine.

— Vous n'avez pas peur qu'il pervertisse son ami Anold ?

— Arnold est un type complètement intègre, fit Bryan Palmer d'une voix teintée d'agressivité. Je sais comment il vit. Il y a six mois, il m'a demandé une avance pour offrir un cadeau d'anniversaire à son Australienne. Il a la tête sur les épaules. Je crois que ses liens avec Forrest Uhler sont d'une autre nature. Tous les deux, ils aiment les Arabes. Et ils se sentent foutrement bien dans tous ces pays.

« Je pense que ça les a beaucoup rapprochés. Mais ça ne va pas plus loin.

On frappa à la porte et Bryan Palmer cria d'entrer. Arnold Angel pénétra dans la pièce. Un épais dossier sous le bras, toujours tiré à quatre épingles, le regard énigmatique derrière ses lunettes à monture blanche. Il serra chaleureusement la main de Malko.

— C'était très sympa hier soir, remarqua-t-il. Je regrette de ne pas avoir pu rester plus longtemps.

— Moi-même, je suis parti assez vite, dit Malko.

Il s'attendait à ce qu'Arnold Angel pose son dossier et s'en aille, mais l'Américain attira une chaise à lui et s'assit face à Bryan Palmer.

— Je viens de recevoir encore un message de Langley, dit Arnold Angel. Ils s'inquiètent des communications avec Ibrahim Khalifa.

— Je n'ai toujours pas de nouvelles, lança Palmer, après une brève hésitation. Nous avons encore vingt-quatre heures au moins. Si on donne un contre-ordre à l'Air Force, c'est foutu de toutes les façons. Alors, on continue le « countdown ».

— Si « Desert Spring » foire au dernier moment, remarqua Arnold Angel, l'Air Force va nous présenter une note salée pour le déplacement de ses avions.

Bryan Palmer leva sur lui un regard à la fois résigné et furieux et remarqua hargneusement :

— C'est pas vous qui aurez la merde ! C'est *moi*, le chef de station. On aura l'air fin si Khalifa redonne signe de vie et que nos vaillants guerriers sont toujours en Floride…

Arnold Angel sortit presque à reculons, à l'évidence catastrophé. Dès qu'il fut sorti, Bryan Palmer retrouva un semblant de bonne humeur, une sorte de cynisme fataliste.

— Évidemment, si on annule au dernier moment, lança-t-il, l'Air Force va couiner et Langley va me tomber dessus... Mais ce ne sera pas la première fois qu'on aura gaspillé un paquet de fric pour rien. Après tout, je ne le mets pas dans ma poche. Qu'est-ce qu'ils peuvent me faire ? Ils ne vont pas me fusiller... Au pire, ils me rappellent au desk, et là-bas ils m'affectent au comptage des trombones. J'en ai rien à foutre, je suis à deux ans de la retraite.

— Je vous comprends, dit Malko. Mais...

Sans lui laisser le temps de continuer, l'Américain se leva, fit le tour de son bureau pour venir se planter devant lui, mi-figue, mi-raisin.

— Vous me comprenez, mais vous n'êtes pas d'accord.

— Non, dit Malko. À votre place, je démonterais. C'est vrai, il y a une possibilité pour que ces fuites viennent par le canal Angel-Uhler, mais je ne vois pas comment je peux le prouver en un laps de temps si court. Quant à évaluer les dégâts...

« Cette affaire est pourrie. Si ça se termine en catastrophe c'est vous qu'on tiendra pour responsable. Nous sommes déjà lundi.

Bryan Palmer balaya le calendrier d'un geste rageur.

— On a dit qu'on attendait jusqu'à mardi soir.

Il partit se rasseoir. Buté. Il ne changerait pas d'avis. Malko se dit qu'il y avait une chance minuscule pour que son rendez-vous avec Aïcha Renahem lui fasse découvrir un élément nouveau.

CHAPITRE IX

Malko trouva par miracle une place juste en face du grand immeuble blanc de la rue Kemal-Atatürk où demeurait Aïcha Renahem.

Il traversa et s'engagea dans un petit escalier qui débouchait sur un couloir mal éclairé. La carte de visite de la jeune femme était épinglée sur une des portes à laquelle il sonna.

Elle lui ouvrit. Resplendissante dans une djellabah jaune sable quasi transparente. Il put ainsi vérifier instantanément que ses seins tenaient encore très bien sans soutien-gorge et qu'elle protégeait son intimité avec un slip minuscule. Juchée sur des mules, elle le précéda le long d'un couloir aux murs couverts de tableaux jusqu'à une grande pièce qui lui servait visiblement d'atelier. Des toiles s'entassaient par terre et d'autres recouvraient les murs, l'une était en cours de finition sur un chevalet. Elles avaient toutes un point commun : Aïcha Renahem ne peignait que des femmes ! Dans toutes les positions, certaines nues. Cela tenait plus de l'illustration que du grand art, mais deux ou trois attirèrent le regard de Malko par leur érotisme.

Un crissement sec lui fit tourner la tête. Aïcha Renahem venait de faire tomber le store, plongeant la pièce dans une pénombre agréable...

— Prenez place, dit-elle, lui désignant un vaste fauteuil, unique siège en vue.

— Et vous ? protesta-t-il.

— Moi !

Elle eut un rire de gorge.

— Moi, je vais vous servir du thé et me mettre à vos pieds. Comme on fait dans mon pays, chez les traditionalistes. À moins que vous ne préfériez une coupe de Moet...

— Je me contenterai de thé, dit Malko, discret.

Joignant le geste à la parole, elle disparut, balançant des hanches encore très appétissantes pour réapparaître avec un plateau qu'elle posa sur un petit pouf avant de s'installer en tailleur sur un *kilim* face à Malko. Elle versa le thé et lui tendit son verre incrusté de bimbeloteries.

Tandis qu'il buvait, Aïcha enclencha un lecteur de cassettes Akai et une musique arabe envahit la pièce. Elle se releva et, les mains jointes au-dessus de la tête, se mit à onduler en face de Malko, dans une parodie de danse orientale, quand même terriblement provocante, pour s'interrompre sur un éclat de rire.

— Voilà comment je reçois certains clients, commenta-t-elle malicieusement. Cela aide beaucoup les ventes.

— Et ils ne vous violent pas ?

Aïcha eut l'air choqué.

— Les Arabes sont très respectueux de la femme, affirma-t-elle, et puis je ne m'habille pas de la même façon. Mais vous êtes un Occidental, et cela ne vous gêne pas, n'est-ce pas ? Ce n'est pas plus indécent qu'une femme en maillot.

— Une jolie femme n'est jamais indécente, affirma Malko, renonçant à lui expliquer la différence.

Aïcha Renahem était en train de répondre à la question qu'il s'était posée la veille. Elle voulait lui vendre des tableaux *et* se faire sauter. Malheureusement, aucune des deux éventualités ne l'enthousiasmait. Il n'y avait plus qu'à essayer de faire avancer son enquête.

— C'est comme cela que vous avez connu Forrest Uhler ? demanda-t-il.

— Non. Je l'ai rencontré dans un dîner. Nous avons sympathisé. Nous parlons ensemble de mon pays.

— Il doit rencontrer pas mal de Libyens, ici.

Elle eut l'air surprise.

— Oh non ! Les officiels se méfient de lui, parce qu'il est américain. Comme de moi à cause de mon mari. Nous sommes tous les deux des parias…

Des parias de luxe, quand même ! L'appartement était petit mais bien meublé et confortable. Les tableaux se vendaient bien… Malko laissait son regard errer sur les murs. Il réalisa soudain qu'Aïcha ne peignait qu'un seul sujet : elle, vue sous tous les angles possibles et imaginables. Au moins, elle ne risquait pas que son modèle aille poser pour un autre…

— Que pensez-vous de mes tableaux ? demanda-t-elle soudain.

— J'aime beaucoup celui-ci, dit Malko en désignant une aquarelle où Aïcha, à quatre pattes, se retournait vers un invisible amant avec un sourire gourmand, les quelques voiles qui dissimulaient son anatomie ne cachant pas grand-chose.

— J'ai dû le refaire à plusieurs reprises, confirma la jeune femme modestement, je ne sais pas pourquoi, il plaît beaucoup.

En abstrait, il aurait eu moins de succès.

— Vous le voulez ? demanda-t-elle.

— Hélas, fit Malko, mes moyens ne me le permettent sûrement pas.

— Dans quelle partie êtes-vous ?

— Je suis consultant pour le gouvernement américain, et j'effectue une tournée dans la région, expliqua-t-il. Mais mes honoraires ne sont pas ceux de votre ami Forrest Ohler.

Avec un sourire complice, Aïcha Renahem se leva et alla décrocher le tableau qu'elle tendit à Malko.

— Tenez, il est à vous.

— Mais non, fit-il, je ne peux pas accepter.

Elle voulut le lui donner de force et se rapprocha si près que ses seins s'écrasèrent contre sa chemise. Sensation agréable et fugitive. Aïcha ne parut pas s'en apercevoir et ne renonça que lorsque Malko eut posé la toile à terre.

Brutalement calmée, Aïcha regarda sa montre et annonça :

— Je vais être obligée de vous abandonner, j'attends un autre client potentiel. Un acheteur du Golfe, il faut que je change ma tenue…

— Tant pis, dit Malko, frustré de n'avoir rien appris sur Forrest Uhler.

Le sablier continuait à se vider inexorablement, et il faisait du sur-place.

Il fit mine de se diriger vers le couloir, mais, aussitôt, Aïcha Renahem se dressa devant lui. D'un mouvement coulé, elle vint s'appuyer à lui de tout son corps épanoui. De la provocation à l'état pur.

— Puisque vous ne prenez pas le tableau, dit-elle suavement, je vais quand même vous donner gratuitement quelque chose. Que vous ne soyez pas venu pour rien.

Ce fut d'abord la bouche de la Libyenne qui s'écrasa contre la sienne, puis une langue décidée l'envahit, tandis que le bassin d'Aïcha dansait contre le sien. Elle était très excitante et le savait. En très peu de temps, Malko avait provisoirement oublié ses problèmes. Il l'appuya à la seule partie des murs qui n'était pas recouverte de tableaux et commença à remonter le tissu léger de la djellabah jaune sable. Il fut arrêté par une main ferme.

— Non ! soupira Aïcha Renahem d'une voix chavirée, je vous ai dit que j'attends quelqu'un.

Elle le repoussa, encore haletante. Frustré, Malko n'insista pas. Quelle allumeuse ! Comme pour se faire pardonner, Aïcha dit d'une voix pleine de langueur :

— Quand vous reviendrez chercher *votre* tableau, nous aurons le temps. Vous me plaisez beaucoup.

Cinq minutes plus tard, il était dehors. Sans avoir avancé d'un millimètre dans son enquête, sauf à avoir appris qu'Aïcha Renahem était une excellente commerçante doublée d'une fieffée salope. La veuve éplorée ayant du mal à joindre les deux bouts… Il déboucha en plein soleil et poussa un horrible juron.

— *Himmel Herr Gott !*

Les deux pneus gauches de sa voiture étaient à plat ! Il traversa la rue Kemal Atatürk et examina les dégâts : des coups de couteau bien visibles. Probablement l'œuvre de petits voyous désœuvrés. Il n'y avait plus qu'à regagner l'hôtel à pied ou à attendre un taxi. Il se redressait, la chemise déjà imprégnée de transpiration, quand une voiture stoppa à côté de lui et qu'une voix à l'accent américain prononcé lui lança :

— *Hey ! buddy, you got a problem ?*[1]

Il tourna la tête et aperçut au volant d'une Golf un homme très bronzé, les cheveux coupés ras, les traits marqués avec d'étonnants yeux bleus et un sourire de publicitaire.

— Oui, dit Malko, on m'a crevé mes pneus.

— Je peux vous déposer. Vous allez où ?

— À l'*Abu Nawas.*

— *No problem ! Get in.*

Malko prit place à côté de lui. L'inconnu avait posé sa veste sur la banquette arrière et, sur ses bras découverts par la chemisette, Malko aperçut de superbes tatouages. Sa carrure était impressionnante, et des poils roux poussaient jusque sur le dessus de ses mains. Il se tourna vers Malko.

— Ça vous ennuie que je m'arrête deux secondes à la STM ? Il y a un type qui m'attend. C'est près de la voie 24.

— Je vous en prie, accepta Malko. Vous vivez à Tunis ?

— *Yeah !* fit le conducteur. Je vends des ordinateurs à ces putains de bougnoules. C'est plus facile que chez nous.

Il eut un gros rire et alluma un cigarillo grâce au briquet du tableau de bord.

— Et vous, quel est votre job ? demanda-t-il avec la familiarité habituelle des Américains.

— Je travaille pour le State Department, dit Malko, mission d'évaluation de la situation politique dans la région.

L'Américain laissa échapper un sifflement.

— Vous êtes une huile, alors ?

— Pas du tout, affirma Malko.

Après avoir descendu l'avenue Habib-Bourguiba et tourné à droite dans l'avenue de la République, ils roulaient maintenant sur le prolongement de cette dernière, la voie 24, un coin

1. Eh, mon pote, tu as un problème ?

pas vraiment résidentiel. À gauche, la gare de triage de Tunis avec des centaines de voies, et à droite le quartier des entrepôts du port, jusqu'à la mer, désert à cette heure de la sieste. Son cicérone tourna dans la voie 2005, roula encore quelques centaines de mètres, puis stoppa devant une grande grille.

— Vous m'attendez deux minutes ?

Il descendit de voiture et disparut. Malko regarda autour de lui. Des murs aveugles à perte de vue. Il eut un regard vers le tableau de bord : l'autre avait enlevé les clefs. Cela intrigua Malko. Il faisait une chaleur de bête. Personne, à part quelques chats errants… Trois ou quatre minutes s'écoulèrent, puis le conducteur réapparut, accompagné d'un autre homme de type italien qui, lui, portait une veste.

Celui qui avait dépanné Malko le héla.

— On en a encore pour quelques minutes. Venez prendre une bière avec nous.

Malko allait descendre lorsque son regard fut soudain attiré par quelque chose qui brillait dans un rayon de soleil, sur le plancher. Il se pencha et ramassa l'objet.

Son sang se rua dans ses artères et il eut l'impression qu'une nuée d'abeilles avait brutalement élu domicile dans son estomac. Ce qu'il tenait entre ses doigts était une cartouche de neuf millimètres.

CHAPITRE X

Instantanément, Malko comprit qu'il était tombé dans un piège.

D'un geste naturel, il glissa la cartouche dans sa poche et descendit de la voiture, plaquant un sourire neutre sur son visage. Les deux hommes l'observaient à travers la grille. Il fit deux ou trois pas vers eux comme s'il allait les rejoindre puis, sans crier gare, pivota et se lança coudes au corps dans la rue 2005, vers la voie 24. Dans son dos il entendit une voix furieuse hurler :

— *Fuck you !*

La rue s'allongeait devant lui rectiligne et déserte, bordée des hauts murs aveugles des entrepôts. Le premier embranchement se trouvait à plusieurs centaines de mètres. Malko se retourna tout en courant et aperçut l'homme au type italien debout au milieu de la chaussée, jambes écartées, les bras tendus comme à l'exercice, en train de le viser avec un gros pistolet prolongé d'un silencieux. Instinctivement, Malko plongea sur l'asphalte dans un roulé-boulé impeccable, entendit un choc sourd derrière lui et vit un éclat jaillir d'un mur.

Il se releva et courut de plus belle. L'inconnu tira encore deux fois, mais il était un peu loin. Le prochain carrefour semblait reculer comme un mirage et Malko commençait à être essoufflé. Chaque fois qu'il faisait un effort violent, sa vieille blessure de Hong Kong se rappelait à lui... Et toujours pas âme qui vive ! Le guet-apens était bien monté… Il se retourna encore sans ralentir et vit les deux hommes en train de sauter dans la Golf. Le bruit d'un moteur confirma ses pires craintes. Dans ce coin désert, ils allaient le courser comme un lapin et l'abattre à leur guise. Pour le moment il ne cherchait pas à savoir pourquoi on voulait le tuer, mais seulement à sauver sa peau, si c'était possible. Les poumons en feu, il atteignit enfin le carrefour et s'arrêta quelques secondes. Regarda à droite et à gauche, S'il trouvait une porte par où pénétrer dans un des entrepôts, il était peut-être sauvé. Il prit à gauche, au hasard…

Il n'avait pas parcouru trente mètres qu'un crissement de pneus le fit se retourner. La Golf venait de surgir au carrefour et fonçait vers lui. Il courait de toutes ses forces le long d'un mur gris interminable. Il jeta un coup d'œil derrière lui et vit à travers le pare-brise les visages crispés de fureur de ses poursuivants. Ils étaient là pour le tuer. D'un effort surhumain, il accéléra encore et aperçut une profonde encoignure fermée par un panneau métallique. Il s'y jeta au moment où la Golf le rattrapait. Le pare-chocs frôla son pantalon. Heureusement, gêné par le conducteur qui faisait écran, le passager n'avait pas pu tirer. Malko n'avait pas le choix : il repartit d'où il venait. Le temps que la Golf fasse demi-tour, il gagnait quelques précieuses secondes… Seulement, à ce rythme, il s'épuisait et bientôt, ils n'auraient plus qu'à l'achever comme un animal traqué.

Le sang aux tempes, des élancements dans la poitrine, il avait l'impression de traîner des semelles de plomb. Il ne réfléchissait plus, avec comme seule obsession l'instant présent.

La Golf revenait dans sa direction. Il zigzagua, distinguant vaguement un bras tendu hors de la portière. Écrasé ou abattu, son sort semblait réglé. Cette fois, d'un véritable bond de singe, il réussit à s'accrocher à la grille qui surmontait le faîte du mur. La Golf le rata, mais un projectile ricocha en couinant sur un barreau. Il tenta de se hisser au-dessus de la grille pour passer dans la cour de l'autre côté, mais il n'avait plus assez de force. La Golf amorçait son demi-tour à petite vitesse. Certains que leur proie ne pourrait plus leur échapper, les deux hommes se préparaient à l'hallali. Malko était si épuisé qu'il était presque prêt à se laisser tomber, pour ne plus sentir la tension douloureuse de ses muscles. Tout à coup, une voix furibonde venant de l'autre côté du mur le fit sursauter.

— Qu'est-ce que ti fais, toi ? Ici, y a rien à voler !

Il baissa les yeux et aperçut dans la cour un vieil Arabe, tout petit, les cheveux blancs en bataille, qui l'observait l'air furieux. Un gardien.

— Je ne veux rien voler.

— Alors, pourquoi ti accroché à la grille, monsieur ?

— On me poursuit ! Des hommes qui veulent me tuer. Ouvrez-moi. J'ai vu une porte à côté.

La Golf venait de s'arrêter derrière Malko. Tranquillement, le roux athlétique aux yeux bleus en sortit, un gros pistolet noir à la main, probablement un Tokarev, mais sans silencieux. Il leva posément le bras et visa le dos de Malko. Ce dernier n'hésita pas. D'un ultime réflexe, il se lança dans le vide, visant le toit de la voiture. Surpris, le tueur tira trop tôt. Le projectile ricocha avec un sifflement sinistre sur un des barreaux et alla briser la baie vitrée d'un entrepôt un peu plus loin.

Malko atterrit sur le toit de la Golf, muscles bandés, à deux mètres du tueur. Le second se trouvait encore dans le véhicule. Il croisa le regard glacial des yeux bleus et, d'un élan désespéré, se jeta vers lui, les jambes en avant. Ses pieds atteignirent l'homme à l'épaule et au visage, le déséquilibrant. Il tomba en arrière, appuyant en même temps sur la détente de son arme et le projectile partit vers le ciel. Malko se reçut à quatre pattes sur la chaussée. Il avait vaguement espéré que l'autre lâcherait son pistolet et qu'il pourrait le récupérer. Voyant son complice en difficulté, le second tueur ouvrit la portière. Malko avait quelques secondes d'avance. D'un violent coup de pied, il frappa le poignet de l'homme à terre et, cette fois, le gros automatique noir valdingua.

Et glissa sous la voiture…

D'un seul élan, Malko repartit, avant que l'homme aux yeux bleus ne se relève. Il aperçut du coin de l'œil le brun qui jaillissait du véhicule, l'arme au poing, celle avec un silencieux. C'était horrible, cette sensation de courir avec les muscles du dos bandés comme s'il pouvait arrêter un projectile par la seule force de sa volonté.

Il regarda derrière lui. La chemise lui collait à la peau. L'homme aux yeux bleus était en train de se relever, et l'autre le visait soigneusement.

— He, missieu !

Il tourna la tête. Une petite porte encastrée dans un énorme battant métallique venait de s'entrouvrir. Il s'y encadrait une silhouette minuscule, le petit Arabe au toupet de cheveux blancs, qui avait l'air d'une souris effrayée. Il ne lui demanda pas son avis. D'un bond désespéré, il s'engouffra dans l'ouverture, au moment où une balle couinait en ricochant sur la tôle. Il se retourna, claqua la porte et poussa une vieille targette rouillée, qui semblait encore solide.

— Écartez-vous ! lança-t-il au petit gardien.

Comme ce dernier ne bougeait pas, il le repoussa violemment le long du mur. Il était temps. Le battant métallique se troua en plusieurs endroits avec une alternance de détonations et de « plouf » sourds. Les deux tueurs tiraient comme des fous dans l'espoir de toucher Malko. Ce dernier entraîna l'Arabe, qui s'était mis à trembler comme une feuille, vers un bureau vitré au fond de la cour.

— La « pouliche », répétait le gardien comme un disque détraqué, la « pouliche », il faut appeler la « pouliche »…

Ils arrivèrent au bureau. Malko l'y poussa et se rua sur le téléphone. Pas de tonalité.

— Il n'y a pas de ligne ? demanda-t-il.

— Li standard, il est coupé ! Mais là…

Il désignait un téléphone rouge. Malko décrocha, cette fois, il y avait de la tonalité. Il composa en se forçant au calme le numéro direct de Bryan Palmer à l'ambassade. Il attendit, son cœur cognant dans sa poitrine, et sursauta. Un bruit sourd. L'Arabe poussa un cri d'orfraie.

— Patron ! Ti vois ! Ils veulent enfoncer la porte.

Les tueurs se lançaient avec la Golf contre la lourde porte

métallique ! Et la sonnerie retentissait toujours dans le vide !
Malko se sentait devenir fou. À cette heure, Bryan Palmer
devait se trouver dans son bureau...

Il se tourna vers le petit Arabe terrorisé.

— Comment t'appelles-tu ?

— Brahim, missieu.

— Brahim, est-ce qu'il y a une autre sortie ?

— Non, missieu, c'est la seule. Ti appelles la « pouliche » ?

Malko n'eut pas le temps de répondre. Jane, la secrétaire
de Bryan Palmer, venait enfin de décrocher, se contentant de
répéter le numéro appelé, par discrétion.

— Jane, lança Malko d'une voix stressée, où est Bryan ?

— Dans un meeting.

— Sortez-le de son meeting.

— Impossible, il est avec le ministre de l'Intérieur.

— Sortez-le ! *This is an emergency !*

Cette fois Jane se décida à poser l'appareil et Malko entendit ses pas qui s'éloignaient. Nouveau coup de boutoir dans
la porte métallique. Malko se tourna vers Brahim.

— À quelle adresse sommes-nous, ici ?

— Ici, c'est la R.N.T.A., dit le Tunisien.

— L'adresse ?

— Ça, je ne sais pas, ji sais pas lire... Ci dans la zone de
l'industrie.

— Malko, qu'est-ce qui se passe ?

C'était la voix inquiète du chef de station. Malko n'avait
jamais été aussi content de l'entendre.

— Il faut que vous veniez me chercher tout de suite à la
R.N.T.A., dit-il d'un ton pressant. C'est dans la zone industrielle. Je suis coincé là par deux tueurs qui tentent de défoncer l'entrée.

Un nouveau coup venait d'ébranler le battant métallique.

— Mais où, bon sang ? hurla l'Américain. C'est immense,
la zone industrielle.

— Attendez, coupa Malko.

Il posa le récepteur et se mit à fouiller fébrilement les

papiers qui traînaient sur le bureau, jusqu'à ce qu'il trouve ce qu'il voulait.

— C'est au numéro 86 de la rue 2004, annonça-t-il. Une grande porte de fer, vous la reconnaîtrez facilement, elle est criblée d'impacts.

Après avoir raccroché, il se tourna vers Brahim qui n'osait même plus bouger.

— Il y a un endroit pour se cacher ?

— Mais la « pouliche », elle ne vient pas ?

— Si, mais ça va prendre du temps. Où on peut se cacher ?

Le petit Tunisien ouvrit la porte, découvrant un immense hall d'usine long de près de cinquante mètres, encombré de machines, de cartons d'apparence bizarre. Un vrai labyrinthe. Même si les tueurs parvenaient à enfoncer la porte, ils mettraient un bon moment à les dénicher. Ils gagnèrent l'extrémité la plus éloignée du hall, et Malko s'appuya à une pile de caisses pour reprendre son souffle. Le danger immédiat conjuré, il se remettait à réfléchir. Les deux tueurs qui, en ce moment, étaient en train de défoncer la porte n'étaient ni tunisiens ni libyens mais américains.

Il écarta une pensée absolument horrible. Qu'ils soient envoyés par Bryan Palmer.

Inévitablement, il pensa alors à Arnold Angel et à Forrest Uhler. Juste comme il les soupçonnait, on lui expédiait des tueurs. Mais comment l'avaient-ils deviné ?

                                    *

Une quinzaine de minutes s'étaient écoulées. Brahim ne tenait pas en place. Soudain, il dit :

— J'entends li bruit, ça doit être la pouliche…

Malko prêta l'oreille à son tour et perçut des bruits sourds à l'extérieur. Des coups frappés à la porte métallique. Prudemment, ils y retournèrent. Brahim se colla contre le battant et cria :

— C'est la « pouliche » ?

— Malko ? répondit la voix anxieuse de Bryan Palmer. Vous êtes là ?

— Oui, répondit ce dernier qui s'empressa d'ouvrir.

Bryan Palmer s'encadra aussitôt dans l'ouverture. La crosse d'un 11,43 dépassait de sa ceinture et, derrière lui, Malko aperçut deux garçons athlétiques, le crâne rasé, sans doute des Marines empruntés à l'ambassade.

— Où sont-ils ? demanda l'Américain.

— À mon avis, ils ne vous ont pas attendus, répliqua Malko. Vous avez bien failli ne pas me revoir.

— *Holy shit*, j'ai vu les trous dans la porte, il y a des douilles partout, remarqua l'Américain. C'est dingue, en plein Tunis !

— Ce qui est le plus dingue, compléta Malko, c'est que ce sont des Américains.

— Quoi !

Bryan Palmer semblait soudain cloué au sol.

— On discutera de cela plus tard, dit Malko. Allons-y.

Il se tourna vers Brahim qui observait les trois hommes avec méfiance.

— C'est pas la « pouliche », remarqua le vieil Arabe.

— Non, dit Malko, ce sont des amis. Tenez.

Il lui tendit tout l'argent qu'il avait sur lui. Près de deux mille dinars, une fortune pour le gardien qui devait en gagner cent par mois.

— Merci, Brahim, dit-il, tu m'as sauvé la vie… Mais si j'étais toi, je ne parlerais pas de cela à ton patron. Tu n'as rien vu, rien entendu.

— Ça va, ça va, fit le petit Tunisien, serrant les billets, émerveillé.

Il contemplait encore sa nouvelle fortune quand Malko monta dans la Ford de Bryan Palmer.

— Expliquez-moi ce qui s'est passé, demanda le chef de station.

Malko lui raconta tout, depuis le moment où il était sorti de chez Aïcha Renahem.

— Vous êtes certain que ce sont des Américains ? insista Bryan Palmer visiblement perturbé.

— Totalement, réitéra Malko.

Les deux hommes, gênés par la présence des Marines à l'arrière du véhicule, n'échangèrent plus un mot jusqu'à l'ambassade américaine où ils déposèrent leurs « baby-sitters » pour gagner la villa de la CIA, place Pasteur. Arnold Angel attendait dans le bureau de Bryan Palmer, qui lui raconta ce qui s'était passé.

— C'est incroyable ! remarqua-t-il. Pourquoi a-t-on voulu vous tuer ? Et qui sont ces deux hommes ?

Malko essayait de se remettre les idées en place. D'abord, sur l'incident lui-même. La crevaison de ses pneus prenait soudain une tout autre allure. Le tueur aux yeux bleus l'attendait. À peu près certain que Malko accepterait son « aimable » proposition. Si ce dernier n'avait pas remarqué la cartouche tombée au fond de la voiture, on aurait découvert son cadavre dans ce quartier désert ou peut-être même ne l'aurait-on jamais revu : le port jouxtait la zone industrielle et il était facile d'y balancer un cadavre bien lesté de plomb ou de ciment. Il avait été victime d'un guet-apens. Et ceux qui l'avaient organisé *savaient* qu'il allait se trouver à cet endroit-là, à ce moment-là… Donc…

— À quoi pensez-vous ? demanda soudain Bryan Palmer.

— On savait que j'étais chez Aïcha Renahem, or, à ma connaissance, il n'y avait que deux personnes à être au courant.

— Qui ?

— Elle et moi.

Bryan Palmer cassa son crayon avec un bruit sec, regardant ensuite les deux morceaux d'un air désolé. Malko avait beau retourner le problème dans tous les sens, il ne voyait pas qui d'autre que la Libyenne avait pu collaborer à ce guet-apens. À moins qu'elle n'ait parlé à quelqu'un en toute innocence. La première personne qui venait à l'esprit était évidemment Forrest Uhler. Ce nouvel incident n'allait pas simplifier les choses. Visiblement « on » s'acharnait à supprimer les gens impliqués dans « Desert Spring ». Quelque chose frappait

Malko. Ni le colonel Sahban ni lui n'étaient des éléments indispensables à l'opération visant à renverser le colonel Kadhafi. Les deux « acteurs » principaux, Ibrahim Khalifa et Bryan Palmer, n'avaient pas été inquiétés, comme s'il s'agissait d'une sorte d'intimidation.

— Sortez-moi la fiche de cette Aïcha Renahem, lança Bryan Palmer à Arnold Angel.

Dès qu'il fut sorti, le chef de station hocha la tête.

— L'atmosphère commence à devenir irrespirable ! Je suis content que vous ne m'ayez pas parlé de ce rendez-vous chez Aïcha Renahem, ajouta-t-il avec un humour plutôt lourd. Au moins vous ne pouvez pas me soupçonner.

— Je ne vous ai jamais soupçonné, se récria Malko, mais ce qui vient de se passer confirme les informations d'Ashraf Khaled. L'opération « Desert Spring » est pénétrée et nous ne savons toujours pas de façon certaine par qui. Les deux hommes qui ont tenté de m'assassiner, êtes-vous sûr qu'ils ne font pas partie de l'ambassade ou du personnel américain en Tunisie ?

Cette fois il crut que Bryan Palmer allait se trouver mal.

— Vous êtes fou !

— Alors, d'où sortent-ils ?

Silence de plomb. Arnold Angel réapparut avec le dossier d'Aïcha Renahem, que le chef de station parcourut rapidement avant de le refermer.

— Il n'y a rien qu'on ne sache déjà, fit-il. Les Tunisiens ont enquêté sur elle quand elle est arrivée ici, et l'ont surveillée un certain temps. Ils font encore des sondages ponctuels sur son téléphone, mais aucun de leurs informateurs ne leur a jamais rapporté quoi que ce soit à son sujet. Elle semble vivre de ses tableaux et aussi d'aventures tarifées qu'elle a avec des clients. Qu'en pensez-vous, Arnold, vous qui la connaissez ?

Arnold Angel semblait au supplice. Il ôta ses lunettes pour en essuyer les verres et dit d'un ton prudent :

— Je la connais peu, je ne la vois que chez Forrest, je sais que, financièrement, il l'a aidée à plusieurs reprises.

Elle semble sans histoire. Je ne l'ai jamais entendue parler politique.

On tournait en rond. Devant le silence pesant qui se prolongeait, Arnold Angel, l'air pincé, sortit de la pièce presque en claquant la porte. Les deux hommes se dévisageaient. Bryan Palmer rompit le silence.

— Allez voir Ashraf Khaled, demanda-t-il. Qu'elle sache qu'on ne reste pas les deux pieds dans le même sabot. Si elle repartait sans crier gare, ce serait la fin de tout.

*

Malko se hâtait vers le souk El Attarme, se retournant de temps à autre pour repérer une éventuelle filature… Un lourd « 45 » automatique prêté par Bryan Palmer pesait à sa ceinture, sous sa veste, et il espérait que ce n'était pas trop visible. Après ce qui était arrivé, c'était la moindre des précautions. Les deux tueurs, vu l'acharnement qu'ils avaient mis à le liquider, pouvaient récidiver. Et comme il n'avait aucun moyen de remonter jusqu'à eux…

Il atteignit la boutique d'antiquités de Rachid et jura entre ses dents. C'était fermé ! Dans la période précédant l'Aïd El Kebir, les gens se laissaient un peu vivre. Il fit le tour, s'approcha de la vitrine et finit par apercevoir un jeune garçon endormi sur une natte à l'intérieur. Il tambourina tant et si bien que l'adolescent finit par se lever, et, après de longues hésitations, à entrouvrir la porte, ayant reconnu Malko.

— Qu'est-ce que ti veux ? demanda-t-il. Li patron pas là.

— J'ai oublié un paquet.

— Quel paquet ?

— Des verres, là-bas dans l'autre partie de la boutique.

— Attends, ji vais voir.

Dès qu'il se fut éloigné, Malko poussa la porte et entra dans le magasin, fonçant vers l'escalier. Le gosse se retourna.

— Eh ! Où ti vas ?

Malko n'eut pas le temps de répondre, une voix de femme lança une brève interjection en arabe. Comme un chien bien

dressé, le jeune garçon alla se recoucher sur sa natte et Malko
acheva de grimper les marches étroites. Ashraf Khaled l'attendait en haut. Les cheveux tirés, une chemise d'homme sous
une veste et un jeans très moulant, tout ce qu'il y avait de sexy
dans sa tenue…

— Alors, demanda-t-elle, il y a du nouveau ?

Ils gagnèrent la pièce où ils s'étaient rencontrés. Et Malko
lui fit le récit des dernières heures. Ashraf Khaled n'eut aucun
commentaire, lui faisant simplement préciser quelques détails,
puis alluma une cigarette et dit :

— Cette Aïcha Renahem a probablement été retournée par
la Sécurité extérieure. Abdallah Senoussi s'occupe presque
exclusivement des opposants ou supposés tels. Ceux qu'ils ne
peuvent tuer, ils les achètent car ils ont besoin de « capteurs »
à l'étranger, Des gens insoupçonnables qui leur apportent des
informations. La seule question est de savoir si son ami américain Forrest Uhler est au courant ou non.

— Mais, ils ont tué son mari.

Ashraf eut un sourire rusé devant cette candeur.

— D'abord, vous ignorez dans quels termes elle était avec
son mari… Certains bruits ont couru à Tripoli après sa mort.

— Lesquels ?

— Elle s'entendait très mal avec lui et avait de nombreux
amants au Caire. On a prétendu que c'est elle qui aurait facilité la tâche aux tueurs. Le soir où son mari a été assassiné, il
avait dîné dans un restaurant avec deux amis, des Palestiniens.
Seule sa femme savait où il se trouvait.

La coïncidence frappa Malko. Dans son cas à lui aussi,
Aïcha Renahem était la seule personne à savoir qu'il venait
chez elle.

— Quel aurait été son mobile ? demanda-t-il.

— Son mari avait beaucoup d'argent. À l'étranger. Elle
possédait la signature sur tous ses comptes.

— Aujourd'hui elle tire le diable par la queue.

Nouveau sourire d'Ashraf :

— Le jeu. C'est une folle des casinos, je sais qu'elle y a
perdu une fortune. Elle a eu une aventure avec un cheikh qui

la couvrait littéralement d'or. Rien qu'avec ce qu'il lui a donné, elle aurait pu vivre toute son existence tranquille. Eh bien, elle a claqué ça en quelques mois, à Monte-Carlo et au Caire dans des parties de poker ; pourtant, elle joue très bien.

La belle Aïcha Renahem prenait un éclairage différent.

Le silence retomba, rompu par Ashraf Khaled.

— Il faut que je rende compte à Ibrahim Khalifa. C'est encore plus grave que je ne le pensais.

— Aïcha Renahem peut parler.

— Vous ne sortirez rien d'elle. Mais je me demande pourquoi on a essayé de vous tuer. Sauf, si…

Elle se tut.

— Si quoi ?

— S'ils savent que je vous ai vu. On a voulu envoyer un second message à Ibrahim. Et aux Américains. C'est la seule explication qui me paraisse plausible.

— Mais comment l'ont-ils appris ?

Ashraf Khaled eut un geste évasif.

— Je n'en sais rien. Mais je commence à avoir une idée plus précise de ce qui se passe. À cause de ceux qui ont essayé de vous tuer aujourd'hui.

— Pourquoi ?

Ashraf Khaled alluma sa énième cigarette, le regard dans le vide.

— Je crois que je sais qui sont vos agresseurs. Et c'est *très* mauvais signe.

CHAPITRE XI

— Que voulez-vous dire ? demanda Malko, étonné par la réponse de la jeune Libyenne. Qui sont ces hommes ? Qui les a envoyés ?

— Avez-vous entendu parler de Frank Terpil et de William Shepard ?

— Bien sûr, dit Malko.

Une histoire qui était la honte de la Company. Au fil des années, certains agents de l'ancienne « division des Plans » avaient trahi, ou volé. Les deux noms que la Libyenne venait de citer rappelaient les affaires les plus sinistres. Après avoir obtenu un congé, Shepard et Terpil s'étaient engagés comme mercenaires chez Kadhafi : ils travaillaient depuis des années pour le colonel. Comme instructeurs et conseillers. La CIA avait à plusieurs reprises monté des manips pour les récupérer, mais cela avait toujours échoué.

On les avait tenus pour responsables de plusieurs opérations secrètes au Tchad et ailleurs en Afrique, et des témoins sûrs les avaient aperçus à N'Djamena quand Kadhafi y régnait en maître. Cependant, la théorie admise était qu'ils ne sortaient pas de Libye, pour des raisons de sécurité. Le rêve de tous les directeurs de la CIA était de les traîner devant un tribunal américain qui les condamnerait à quelques centaines d'années de prison.

— Je pense que ce sont eux, continua la Libyenne. Surtout

celui qui vous a pris en voiture. Les yeux bleus, les tatouages, les taches de rousseur : c'est Frank Terpil. Je l'ai rencontré un jour, dans un camp de la Pan-African Legion dont il formait les mercenaires. Il ne m'a pas remarquée, mais j'étais en face de lui ; je me souviens de ses yeux très bleus et de son tatouage en forme de serpent sur le bras droit.

— C'est lui ! confirma Malko.

— Je suis étonnée qu'ils se soient risqués jusqu'en Tunisie, remarqua la Libyenne. Il a fallu pour cela l'autorisation personnelle du colonel Kadhafi. Ils savent maintenant beaucoup de choses sur le fonctionnement des services libyens et s'ils étaient récupérés par les Américains, ce serait très dommageable pour Kadhafi. Sinon, techniquement, cela ne pose aucun problème de les faire sortir du pays. Les Comités révolutionnaires dont ils dépendent disposent de vrais passeports américains volés dont ils ont changé les photos. Or, il y a chez nous cinq mille Américains qui viennent souvent se détendre en Tunisie.

— Mais pourquoi employer ces deux-là ? objecta Malko. Les services libyens ne manquent pas de tueurs.

— C'est vrai, reconnut Ashraf, seulement, les Tunisiens les connaissent et ne les laissent pas entrer. Terpil et Shepard, eux, ne sont pas repérés et peuvent facilement passer des armes à la frontière. Il n'y a pas de fouille sérieuse des véhicules, pour les non-Arabes.

— Donc, d'après vous, conclut Malko, seul Kadhafi a pu leur donner l'ordre de me tuer.

— Lui ou Jalloud, et ils n'ont pas dû sortir de Libye de gaieté de cœur, car cela représente quand même un risque pour eux.

— Ils y sont déjà retournés ?

— Probablement, reconnut Ashraf. Je vais le savoir dès demain.

— Comment, vous ne restez pas jusqu'à demain soir comme convenu ?

— Impossible. Je vais partir immédiatement par avion jusqu'à Djerba et je terminerai en voiture. Je dois faire le point avec Ibrahim Khalifa. La question de savoir qui a trahi est devenue presque académique maintenant. Il faut essayer de déterminer ce que nos adversaires ont appris. Et que, de votre côté, vous arrêtiez l'hémorragie si c'est encore possible.

— Les hommes du colonel Haftar arriveront demain soir en Sicile, Nous sommes lundi et le déclenchement de « Desert Spring » est prévu pour jeudi matin.

— Je sais, reconnut Ashraf. Je serai cette nuit à Tripoli, *Inch Allah*. Je verrai immédiatement Ibrahim Khalifa.

— Nous avons impérativement besoin d'un nouveau contact, dit Malko. Afin de connaître sa position. Comment allons-nous nous retrouver, vous revenez ici ?

— Non, c'est trop loin.

— Mais nous avons absolument besoin de garder le contact, insista Malko. Les hommes du colonel Haftar doivent décoller de Sicile en direction des aéroports abandonnés de Libye où ils feront la liaison avec vos hommes à vous, dans la nuit de mercredi à jeudi.

— Je peux vous retrouver soit dans la nuit de demain à mercredi, soit mercredi matin à Ben Gardane au sud de Djerba. Ce n'est qu'à 200 kilomètres de Tripoli et à 25 de la frontière. Là, nous aurons tous les éléments pour la décision définitive.

— Vous pensez qu'Ibrahim Khalifa va tout arrêter ?

— Je l'ignore, répliqua Ashraf Khaled. Peut-être n'a-t-il plus vraiment le choix. Sur la route de Tripoli, à la sortie est de l'agglomération, il y a un hôtel-restaurant, *l'Oasis verte*. Prenez-y une chambre et attendez-moi. S'il y a un problème, je laisserai un message.

Elle lui tendit la main :

— Souhaitez-moi bonne chance.

*

— Ce sont eux ?

— Sans aucun doute, confirma Malko.

Bryan Palmer posa les deux photos extraites de ses archives sur son bureau et versa dans un verre ballon une dose respectable de Gaston de Lagrange XO. Il avait vraiment besoin de se remonter. Les portraits des deux traîtres se trouvaient dans toutes les stations de la Company. Au cas où... Le chef de station n'en revenait pas.

— Ils sont quand même gonflés ! lança-t-il. Je les ai peut-être croisés dans la rue sans faire attention. Je vais prévenir les Tunisiens qu'ils bouclent la frontière libyenne. En leur disant seulement qu'un type de chez nous les a reconnus. Vous n'avez pas noté la plaque de leur voiture ?

— Non, fit Malko, j'avais autre chose à faire, mais ce n'était pas une plaque libyenne verte. Ce sont seulement des hommes de main. Il faut savoir qui a monté cette embuscade. Et pourquoi.

— Aïcha Renahem est forcément dans le coup, commenta Bryan Palmer. Seulement, elle ne dira rien.

— C'est possible, reconnut Malko, mais le problème n'est pas là. Il est peut-être déjà trop tard pour sauver «Desert Spring». Pouvez-vous me dire à quelles informations concernant cette opération Arnold Angel a eu accès ?

— Donc, vous pensez que c'est lui, le traître ?

— Disons que c'est une hypothèse d'école... Répondez-moi.

— Il a eu accès à tous les documents concernant la partie opérationnelle. Il connaît la liste dressée par Ibrahim Khalifa des gens à éliminer. Ce qu'il ne sait pas, c'est le choix des terrains où vont se poser les C. 130 et le timing exact. Parce que ces informations devaient nous être communiquées au dernier moment par Khalifa.

Autrement dit, si Arnold Angel avait trahi, ce n'était un désastre qu'à 90 %... Restait à savoir quelle serait la décision d'Ibrahim Khalifa. Ce dernier, en dépit des risques encourus, était peut-être contraint à la fuite en avant. Et puis, ce ne serait pas la première fois que des responsables politiques ou militaires ne tiendraient pas compte des informations fournies par leurs services de renseignement. Hitler, s'il avait écouté l'Abwehr, aurait pu connaître le lieu du débarquement des Alliés en Normandie...

— Quoi qu'il en soit, dit Malko, si nous voulons avoir une chance, même limitée, de convaincre Khalifa d'aller de l'avant, il faut verrouiller de notre côté. Dès cette minute, couper Arnold Angel de tout ce qui va se passer. Ne plus lui transmettre *aucune* information sur « Desert Spring ».

Bryan Palmer cacha mal sa consternation.

— Mais je n'ai aucune preuve contre lui ! protesta-t-il. Et, en mon âme et conscience, je ne crois pas qu'il soit coupable. Même administrativement, cela m'est impossible sans un élément tangible. Sinon, cela me retomberait sur le nez.

Malko regarda l'Américain, dégoûté. Ce n'était au fond qu'un petit fonctionnaire craintif, propulsé dans une affaire qui le dépassait. Hélas, il était incontournable.

— Nous devons rassurer Khalifa, insista-t-il. Sinon, il va reculer et je ne peux pas le blâmer. Moi, je pense de plus en plus que le tandem Ange-Uhler est à l'origine de ces fuites. Le moins que nous puissions faire est d'y mettre fin. Imaginez votre responsabilité si les hommes d'Haftar et les pilotes – américains – des C. 130 se font massacrer quand ils se poseront en Libye. Cela, parce qu'ils auront été trahis ici…

Malko avait touché juste. Cette fois, Bryan Palmer ne répliqua rien, se contentant de réchauffer entre ses mains son verre de Gaston de Lagrange, avant de le déguster lentement. D'un ton misérable, il finit par dire :

— C'est vrai, mais je n'ai rien contre Arnold… Et il ne nous reste que quelques heures.

— Eh bien, moi, j'ai une idée, proposa Malko. Qui a une bonne chance de nous départager. Je pense qu'on a essayé de me tuer parce que je m'intéressais à Uhler. Ou à Angel. Tendons-leur donc un piège. Vous allez convoquer Arnold et moi et annoncer que vous avez été contacté par une envoyée d'Ibrahim Khalifa, qu'un rendez-vous a été fixé au kilomètre 4 de l'autoroute de Hammamet. Demain matin, à dix heures. J'irai au rendez-vous et il faut trouver quelqu'un qui joue le rôle d'Ashraf Khaled. Je pense qu'il ne doit pas être difficile de se procurer une plaque de voiture libyenne pour donner plus de crédibilité à la mise en scène. Ashraf Khaled exige que nous tirions les choses au clair.

Bryan Palmer adressa à Malko un regard sans aménité.

— O.K. Je pense trouver la fille et la plaque. Qu'est-ce que vous attendez de cette mascarade ?

— Si je ne me trompe pas, dit Malko, nos adversaires vont se manifester. Une rencontre avec l'envoyée de Khalifa est justement ce qu'ils cherchent à empêcher depuis le début.

— O.K., on va faire comme vous dites, conclut Bryan Palmer avec résignation.

— Où se trouve Arnold Angel, en ce moment ?

— À l'ambassade.

— Faites-le appeler, je vais partir et revenir ensuite pour qu'il ne nous soupçonne pas d'être de connivence… Je serai là dans une heure.

L'Américain secoua la tête.

— Putain, c'est dégueulasse, ce que vous me faites faire.

— Si vous voyez un autre moyen, suggéra Malko, dites-le-moi…

Le silence qui suivit valait son pesant de plomb. D'un geste las, Bryan Palmer congédia Malko. Il avait vieilli de dix ans.

*

Malko sonna d'une main ferme à la porte d'Aïcha Renahem. Sa voiture aux pneus crevés était toujours à la même place et il avait décidé de tenter une expérience sans en parler à personne. Étant donné le peu de temps dont il disposait pour confondre d'éventuels traîtres, il ne pouvait négliger aucune chance.

Volontairement, il se plaça en dehors du champ du mouchard et attendit. Deux verrous claquèrent et la porte s'ouvrit sur Aïcha Renahem qui avait troqué sa djellabah sable pour une tenue beaucoup plus décente. Un chemisier blanc épais et une courte jupe moulante. Elle fixa Malko avec une surprise visible. Mais, bien qu'il fût sur ses gardes, il ne vit aucune lueur de panique dans son regard.

— Tiens, je ne pensais pas vous revoir si vite ! lança-t-elle. Vous auriez dû téléphoner, j'aurais pu être absente. Ou occupée.

— Je suis désolé, dit Malko, j'ai une raison particulière pour vous surprendre ainsi : je ne vous dérange pas trop ?

Elle ouvrit toute grande sa porte.

— Non, non, je suis seule.

Elle le conduisit jusqu'à son salon-atelier. Aucune trace d'un visiteur.

— Vous venez chercher votre tableau ? demanda-t-elle.

— Pas vraiment, répliqua Malko, je suis revenu me remettre de mes émotions. Vous avez failli ne pas me revoir...

— Comment cela ?

— En sortant de chez vous, expliqua-t-il, j'ai trouvé deux pneus de ma voiture crevés et un obligeant conducteur m'a proposé de me ramener à mon hôtel...

Aïcha Renahem écouta la suite du récit de Malko, les prunelles agrandies par la stupéfaction. Quand il eut terminé, elle s'écria :

— Mais c'est une histoire de fou ! Qui sont ces gens ? Pourquoi voulaient-ils vous tuer ? C'est vrai, vous travaillez avec les Américains, mais je ne pensais pas que c'était si dangereux...

— Moi non plus, reconnut Malko.

Leurs regards se croisèrent et, brusquement, Aïcha sembla réaliser ce qu'il pensait.

— Vous ne croyez pas que j'y suis pour quelque chose ? s'exclama-t-elle.

Sans répondre, Malko continuait à la fixer, éprouvant une sensation classique chez lui après avoir failli perdre la vie. Une féroce envie de faire l'amour. Aïcha Renahem devait être sensible aux ondes érotiques car son regard se troubla brusquement. Elle croisa et décroisa les jambes nerveusement puis se leva et vint vers Malko.

— Vous ne croyez pas sérieusement que j'aurais pu faire une chose pareille ? demanda-t-elle d'une voix étranglée.

Sans laisser à Malko le temps de répondre, elle se jeta soudain dans ses bras, sa bouche et son corps s'écrasèrent contre lui. Elle n'interrompit son étreinte passionnée que pour le prendre par la main. Il la suivit dans sa chambre où presque tout l'espace était occupé par un lit vénitien baroque signé Claude Dalle, à l'encadrement de miroir gravé et ciselé, à l'exception de la tête, en satin rose.

— C'est un cadeau de Forrest Uhler, dit la Libyenne. Il l'avait commandé chez Roméo, à Paris, puis a trouvé que ce n'était pas assez masculin. Alors, il me l'a donné. C'est superbe, non ?

— Tout à fait.

Elle fit glisser la veste des épaules de Malko et poussa un petit cri en voyant le pistolet glissé dans sa ceinture.

— Vous êtes armé ?

— Hélas, j'avais laissé cette arme à mon hôtel, expliqua-t-il. Sinon, les choses ne se seraient pas passées de la même façon.

Il voyait ses seins se soulever sous le chemisier blanc et le regard noyé de la Libyenne en disait plus long que tous les discours. Il s'approcha, commença à défaire les boutons du chemisier, mais ne put terminer. Aïcha, un bras passé autour de sa nuque, écrasait à nouveau sa bouche contre la sienne. Plus bas, son pubis se collait à lui comme un aimant. En quelques instants, ils étaient emmêlés comme des scorpions et Malko s'affairait à débarrasser Aïcha de ce qu'elle avait sur elle. La fermeture de la jupe glissa sans bruit, libérant des hanches rebondies et, avec beaucoup de bonne volonté, Aïcha fit passer son chemisier par-dessus sa tête. Les seins jaillissaient du soutien-gorge de dentelle blanche. Sans même débarrasser Malko de sa chemise, elle s'agenouilla devant lui et lui fit l'offrande de sa bouche avec une technique digne d'une vestale. Lorsqu'elle le sentit prêt à exploser, elle se releva et allait s'allonger sur le dos. Malko la fit pivoter gentiment.

— Comme sur mon tableau, dit-il.

Apparemment, cela ne déplaisait pas à Aïcha, car elle se mit docilement à quatre pattes, la croupe bien relevée, et poussa un vrai cri de fauve quand Malko l'envahit.

Brutalement, il se sentait des envies de viol. Tout en res-

tant abuté au fond d'elle, il lui arracha son slip. Geste inutile
et volontairement brutal. Aïcha poussa un feulement ravi,
dressa encore plus sa croupe, et se tendit vers le membre qui
la transperçait. Trop facilement au gré de Malko.

Il avait envie de vaincre une résistance, de l'entendre crier,
mais pas seulement de plaisir.

Aïcha comprit très vite lorsqu'il se retira. Elle voulut lui
échapper, mais il la tenait solidement. Après avoir ajusté son
sexe contre l'ouverture de ses reins, il n'eut qu'à donner un
coup de rein.

— *La ! La !*[1]

En dépit des protestations de la Libyenne, Malko força ses
reins d'un coup, cette fois, sans vraiment de facilité… Aïcha
criait et protestait, impuissante. D'ailleurs, le frottement dans
cette gaine étroite fut si exquis qu'il ne tarda pas à y exploser. Elle se retourna, des traces de khôl autour des yeux, son
maquillage dévasté, une lueur à la fois furieuse et étonnée
dans ses yeux noirs.

— Pourquoi te conduis-tu comme un bouc ? demanda-
t-elle. Je n'aime pas qu'on me prenne de cette façon. C'est trop
bestial. Tu voulais me faire mal. Pourquoi ?

Un peu honteux, Malko ne répondit pas. Persuadé désormais qu'Aïcha Renahem n'était pour rien dans l'attentat dont
il avait été victime. Les deux tueurs devaient le suivre et
avaient improvisé. Aïcha se remettait. Elle remarqua :

— Tu as l'air perturbé. Ça ne te suffit pas de m'avoir trai-
tée ainsi ?

— Si, si, affirma Malko, je pense à ces deux tueurs.

— Tu dois connaître ceux qui t'en veulent, remarqua-
t-elle. Ils savaient que tu venais chez moi ?

— Non. Sauf si tu le leur as dit.

Le regard de la Libyenne vacilla puis ses traits se crispèrent
sous l'empire de l'indignation.

— Tu ne penses pas ce que tu dis ! s'exclama-t-elle.

1. Non ! Non !

Pourquoi est-ce que j'aurais parlé de cette visite ? J'avais l'intention de faire l'amour avec toi dès le début.

— Je te crois, dit Malko, commençant à se rhabiller. J'aimerais te revoir, tu peux peut-être m'aider.

— Ce sera avec plaisir, dit Aïcha. Mais je ne vois pas comment.

Malko se jeta à l'eau.

— Tu connais bien Forrest Uhler. Je cherche des renseignements sur lui.

Il s'attendait à ce qu'elle se récrie, mais elle demanda simplement :

— Quels renseignements ?

Avant que Malko ait pu répondre, le téléphone sonna et Aïcha répondit, commençant une conversation en arabe. Posant la main sur l'écouteur, elle dit alors :

— C'est un client qui m'appelle de Dubaï. Il en a pour un moment... Rappelle-moi quand tu pourras.

*

Bryan Palmer consulta sa montre :

— Donc, Malko retrouve l'envoyée d'Ibrahim Khalifa à l'entrée de l'autoroute de Hammamet, demain matin à dix heures. Ensuite, il l'emmène ici et nous pourrons discuter de tous les problèmes en suspens.

Arnold Angel prenait des notes, sans ouvrir la bouche. Comme s'il n'était pas concerné. La réunion n'avait pas duré très longtemps et Malko y était arrivé légèrement en retard, à cause de son intermède avec Aïcha Renahem. Ce qui avait donné encore plus de vraisemblance à leur fable.

Arnold Angel quitta le premier le bureau et le chef de station apostropha alors Malko.

— Je voudrais être plus vieux de vingt-quatre heures ! J'espère de toutes mes forces que vous vous trompez.

— Moi aussi, fit Malko.

Ce n'était jamais drôle de découvrir un traître dans ses rangs.

*

Il n'y avait pas beaucoup de circulation sur l'autoroute Tunis-Hammamet qui s'arrêtait, hélas, soixante-dix kilomètres plus loin, à la station balnéaire.

Malko était tout seul dans sa voiture, arrêté sur le bas-côté, le pistolet de Bryan Palmer posé sous son siège. Il avait refusé une protection supplémentaire. Une voiture de soutien serait repérée par une équipe adverse.

Le rôle d'Ashraf Khaled était joué par une amie de Bryan Palmer, une stringer tunisienne à qui on avait donné une voiture munie d'une plaque volée pendant la nuit, en face du *Kherreddine Pacha Hotel*, fréquenté principalement par des Libyens.

Malko regarda sa montre. Dix heures moins cinq. Il était garé capot levé comme s'il était en panne afin de ne pas attirer l'attention.

Grâce à un talkie-walkie, il pouvait joindre Bryan Palmer qui se tenait sur la route de Sousse, à moins d'un kilomètre. Il pourrait intercepter une voiture venant de Hammamet et Malko, lui, se chargerait de celles qui viendraient de la direction de Tunis…

Sept minutes plus tard, exactement, une Honda Accord blanche apparut sur la voie venant du sud. Elle ralentit, et donna trois coups de phares. Malko répondit de la même façon. Le véhicule se gara à la même hauteur que lui, de l'autre côté de l'autoroute. Il en sortit une femme, un foulard sur la tête, de la même corpulence qu'Ashraf. Malko posa sur ses genoux le « 45 » et attendit. La fausse Ashraf Khaled traversa le terre-plein pour venir à sa rencontre. Elle avait tout juste parcouru trois mètres quand elle s'arrêta net, tituba et tomba en arrière.

Il fallut à Malko quelques fractions de seconde pour réaliser qu'elle venait de recevoir une balle en pleine tête.

CHAPITRE XII

Malko jaillit de sa voiture, le « 45 » au poing, et courut jusqu'au terre-plein. La jeune stringer de Bryan Palmer gisait face contre terre. Il la retourna avec précaution, réprima une violente envie de vomir. Son visage n'était plus qu'un magma de chairs éclatées et sanglantes. Le projectile qui l'avait frappée en pleine tête était ressorti au-dessus de la bouche, emportant un œil, la moitié de la joue et le nez. On voyait les filaments blancs des os et une partie de la mâchoire.

Malko, la gorge serrée, se redressait quand il entendit une détonation sourde, assez loin. Sur sa gauche, une touffe d'herbe, jaillit en l'air, comme arrachée par une main invisible.

Maintenant, c'était sur lui qu'on tirait ! Il inspecta le paysage et aperçut une ferme en ruine sur une colline dominant l'autoroute de deux cents mètres environ. C'est là que le tireur devait s'être embusqué.

D'un bond, il regagna sa voiture, au moment où un nouveau projectile fracassait le pare-brise.

Il activa le talkie-walkie et cria aussitôt dans le micro.

— Bryan, on tire sur nous au fusil de guerre. D'une ferme qui surplombe l'autoroute. La fille a été tuée.

— *My God !* J'arrive, répondit aussitôt l'Américain.

Malko voulut abandonner la protection du capot, mais, dès qu'il commença à se redresser, une autre balle perça la portière de part en part. Le tireur embusqué prenait son temps. Malko réussit à s'accroupir près de son véhicule, s'il se remettait au volant, il était mort. Une nouvelle détonation sourde, un choc sur la carrosserie, des morceaux de métal qui volent. Les projectiles traversaient la voiture comme du beurre…

Méthodiquement, le tireur invisible tentait de le débusquer pour le forcer à se découvrir. Il se colla à la roue avant pour bénéficier de la protection du bloc-moteur, offrant le moins de prise possible à son adversaire invisible. Les coups de feu continuaient, assourdis par la distance et, à chaque impact, toute la voiture tremblait. Soudain, il y eut un plouf sourd, une odeur de caoutchouc brûlé, une explosion amortie et une nappe de flamme jaillit de l'arrière du véhicule.

Le réservoir avait été touché. Malko était obligé de bouger. Il s'éloigna en rampant, conscient qu'il allait bientôt tomber dans l'angle de tir du tueur. Mais c'était mieux que de brûler vif. Il avait parcouru quatre mètres quand la Ford de Bryan Palmer stoppa sur l'autre voie et que l'Américain en sortit, un MP5 au poing, escorté de deux Marines avec des M. 16.

Malko leur désigna aussitôt la ferme.

— Il est là-bas.

Les Marines partirent à l'assaut, l'un couvrant l'autre, mais le tir avait cessé dès l'arrivée des trois Américains. Prudemment, Malko et Bryan Palmer progressèrent à leur tour vers la ferme. Ils ne trouvèrent que des douilles encore chaudes de fusil de guerre. Derrière le bâtiment, un chemin rejoignait, un kilomètre plus loin, la route Tunis-Sousse. Le ou les tueurs avaient eu largement le temps de s'enfuir… Malko et Bryan Palmer regagnèrent l'autoroute, s'arrêtant à côté du corps étendu dans l'herbe.

— *Shit! Shit! Shit!*

Bryan Palmer exhalait sa fureur entre ses dents. Laissant le cadavre à la garde des Marines, il remonta dans sa Ford avec Malko. Ce dernier ne fit aucun commentaire. Cette fois, les faits parlaient d'eux-mêmes. Bryan Palmer ne retrouva la parole que dix kilomètres plus loin.

— C'est incompréhensible, grommela-t-il entre ses dents. Il n'y a pas une ombre dans son dossier, la DDO veut le

proposer comme adjoint au directeur du desk Moyen-Orient.
Et ce petit salaud fricote avec ces enfoirés de Libyens…

Malko n'en rajouta pas, perdu lui aussi dans ses pensées.
Qu'est-ce qui pouvait pousser un homme comme Arnold
Angel à trahir ?

Lorsqu'ils arrivèrent place Pasteur, la colère de Bryan
Palmer n'était pas tombée. Ils filèrent directement dans son
bureau. À peine arrivé, le chef de station fonça sur son bar et
se versa une généreuse rasade de Gaston de Lagrange XO
qu'il but d'un trait.

— J'ai envie d'étrangler ce petit salaud ! gronda l'Américain en reposant son verre.

— Du calme, conseilla Malko, nous sommes sûrs que
l'information a transité par Arnold Angel, mais nous ne
sommes pas certains qu'il l'ait transmise *volontairement*. C'est
vrai, il n'a pas le profil d'un traître. Il a pu être imprudent. Il
faut d'abord le prendre calmement.

— Calmement ! explosa le chef de station, alors qu'une
malheureuse fille vient de se faire buter sous vos yeux et que
tout est en train de foutre le camp ! J'ai envie de mettre en
pièces ce salaud de mes propres mains. En attendant, il va
falloir qu'il s'explique.

Arnold Angel n'était pas dans son bureau. Bryan Palmer
chargea sa secrétaire de le localiser grâce à son bip.

Une demi-heure plus tard, Jane entrouvrit la porte pour
annoncer :

— Mr. Angel est en train de monter.

*

Arnold Angel pénétra dans le bureau où régnait un silence
de mort. Saluant Bryan Palmer et Malko d'un sourire
décontracté, il attira un siège à lui et fit face au chef de
station.

— Vous me cherchiez, Bryan ?

Sa voix était parfaitement contrôlée. Ce qui n'était pas le
cas de Bryan Palmer. Ce dernier lança d'une voix tendue :

— Arnold, nous avons un sérieux problème.

— Lequel ?

— Le rendez-vous avec l'envoyée d'Ibrahim Khalifa s'est très mal passé. Il y a eu un mort.

— Comment ?

— Quelqu'un avec un fusil à lunette. Il connaissait le lieu et l'heure du rendez-vous.

— Il n'y a pas eu de fuite du côté Khalifa ? demanda vivement Arnold Angel. Avec les Libyens, c'est difficile de garder un secret.

Bryan Palmer laissa l'air s'échapper de ses poumons avec une sorte de sifflement avant de laisser tomber d'une voix blanche :

— Arnold, il n'y avait pas de rendez-vous avec Khalifa… C'était un test. Une de nos stringers jouait le rôle de l'envoyée. Ça lui a coûté la vie. Or, nous n'étions que trois à être au courant de ce rendez-vous. Malko, vous et moi.

Le sang se retira du visage d'Arnold Angel. Il comprenait vite.

— C'est un piège que vous m'avez tendu.

Bryan Palmer ne répondit pas directement.

— Avez-vous mentionné ce rendez-vous à quelqu'un ? demanda-t-il. Qui avez-vous vu hier soir ?

Le silence qui suivit pesait des tonnes. Les deux hommes étaient suspendus aux lèvres d'Arnold Angel.

— J'ai dîné avec Forrest Uhler, dit-il enfin. Mais je ne me souviens pas d'avoir mentionné ce rendez-vous.

Bryan Palmer bondit, frappa du poing sur la table.

— Vous ne vous souvenez pas ! Mais vous devriez être *certain* de ne pas lui en avoir dit un mot. *God damn it !* C'est une information hermétique.

Arnold Angel redressa la tête, empourpré, et lança d'une voix cinglante :

— Forrest n'est pas un adversaire ! Je vous ai entendu le consulter à plusieurs reprises sur des sujets hypersensibles pour lesquels il n'y avait pas de « Security clearance ». Cela ne semblait pas vous gêner.

Le chef de station marqua le coup.

— OK ! reconnut-il, nous faisons tous des imprudences. Mais cette fois, ce n'en est pas une : c'est une trahison. Une de nos collaboratrices est morte à cause de cela. Ce qui signifie que cette information a été transmise de l'autre côté en temps réel. Si vous en avez parlé à Forrest Uhler…

— Je n'ai pas dit cela, protesta Arnold Angel. Je ne lui ai pas parlé de ce rendez-vous.

Bryan Palmer semblait effondré. Il fit un effort surhumain et réussit à demander d'une voix égale :

— Où est Forrest Uhler ce matin ?

— Je ne sais pas. Au bureau ou chez lui.

Bryan Palmer se pencha sur l'interphone :

— Jane, localisez-moi Mr. Forrest Uhler, je vous prie.

Trois minutes plus tard, Jane rappelait.

— Mr. Uhler est chez lui à Sidi Bou Saïd, annonça-t-elle.

— Merci, dit Bryan Palmer.

Après avoir coupé le micro, il se tourna vers Arnold Angel.

— Arnold, je désire que nous allions voir ensemble Mr. Uhler. Maintenant.

Arnold Angel, très pâle, se leva et les accompagna. Ostensiblement, Bryan Palmer glissa un Beretta 92 dans la ceinture de son pantalon.

Durant le trajet jusqu'à Sidi Bou Saïd, pas un mot ne fut échangé. C'est Arnold Angel qui sonna. Un employé aux cheveux rasés vint ouvrir et l'Américain s'adressa à lui en arabe, ce qui fit tiquer le chef de station.

*

Ils étaient à peine installés dans le living-room que Forrest Uhler fit son apparition, cravaté, en costume de ville. Visiblement surpris.

— Quel déploiement de force, lança-t-il avec un sourire un peu contraint. Qu'est-ce qui me vaut l'honneur de votre visite ?

Arnold Angel ouvrit et referma la bouche sans dire un mot. C'est Bryan Palmer qui se jeta à l'eau.

— Mr. Uhler, dit-il d'un ton grave, *a very serious breach of security*.

Forrest Uhler fronça les sourcils.

— En quoi est-ce que cela me concerne ? Même si je vous donne un coup de main de temps en temps, je n'appartiens pas à la Company.

Arnold Angel enchaîna avec un sourire crispé.

— Forrest, ces messieurs nous soupçonnent tout simplement d'avoir transmis des informations secrètes aux services de renseignement libyens…

— Quoi ? s'exclama Forrest Uhler. C'est un gag ?

— Malheureusement, non, trancha gravement Bryan Palmer. J'aimerais vous poser quelques questions, de façon informelle, bien sûr, afin de tirer cette affaire au clair.

— OK. Asseyez-vous, répondit Forrest Uhler. Je n'ai rien à cacher.

Les trois visiteurs prirent place et Bryan Palmer commença son récit. Forrest Uhler l'écouta sans l'interrompre, jetant de fréquents coups d'œil à Arnold Angel. Il secoua ensuite la tête et dit sentencieusement :

— Bryan, vous me connaissez ! Je ne suis pas toujours d'accord avec ce que fait la Company, mais je n'irais pas tirer les vers du nez d'Arnold sur des sujets sensibles. D'ailleurs, il ne se laisserait pas faire : c'est un garçon responsable. Je ne peux en rien vous aider dans cette affaire. Bien sûr, il y a une fuite quelque part. Ce peut être une secrétaire, une interception technique, je ne sais pas. Hier soir, effectivement, Arnold est venu dîner ici.

— Il ne vous a donc parlé de rien ?

— Bien sûr que non !

— Il n'en était pas totalement certain, releva perfidement le chef de station.

Forrest Uhler esquissa un sourire.

— Je me souviens de *tout* ce que nous avons dit. Rien qui puisse justifier votre présence ici et les soupçons que vous avez à mon égard.

Bryan Palmer devint écarlate.

— Mr. Uhler, dit-il, les apparences sont contre vous. J'ai la responsabilité d'une très importante opération qui peut être sabotée par une indiscrétion. Depuis le début de cette affaire, il y a eu plusieurs bizarreries que je ne m'explique pas.

Forrest Uhler eut un geste désolé.

— Je n'y suis pour rien et je vais être obligé de vous quitter. J'ai rendez-vous à Tunis.

Ils sortirent ensemble. Dehors, Bryan Palmer serra mollement la main de Forrest Uhler.

— Merci de votre coopération, nous reparlerons de tout cela.

De nouveau, ce fut la route rectiligne La Marsa-Tunis, dans un silence à couper au couteau. Arrivés à la villa de la place Pasteur, ils se retrouvèrent tous les trois dans le bureau de Bryan Palmer. Ce dernier ne finassa pas.

— Arnold, dit-il d'une voix stressée, vous êtes suspendu de vos fonctions, à partir de cette minute. Vous n'avez plus accès ni à votre bureau ni aux terminaux d'ordinateur. Je vais rédiger une note intérieure dans ce sens. Je vous demande d'aller chez vous et d'y rester. En partant, passez au service de sécurité remettre votre passeport.

Arnold Angel, blanc comme un linge, dit d'une voix plaintive :

— Mais, Bryan, vous ne pouvez pas faire cela. Vous…

— J'ai tous pouvoirs pour protéger une opération, coupa le chef de station. Il s'agit d'une mesure conservatoire qui n'engage pas l'avenir. Je souhaite de tout mon cœur que l'enquête vous innocente, mais, pour l'instant, je n'ai pas d'autre choix. Je vais prévenir Langley immédiatement.

Arnold Angel ne répondit pas. D'une démarche d'automate, il sortit de la pièce.

Bryan Palmer n'avait guère meilleure allure. Dès qu'ils furent seuls, il se tourna vers Malko.

— Qu'en pensez-vous ?

— Ils mentent, dit Malko. J'en mettrais ma main au feu. Il faut procéder par l'absurde. Nous étions trois au courant de ce rendez-vous. Vous, lui et moi. Si ce n'est pas lui, c'est vous ou moi, Ce n'est pas moi.

— Donc, c'est moi, conclut amèrement le chef de station.

C'est comme cela qu'on devenait fou… Malko l'apaisa aussitôt.

— Je ne le pense pas une seconde. À mon avis, Arnold ment ou Forrest ou les deux.

— Et si vous aviez été suivi quand vous alliez à ce rendez-vous ? suggéra l'Américain. Ce n'est pas impossible. Vous avez attendu assez longtemps pour permettre d'organiser une embuscade… Cela expliquerait tout.

Et cela blanchirait Arnold Angel… Malko sentait la répugnance viscérale de Bryan Palmer à reconnaître qu'il y avait une brebis galeuse à la Company, en dépit de la mesure courageuse qu'il venait de prendre. Il y avait eu très peu de traîtres à la CIA, pour la plupart des contractuels engagés un peu trop vite, avides d'argent facile. Ce n'était certes pas le cas d'Arnold Angel, élément de toute confiance.

D'après son train de vie, il ne dépensait pas grand-chose, avait des goûts simples et pas de famille à charge.

— La vérité finira par se faire jour, dit Malko. Maintenant, il nous reste trente-six heures pour aboutir à une décision.

— Vous allez prendre l'avion pour Djerba, suggéra le chef de station, puisque vous avez rendez-vous à Ben Gardane ce soir.

— Je préfère partir par la route, dit Malko. C'est plus simple et plus discret. J'ai largement le temps, cela ne prend pas plus de six heures et je n'ai plus rien à faire à Tunis.

Bryan Palmer le fixait d'un air pathétique.

— Malko, dit-il, il faut arracher le feu vert de Khalifa, sinon, nous sommes dans une merde pas possible. Les hommes du colonel Haftar atterrissent ce soir en Sicile, et notre détachement précurseur s'est posé à Tozeur. Si on démonte maintenant, c'est épouvantable. Vous avez assisté à ce qui vient de se passer. À ce stade, c'est le maximum que je puisse faire contre Arnold. Dites bien à Ashraf Khaled que nous avons isolé la source des fuites. Désormais, tout redevient hermétique pour la dernière partie de l'opération, la plus importante.

— Même si les Libyens ne savent pas où atterriront les C. 130, objecta Malko, Kadhafi peut avoir mis ses troupes en état d'alerte et prévenu les dirigeants que Khalifa a l'intention de neutraliser.

— Ce sont des Arabes, plaida Bryan Palmer. Ils n'ont pas le sens de l'organisation.

De toute évidence, il ne voulait pas renoncer à « Desert Spring ».

— En outre, reprit-il, je pense que Khalifa a les moyens d'être fixé à ce sujet. D'autre part, j'ai demandé à nos techniciens d'être extrêmement vigilants dans l'écoute des communications de l'armée libyenne. Nous pourrions tout annuler en dernière seconde si ça se présentait mal.

Malko n'essaya même pas de discuter.

— C'est tout ? demanda-t-il.

— Non. Je vous ai dit que notre détachement précurseur s'était posé à Tozeur. Il se compose de trente hommes, des Libyens ralliés au colonel Haftar. Ils ont « éclaté » en plusieurs groupes. L'un d'entre eux est dirigé par un certain Ali Fakhri. Il dispose d'armement léger et de transmissions et se déplace dans un van maquillé en véhicule de camping. En ce moment, ils doivent rouler vers l'est, la frontière libyenne. Votre boulot est de les contacter et de faire la jonction avec eux.

— Comment ?

— Avec ceci.

Il lui tendit un téléphone portable noir prolongé d'une antenne de vingt centimètres. De la taille d'une petite brique, il comportait sur une de ses faces des touches comme n'importe quel téléphone.

— Ce téléphone numérique code les conversations qu'il envoie et décode celles qu'il reçoit, expliqua l'Américain. Il fonctionne sur un réseau satellite et vous pouvez vous en servir partout. C'est le principe du « satnav ». Ali Fakhri en a un, moi aussi. De cette façon, nos problèmes de liaison sont réglés. Ni les Libyens ni les Tunisiens ne peuvent intercepter ces communications, mais soyez quand même prudent. En cas de pépin, vous appuyez sur la touche rouge du socle et l'appareil s'autodétruira une minute plus tard. Au dos, derrière la plaque de mica, vous trouverez les numéros à composer pour nous joindre, Ali Fakhri, et moi. Essayez de me ramener ce « portable », il coûte une fortune et nous en avons très peu. C'est du matériel hyper-miniaturisé.

— Parfait, approuva Malko. Avez-vous un véhicule pour me permettre de gagner Ben Gardane ?

Bryan Palmer regarda sa montre.

— Il est midi et demi. Donnez-moi deux heures pour résoudre ce problème de façon satisfaisante. D'ici là, prenez la mienne.

— Très bien, fit Malko. Je vous retrouve donc ici tout à l'heure.

Il regagna l'*Abu Nawas*, décidant de mettre à profit son répit de deux heures. Lorsqu'elle avait été interrompue par le téléphone, Aïcha Renahem se préparait à lui dire quelque chose au sujet de Forrest Uhler. Qui pourrait peut-être éclairer tout ce qui se passait.

Il entra dans une des cabines téléphoniques du hall et composa le numéro de la femme peintre.

— C'est moi, Malko, dit-il quand elle décrocha. Je pensais que nous pourrions déjeuner ensemble.

— Maintenant, s'exclama-t-elle. Mais je ne suis pas prête.

— Je n'ai pas pu te prévenir avant. Fais un effort. Aïcha Renahem exhala un soupir trop fort pour être sincère.

— Passe me prendre dans une demi-heure, j'essaierai d'être présentable.

CHAPITRE XIII

Le buste d'Aïcha Renahem émergeait d'une robe de mousseline rose qui n'arrivait pas à donner un air romantique à ses traits de salope tropicale. Par contre, sa poitrine était comme présentée sur un plateau par le balconnet. Le bas de sa robe était si serré qu'elle avait dû gagner la voiture à tout petits pas. Elle tourna vers Malko un regard humide.

— Quelle bonne idée, ce déjeuner ! Où allons-nous ?

— À Sidi Bou Saïd, dit-il, au *Pirate*.

Un restaurant en plein air, fréquenté par des touristes, plus discret que Tunis. Vingt minutes plus tard, ils étaient attablés, n'ayant échangé pendant le trajet que des propos sans importance.

Aïcha avait un appétit d'oiseau. De vautour. Les brick, les amuse-gueule, le poisson grillé, tout disparaissait dans la grande bouche rouge, comme aspiré. Rassasiée, elle soupira enfin.

— C'est gentil d'avoir voulu déjeuner avec moi.

Elle guignait Malko du coin de l'œil, provocante en diable.

— C'était un peu intéressé, avoua Malko, avec un sourire où il mit tout son charme.

Aïcha eut un rire de gorge.

— Je vois. J'espère que tu me traiteras moins mal que la dernière fois...

Décidément, ils n'étaient pas sur la même longueur d'ondes. Malko dut mettre les points sur les i. Sans la vexer.

— Quand le téléphone a sonné chez toi, hier, dit-il, nous étions en train de parler de Forrest Uhler. J'aimerais continuer cette conversation, avant de passer à des choses plus agréables...

Elle fixa les yeux dorés de Malko avec un mélange de crainte et d'excitation.

— Qu'est-ce qui te fait croire que je connais des choses secrètes à son sujet ? demanda-t-elle.

— Toi, dit-il. Tu m'as demandé ce que je voulais savoir.

Elle eut une moue évasive.

— C'était une façon de parler. Et puis, pourquoi t'intéresses-tu tant à Forrest ? Il y a des gens qui le connaissent beaucoup mieux que moi. Comme Arnold Angel.

— Disons que je ne veux pas questionner Arnold Angel, dit Malko.

Autour d'eux les tables s'étaient remplies et on se serait cru à la Tour de Babel. Rien que des étrangers, à part les maîtres d'hôtel circulant avec leurs plateaux de poissons couverts de mouches.

— Qu'est-ce que cela me rapporterait si je te disais ce que je sais ? demanda-t-elle soudain.

Il y avait assez d'ironie dans sa voix pour que Malko ne sache pas si elle parlait sérieusement. Il décida d'être brutal.

— De l'argent, fit-il avec simplicité, beaucoup d'argent.

Il avait l'impression d'être à la pêche, de ramener doucement un très gros poisson. Aïcha Renahem jouait avec son verre, le faisant tournoyer autour d'un cercle imaginaire. Elle releva la tête avec une expression changée :

— Que veux-tu savoir ?

— Je n'en sais rien moi-même, avoua-t-il. Mais si tu me faisais un portrait en profondeur de cet homme, cela m'éclairerait peut-être sur certaines choses.

— Tu es bien mystérieux, dit Aïcha. Mais je suis folle de tes yeux. On dirait de l'or en fusion.

— Merci, dit Malko, mais ne détournons pas la conversation.

Elle sourit sans répondre et, soudain, Malko vit son sourire se figer.

— Ne te retourne pas ! souffla-t-elle.

Le ton de sa voix avait changé, ses mains s'étaient crispées dans un geste d'affolement. Malko demeura impassible jusqu'à ce qu'il entende une voix connue lancer :

— Le monde est vraiment petit !

Forrest Uhler venait de surgir, le regard malicieux. Derrière lui, Malko aperçut la silhouette tirée à quatre épingles d'Arnold Angel. Qui salua Malko d'un bref signe de tête. L'air plutôt ennuyé. Décidément, ces deux-là ne se quittaient pas. En dépit de ce qui s'était passé deux heures plus tôt. Forrest Uhler se pencha sur Aïcha Renahem et lui murmura quelques mots à l'oreille, puis les deux hommes allèrent s'installer à une table à l'ombre, à l'autre bout de la terrasse. Aïcha semblait défaite.

— Qu'y a-t-il ? interrogea Malko, on dirait que tu as peur.

Elle inclina la tête affirmativement.

— Oui, c'est vrai.

— Mais de quoi ?

Elle ne répondit pas. Malko n'arriva plus à lui sortir un mot jusqu'au café.

— Ramène-moi, demanda-t-elle, je ne me sens pas bien.

La voiture était transformée en four et il fallut plusieurs minutes pour retrouver une température normale. Les yeux fermés, le visage couvert de transpiration, Aïcha Renahem paraissait ailleurs. En entrant en ville, Malko dit avec douceur :

— Pourquoi ne me dis-tu pas ce que tu sais ?

— Non, pas tout de suite. Il faut que je réfléchisse un peu.

Arrivée devant chez elle, Aïcha descendit et Malko glissa son pistolet dans sa ceinture avant de la suivre dans l'escalier sombre. À peine entrée, Aïcha poussa les trois verrous et se laissa tomber sur un pouf.

— Excuse-moi, soupira-t-elle, ce doit être la chaleur.

— Que t'a dit Forrest Uhler à l'oreille ?

— Rien d'important, une plaisanterie.

Sa voix sonnait faux. En dépit de sa tenue hyper-sexy, elle paraissait détachée, peu encline à l'intermède amoureux qu'elle avait pourtant évoqué. La sonnerie du téléphone se déclencha et Aïcha sursauta comme si un serpent l'avait piquée.

— Tu ne réponds pas ?

Elle secoua la tête et demeura sans bouger jusqu'à ce que la sonnerie cesse. Ensuite elle se leva, alla au bar et se servit un verre de Cointreau, y ajoutant trois glaçons. Après l'avoir bu, elle reprit un peu de couleur et s'obligea à sourire.

— Excuse-moi. De nouveau, je sens la mort autour de moi, comme au Caire.

— Pourquoi ?

— Je ne sais pas.

— Tu allais me parler de Forrest Uhler. Fais-le.

— Plus tard.

Il la sentait déterminée, malgré la voix chavirée.

Elle se releva et l'accompagna jusqu'à la porte. Au moment de le quitter, elle dit soudain :

— Appelle-moi ce soir. Et s'il m'arrivait quelque chose, essaie de récupérer ton tableau. Cela te fera un souvenir de moi.

— Que veux-tu dire ?

— Je plaisante, fit-elle avec un rire un peu forcé.

Elle le poussa dehors sans qu'il puisse poser une question supplémentaire. Il retrouva la chaleur écrasante et la rue Kemal-Atatürk sans avoir compris de quoi Aïcha avait si peur. C'était de toute évidence lié à Forrest Uhler. Si seulement elle avait accepté de parler...

*

Une activité de ruche régnait dans l'annexe de la CIA, place Pasteur, qui centralisait les informations concernant « Desert Spring » en temps réel. Tout atterrissait sur le bureau de Bryan Palmer. Malko le trouva en manche de chemise, affairé, semblant avoir repris du poil de la bête. Se noyant dans l'action pour oublier ses angoisses.

— Ça y est ! annonça-t-il triomphalement. On a calé l'opération « brouillage ». Un navire ELINT de la VIe Flotte brouillera les radars libyens pendant que les hommes d'Haftar traverseront la Méditerranée.

Son bureau croulait sous les documents tamponnés « secret », « top secret », « eyes only ».

— J'ai vu Arnold Angel, annonça Malko. L'enthousiasme du chef de station tomba d'un coup.

— Où ? cria-t-il presque.

Malko lui expliqua, lui apprenant du même coup son debriefing raté de Aïcha Renahem.

— Dès que tout roulera, je vais m'occuper sérieusement de ces deux-là, fit Bryan Palmer. Si vraiment Arnold m'a baisé, il ne l'emportera pas au paradis.

— Personne ne risque de repérer votre armada ? demanda Malko. Il n'y a pas que les Libyens, en Méditerranée.

— Ce n'est pas assez important, expliqua l'Américain. Une quinzaine de C. 130 en deux vagues. Personne ne peut imaginer que nous allons envahir la Libye avec des forces aussi réduites.

« À propos, j'ai eu une liaison avec Ali Fakhri. Il est OK, et se trouvait du côté de Tataouine, à une centaine de kilomètres de la frontière libyenne. Il attend que vous entriez en contact avec lui.

Vous pouvez être à Ben Gardane vers neuf heures ce soir, ça roule bien. Faites une rupture de filature avant de quitter Tunis, avec ma voiture. Ensuite, vous récupérez une Toyota Land Cruiser qui est garée sur le parking du Palais des Congrès. Celle-là, les Tunisiens ne la connaissent pas. Cela vous évitera de partir avec tous vos homologues au cul.

— Parfait, dit Malko.

Bryan Palmer lui serra longuement la main.

— J'espère que tout se passera bien à Ben Gardane. Au moment où vous y arriverez, les hommes de Haftar se poseront en Sicile. Alors, soyez convaincant avec Ashraf Khaled. Sinon...

Il posa l'extrémité de son index droit sur sa tempe et fit mine de se tirer un coup de revolver.

CHAPITRE XIV

Ibrahim Khalifa avait décidé de passer la journée du mardi dans son imposante villa, au toit en terrasse, non loin de la mer, à l'est de Tripoli. Il y travaillait au moins aussi bien que dans son bureau hideux du front de mer. Depuis le retour d'Ashraf Khaled de Tunis, il était en proie à une angoisse tenace. Les événements semblaient s'être figés, mais il savait que, souterrainement, tout continuait. Or, il était obligé de prendre une décision, très rapidement.

Dans un sens ou dans l'autre.

Le fait que ses préparatifs de coup d'État soient connus de ses adversaires le poussait plutôt à aller jusqu'au bout. Revenir en arrière était encore plus risqué. Le colonel Kadhafi ne pardonnait pas ce genre d'offense. Mais est-ce que, justement, on ne lui tendait pas un piège ?

La villa était sévèrement gardée par des membres de la famille d'Ibrahim Khalifa. Il y avait même dans le garage un véhicule équipé d'une mitrailleuse légère, bande engagée. Une douzaine de gardes du corps traînaient un peu partout, débraillés, mais armés jusqu'aux dents.

Installé dans un coin d'ombre, sur la terrasse de la villa, il n'avait pas encore résolu ce dilemme, faisant glisser entre ses doigts un chapelet d'ambre, quand un de ses gardes vint le prévenir qu'un visiteur désirait le voir. Un homme de sa tribu, qui avait jadis combattu au Tchad où il avait été blessé. Depuis, il tenait une station d'essence.

— Fais-le venir, ordonna Ibrahim Khalifa.

C'était fréquent que des hommes de sa tribu demandent à le rencontrer pour obtenir une faveur ou exposer un problème. Surtout ceux qui avaient rendu des services…

Il regarda venir son visiteur, essayant de le situer. Il se souvenait vaguement de son visage. L'homme n'était pas rasé et portait la tenue traditionnelle, gilet, longue chemise, pantalon serré aux chevilles, avec un sac de toile à l'épaule, orné d'un bout de tapis.

Selon la coutume, il embrassa trois fois Ibrahim Khalifa qui se rassit et lui fit signe de prendre place en face de lui. L'attention des gardes du corps se rendormit et ils recommencèrent à vaquer à leurs occupations. Un homme admis par leur chef ne pouvait plus être un adversaire. On apporta un plateau avec du thé, des dattes et des gâteaux. Ibrahim Khalifa écoutait la requête d'une oreille distraite, une histoire compliquée de troupeaux partagés entre des cousins.

Son vis-à-vis parlait de plus en plus vite, se répétant et bafouillant un peu. Ibrahim Khalifa lui fit signe d'arrêter. Il en avait un peu assez… et venait d'apercevoir Ashraf Khaled qui arrivait du fond du jardin où elle était allée se promener.

De nouveau ce fut la cérémonie des embrassades et Ibrahim Khalifa promit d'intervenir dans le litige. Puis, laissant son visiteur repartir, il fit demi-tour pour rentrer dans la maison.

Un cri aigu dans son dos le fit sursauter. Il se retourna pour se trouver face à un pistolet-mitrailleur Skorpio, tenu d'une main maladroite par l'homme qu'il venait de congédier. Il n'eut même pas le temps d'avoir peur. Alerté par le cri d'Ashraf Khaled, un des gardes du corps avait bondi sur l'agresseur, lui plongeant dans le corps un long poignard recourbé.

L'homme tituba en arrière, le couteau planté dans le flanc droit, et tomba à la renverse dans un bassin au milieu duquel jaillissait une fontaine qui recracha bientôt un bouillon rouge. Déchaînés, les gardes du corps accouraient, vidant à leur tour leurs armes sur le mourant… En quelques minutes, l'eau bleue avait pris une teinte incarnat, et l'homme flottait sur le dos, son pantalon gonflé d'eau lui donnant l'air d'une grosse bouée abandonnée.

Le chef des gardes du corps se précipita vers Khalifa, bégayant de peur rétrospective et de fureur.

— C'est un fou ! C'est un fou !

Ibrahim Khalifa l'écarta, furieux. Ce n'était pas un fou et il aurait voulu prendre le meurtrier vivant. Savoir qui l'avait envoyé… Il ramassa le Skorpio et ouvrit la culasse, comprenant d'un coup comment il était encore vivant. Dans sa fébrilité, son agresseur avait armé deux fois, bloquant une cartouche avec celle qui se trouvait déjà dans la chambre. Khalifa jeta l'arme sur un fauteuil avant d'écouter le récit de ses gardes du corps. C'était toujours la même histoire : le visiteur n'avait pas été fouillé parce que la sentinelle qui se trouvait à la grille était un vague cousin, d'un village voisin.

En Libye, il n'y avait pas de vraie sécurité…

Ibrahim Khalifa congédia tout le monde, restant seul avec Ashraf Khaled. La jeune femme avait évidemment allumé une cigarette, les mains tremblantes.

— Allah était avec toi, remarqua-t-elle.

Dans le chargeur du Skorpio, il y avait trente-deux cartouches. Il n'avait pas une chance d'en réchapper…

Penauds, les gardes se tenaient à distance. Ibrahim Khalifa trempa les lèvres dans son thé refroidi et se mit à réfléchir. Bien sûr, on allait expliquer qu'il s'agissait du geste d'un fou, isolé et sans complicité. Le contraire de la vérité.

Le colonel Kadhafi, qui avait horreur des procès publics, avait tenté de résoudre le problème à sa façon. Comme cet attentat avait échoué, il ne restait plus à Kadhafi qu'une solution. Faire arrêter Ibrahim Khalifa.

Seul point d'interrogation : Kadhafi connaissait-il la date du déclenchement de « Desert Spring » ?

Ashraf Khaled l'observait. Pensive. Elle connaissait dans les détails le plan de son ami. Elle aussi croyait qu'il fallait arracher la Libye à la mégalomanie du colonel Kadhafi, permettre au pays de vivre normalement.

— Qu'est-ce que tu vas faire ? demanda-t-elle.

Ibrahim Khalifa se tourna vers elle, égrenant de nouveau son chapelet. Le corps de son agresseur gisait, enveloppé dans une couverture, à quelques mètres de lui et serait enterré demain. Personne ne poserait de questions.

— Tu vas aller au rendez-vous de Ben Gardane, dit-il. Tu partiras à l'aube demain. Voilà ce que tu vas dire.

*

De chaque côté, les oliviers s'étendaient à perte de vue, alternant avec un désert rocailleux et inhabité, plat comme la main jusqu'aux lointains contreforts du Djebel Dahar. Malko n'en pouvait plus de ces routes rectilignes, presque sans circulation, avec quelquefois des gendarmes embusqués pour rançonner les touristes. Son départ de Tunis s'était bien passé, après une brillante rupture de filature. Si les Tunisiens n'avaient pas le numéro de sa Toyota Land Cruiser, il pouvait espérer passer inaperçu.

Il avait roulé à tombeau ouvert depuis Tunis. Il ralentit : un panneau indiquait l'entrée de Ben Gardane. Depuis un moment, presque toutes les voitures qu'il croisait arboraient la plaque verte des Libyens. Il était ankylosé, la poussière imprégnait tous ses vêtements et il avait hâte de prendre une douche.

Ben Gardane ressemblait à toutes les autres agglomérations du Sud tunisien, avec ses maisons blanches et carrées, sa mosquée et ses commerces. Malko déboucha sur une place rectangulaire, entièrement entourée d'arcades, où s'alignaient les petits cafés pleins d'hommes fumant le narghilé. Peu d'étrangers. Il traversa tout le bourg, suivant les panneaux indiquant Tripoli, et se retrouva sur la route menant à la frontière, bordée de marchands offrant de hideuses poteries. Des changeurs accroupis sur le bas-côté brandissaient leurs liasses de dinars à l'intention des Libyens.

Bientôt les maisons se firent rares et il réalisa qu'il était allé trop loin, aussi fit-il demi-tour.

Cinq minutes plus tard, il aperçut sur sa gauche *l'Oasis verte*, modeste hôtel-restaurant un peu en retrait de la route. Plusieurs camions étaient garés devant. Il fit de même, prit sa précieuse mallette « de survie » et pénétra dans l'établissement.

Bien entendu, rien que des hommes... Au restaurant ils mangeaient avec leurs doigts une pâtée peu ragoûtante... Un serveur affable apprit à Malko qu'il avait le choix entre le couscous et le méchoui. Au hasard, il choisit ce dernier et le regretta quand on lui apporta quelques os de mouton avec des filaments de viande flottant dans une soupe de haricots. Le tout accompagné de Coca-Cola. Quand il eut terminé, il tombait de fatigue. Inutile de chercher à contacter Ali Fakhri tant qu'il ne savait pas où il en était avec Khalifa. Malko regarda autour de lui ; sans voir personne d'intéressant. Il y avait bien une famille libyenne, mais ils ne ressemblaient vraiment pas à des conspirateurs. D'ailleurs, ils partirent très vite : direction la frontière.

Il demanda une chambre. Le patron habitué probablement à des hippies fut un peu étonné. On le mena au premier étage, dans une pièce spartiate, mais propre, si on ne se préoccupait pas des mouches.

Malko s'allongea sur le lit tout habillé, sa mallette à portée de la main, après avoir mis le verrou. Il était à pied d'œuvre à deux cents kilomètres de Tripoli.

Il n'y avait plus qu'à attendre.

*

Ashraf Khaled avait enfilé par-dessus son chemisier un gilet pare-balles en kevlar agrémenté d'une bordure en dentelle pour faire plus gai... De hautes cuissardes noires dissimulaient sa tenue de combat, ses cheveux étaient tirés et elle avait plusieurs paquets de Marlboro sur le siège à côté d'elle.

À sa ceinture, elle portait un Tokarev 9 mm, une balle dans le canon. L'attentat de la veille contre Khalifa ne lui disait rien de bon.

Elle avait accepté son rôle de messagère une fois de plus,

mais s'attendait à des difficultés. Le jour se levait et elle se trouvait encore dans les faubourgs de Tripoli, mais c'était plus loin, dans le désert, que les choses risquaient de se gâter.

Elle s'arrêta un kilomètre plus loin à un barrage de la police militaire où sa carte d'officier lui évita tout problème. Ensuite, rien ne se passa pendant une vingtaine de kilomètres, et elle commençait à se détendre lorsqu'elle aperçut au sommet d'une légère côte deux voitures et plusieurs civils à côté. Un barrage de la Sécurité intérieure.

Un des civils s'avança sur la route et lui fit signe de stopper. Elle leva le pied, sur ses gardes. En arrivant plus près, elle distingua en retrait de la route un véhicule militaire hérissé d'antennes et vit que les hommes portaient tous des talkie-walkie à la ceinture… Son pouls s'accéléra. Il n'y avait jamais de barrage à cet endroit. Discrètement, elle dégagea la crosse de son Tokarev et vérifia que le cran de sûreté était baissé avant de freiner et de se pencher par la glace ouverte.

— *Bas mallah !* Où vas-tu ? demanda un des civils.

Ashraf Khaled le toisa froidement et lui lança :

— Je suis en mission pour la Sécurité extérieure.

Elle tendit sa carte prouvant son appartenance aux services d'Ibrahim Khalifa et la rangea aussitôt.

— Tu as un ordre de mission ?

— Je n'ai pas à te le montrer, dit Ashraf Khaled.

— Si, prétendit son interlocuteur. Personne n'a le droit de quitter Tripoli aujourd'hui. Ordre du Conseil suprême de Sécurité.

Cela commençait à sentir mauvais. Calmement, Ashraf vérifia que toutes les portières étaient fermées, enclencha la première et dit d'un ton soudain conciliant :

— Bien, je vais venir m'expliquer avec ton chef.

Elle mit la main sur la portière, mais au lieu de l'ouvrir doucement, la rabattit à l'extérieur à toute volée, balayant son interlocuteur qui tomba à la renverse. Déjà elle démarrait. Elle entendit des interjections derrière elle, des cris, et rentra la tête dans les épaules. Une rafale claqua d'abord, venant du côté de la route et plusieurs projectiles frappèrent la carrosserie, l'un d'eux faisant exploser le déflecteur avant gauche. Ashraf Khaled eut l'impression de recevoir un violent coup de poing dans le haut du torse, aussitôt suivi d'une brûlure atroce. Le pied collé à l'accélérateur, elle réussit à ne pas ralentir, la vision brouillée par les larmes. Quelques secondes plus tard, une longue rafale claqua derrière elle et sa glace de custode vola en éclats. Elle eut de nouveau la sensation de deux violents coups de poing dans le dos, si puissants qu'elle piqua du nez sur le volant et faillit perdre le contrôle de la Range-Rover.

Elle hurla de douleur, réalisant que son gilet pare-balles venait de lui sauver la vie. Mais les impacts des projectiles qu'il avait stoppés avaient dû lui casser des côtes, car le plus petit déplacement de son torse la faisait terriblement souffrir. Elle avait du mal à respirer et sa blessure près de la clavicule l'empêchait de se servir de son bras gauche.

Pliée en deux, sentant le sang couler, accrochée à son volant d'une seule main, elle tourna brutalement à gauche dix kilomètres plus loin sur une piste menant à un village perdu dans le désert. Plus question de passer par la grande route Tripoli-Ben Gardane. Heureusement, cette région était celle de sa tribu et elle la connaissait comme sa poche.

Après une vingtaine de kilomètres, parcourus à tombeau ouvert, le village dépassé, elle s'enfonçait dans le désert moutonnant à l'infini, maîtrisant sa douleur, les dents serrées. Après une heure de route, elle stoppa sous un épineux rabougri et descendit de voiture. Le moindre mouvement lui arrachait un cri sourd. Elle avait l'impression d'avoir cent ans…

Prise d'un étourdissement, elle dut s'appuyer à la Range-Rover pour ne pas tomber. Avec des gestes précautionneux, elle fit glisser de ses épaules son gilet en kevlar et examina sa blessure. Le projectile, entré dans le dos, était ressorti près de la clavicule, broyant des muscles, faisant éclater la chair, mais apparemment aucun gros vaisseau n'était touché.

Pour arrêter l'hémorragie, elle prit dans la trousse de secours un pansement hémostatique et l'appliqua sur la blessure. Son tricot de corps était trempé de sang, mais elle n'arriva pas à le retirer.

Scrutant le ciel, elle s'accorda quelques instants de repos. Tout son corps était endolori, comme si on avait tapé à coups de marteau sur chaque muscle de son dos. Pourvu qu'ils n'envoient pas des hélicoptères à sa recherche... Une rafale et ce serait fini. Talonnée par cette angoisse, elle remonta dans la Range-Rover et remit en route. Le premier cahot lui arracha un cri, puis elle serra les dents. Il y avait encore une longue route à faire, pourtant la frontière tuniso-libyenne ne se trouvait qu'à cent cinquante kilomètres à vol d'oiseau.

*

Une chaleur effroyable régnait dans la chambre minuscule qu'occupait Malko. Fatigué de chasser les essaims de mouches, il s'était allongé sur le lit étroit et attendait. Le soleil était haut dans le ciel et chaque minute qui passait augmentait son angoisse. La nuit avait passé sans la moindre nouvelle d'Ashraf Khaled et le jour était levé depuis longtemps. Il était à vingt-quatre heures du déclenchement de « Desert Spring ». Le grondement des véhicules passant sur la route Ben Gardane-Tripoli était le seul bruit qui lui parvenait. Il sursauta en entendant des coups frappés à sa porte.

Il se leva pour se retrouver nez à nez avec un jeune homme aux cheveux bouclés qui l'examina longuement.

— Ton nom, c'est Malko ?

— Oui.

— Alors, tu viens avec moi.

Il dégringolait déjà l'escalier. Malko ramassa sa précieuse mallette et le suivit. Le garçon gagna une antique 404 qui devait dépasser le million de kilomètres et lui fit signe de le suivre. L'un derrière l'autre, les deux véhicules traversèrent la place rectangulaire déserte puis sortirent de Ben Gardane. Malko aperçut un écriteau : Tataouine, 75 km. L'ancien bagne de la Légion Étrangère. Mais, au bout de deux kilomètres, son guide emprunta à gauche une piste sablonneuse filant vers l'est à travers le désert.

Au bout de vingt minutes, le nuage de poussière jaunâtre qui enveloppait la 404 tourna à droite sur une autre piste, descendant droit vers le sud, parallèlement à la frontière tuniso-libyenne.

Ils roulèrent ainsi plus d'une demi-heure, sans voir un seul véhicule, puis un panneau apparut : *Taguelmit.* Un hameau d'une douzaine de *mechtas* qu'ils traversèrent en trombe. Tout en conduisant, Malko consultait sa carte. Par moments, cette piste frôlait la frontière. La zone devait être patrouillée… Son guide filait toujours aussi vite. Une vingtaine de kilomètres plus loin, il stoppa brutalement et Malko vint presque buter sur son pare-chocs. Il descendit et le rejoignit. La chaleur était effroyable.

Le Tunisien pencha la tête dehors et lui montra une piste quasi invisible qui filait vers l'est, vers la Libye.

— Ti vas par là ! lança-t-il.

Sans lui laisser le temps de répondre, il redémarra, fit demi-tour et repartit. Malko regarda les traces dans la caillasse jaunâtre. Cela ressemblait à un jeu de piste avec, peut-être, la mort au bout. Mais il était allé trop loin pour reculer.

Il remonta au volant. Le « 45 » posé sur la banquette, il se lança en avant, secoué comme un prunier. La piste montait et descendait, dans un no man's land désertique et inquiétant, parfois creusée dans le désert, avec des murailles de rocaille montant jusqu'à hauteur d'homme.

Soudain, il distingua le long de la piste des dizaines de moutons qui se confondaient presque avec le sol. Le berger se tenait sur une pierre et lui adressa un signe de la main.

Deux kilomètres plus loin, il aperçut en retrait de la route une *mechta* grisâtre, qui semblait abandonnée. Il la dépassa et vit alors un 4×4 garé derrière ! Quittant aussitôt la piste, il vint s'arrêter à côté. Le véhicule était vide, mais il repéra tout de suite les impacts de balles sur la carrosserie, ainsi que les glaces brisées.

— Je suis là ! lança une voix derrière lui.

Il se retourna. Ashraf Khaled s'abritait le long du mur, engoncée dans un gilet pare-balles bizarrement orné de dentelles… La main sur la crosse d'un gros pistolet. Elle s'approcha et Malko vit le sang sur son T-shirt, ses traits tirés, les yeux enfoncés dans leurs orbites.

— *Himmel !* s'exclama Malko. Qui vous a attaquée ?

— Je vais vous l'expliquer, dit-elle d'une voix lasse. Venez.

Il la suivit à l'intérieur de la *mechta*. Le toit n'existait plus, un mur était complètement écroulé, mais les trois murs restants constituaient un abri précaire. Ashraf Khaled y avait disposé un sac de couchage, une couverture et un réchaud. Un vrai campement.

— Où sommes-nous ? demanda Malko.

— En Libye. À un kilomètre de la frontière environ, mais personne ne vient ici, sauf les gens du Mathaba quand ils s'infiltrent en Tunisie. Je me sers de leurs réseaux.

— Nous ne risquons rien ?

Elle eut un rire amer.

— Si, bien sûr ! De mon côté, je ne pense pas, j'ai roulé en plein désert et il y a plusieurs endroits comme celui-ci. Ils n'ont pas assez de monde pour tout vérifier. Mais j'espère que *vous* n'avez pas été suivi.

— Par qui ?

— Les Tunisiens. Ben Gardane grouille de mouchards.

— D'où venait le garçon qui est venu me prévenir ?

— Il fait partie de mon réseau à Taguelmit. J'avais rendez-vous avec lui ici. Je lui ai demandé d'aller vous récupérer.

Elle s'assit par terre avec une grimace de douleur.

— Mais, enfin, que se passe-t-il ? demanda Malko plus qu'inquiet.

— Je vais vous le dire. Mais d'abord, aidez-moi, je voudrais voir exactement ce que j'ai. Je me sens très faible.

Il la débarrassa de son gilet pare-balles et examina la blessure. L'orifice d'entrée était très net, contrairement à la sortie, déchiquetée. L'hémorragie avait dû être importante, stoppée par le gros pansement. Il essaya de lui faire bouger le bras, mais Ashraf hurla.

— Mon dos ! s'écria-t-elle, j'ai terriblement mal. Aidez-moi à enlever mon T-shirt.

C'était impossible à cause du bras blessé. Avec un couteau, il dut le découper sur elle… Découvrant d'abord une poitrine pleine et ferme.

Dans le dos, Ashraf Khaled avait deux grosses marques bleuâtres de la taille d'une soucoupe. Les impacts des projectiles arrêtés par le gilet pare-balles. Dans la trousse de secours de la Range-Rover, il trouva des antibiotiques et une seringue jetable. Il fit une injection à Ashraf pour ralentir l'infection.

Elle essaya de s'allonger, mais se releva aussitôt dans un cri :

— Ah, j'ai mal !

Elle se redressa, demeurant courbée en avant, comme une petite vieille, les traits crispés.

— Qui vous a tiré dessus ? demanda Malko.

— Les gens de la Sécurité intérieure, sur la route. Il y a eu un attentat contre Ibrahim hier. Un homme est venu chez lui et a essayé de le tuer.

Elle lui raconta tout ce qui s'était passé au cours des dernières vingt-quatre heures. Sans mentionner les conclusions qu'en avait tirées Ibrahim Khalifa. Ce qui prolongeait le suspens. Malko était atterré, même s'il essayait de se persuader que la présence d'Ashraf était un signe positif. Il lui fit part à son tour des derniers événements avec la mise hors circuit d'Arnold Angel et conclut :

— Du côté américain, tout est prêt pour déclencher « Desert Spring » demain. Les six cents hommes du colonel Haftar se trouvent en Sicile, à l'exception d'une poignée d'entre eux prêts à se joindre à nous.

— Vous avez les moyens de les contacter ? demanda aussitôt Ashraf.

— Oui, par un téléphone codé relayé par satellite.

— Ils se trouvent loin d'ici ?

— Lors du dernier contact, ils venaient d'arriver à Tataouine. À mon avis, ils peuvent être ici en moins de trois heures.

Des mouches bourdonnaient autour du pansement ensanglanté. Ashraf Khaled devait souffrir le martyre et pourtant ne se plaignait pas. Malko se dit que c'était vraiment une femme d'acier. Ibrahim Khalifa avait bien choisi.

Elle leva la tête vers lui, le visage grave.

— Ne vous méprenez pas, dit-elle soudain, je suis venue vous dire qu'Ibrahim Khalifa renonce. Il n'y aura pas d'opération « Desert Spring », il faut tout annuler. M'aider à l'exfiltrer de Libye. C'est la raison de ma présence ici.

CHAPITRE XV

Pendant quelques instants, on n'entendit que le sifflement du vent violent charriant des tourbillons de sable qui venait crisser sur les vieilles pierres. Malko était abasourdi et catastrophé. Ici, dans cette *mechta* perdue en plein désert, « Desert Spring » semblait abstrait, mais la femme qui se trouvait à côté de lui était bien réelle. Et ce qu'elle disait aussi.

— Pourquoi Ibrahim Khalifa renonce-t-il ?

— L'opération a été complètement pénétrée par Kadhafi et Jalloud. Grâce aux fuites venant de Tunis. Même si ces fuites ont cessé, le mal est fait. Ibrahim Khalifa sait qu'il ne réussira pas. Tout reposait sur la surprise. Avant même que les hommes du colonel Haftar se posent sur les terrains choisis, le Conseil suprême de Sécurité va dénoncer l'intervention américaine.

— Mais pourquoi ne pas avoir arrêté Khalifa ? demanda Malko.

— Par orgueil, expliqua Ashraf. Kadhafi est furieux à l'idée d'annoncer une trahison au sein de son entourage proche. C'est pour cela qu'il a essayé de saboter le projet discrètement. En même temps, il veut se venger d'Ibrahim qui a voulu le renverser. Il va tout faire pour l'éliminer physiquement.

« Ibrahim le sait. Il a organisé officiellement un grand dîner ce soir auquel il a invité beaucoup de gens pour donner le change, mais, en réalité, il a déjà dû quitter Tripoli. Il attend de vos amis américains qu'ils assurent sa sécurité à partir de la frontière et l'aident à quitter la Tunisie le plus vite possible pour l'emmener dans un endroit sûr.

Malko était accablé.

— Où ?

— Les États-Unis ou Le Caire.

— Vous pensez que les Tunisiens vont s'opposer à son départ ?

— Non, mais Kadhafi va tout faire pour le liquider avant qu'il ne soit à l'abri. Les deux hommes qui ont essayé de vous tuer, Frank Terpil et William Shepard, sont dans la région.

— Où ?

— Je ne sais pas exactement, avoua-t-elle, mais je possède le numéro de la voiture dans laquelle ils se déplacent maintenant. Un numéro avec une plaque vert et orange, celle des étrangers résidant en Libye. Ils ont reçu l'ordre d'attendre des instructions. Kadhafi sait qu'Ibrahim Khalifa va forcément s'enfuir par la Tunisie et veut mettre le maximum d'obstacles sur sa route.

Malko écoutait toutes ces bonnes nouvelles, atterré. C'était la catastrophe qu'il avait crainte. Et la fin de Bryan Palmer. En dépit de l'aveuglement et de l'entêtement du chef de station de Tunis, il ne pouvait s'empêcher de le plaindre.

— Quand arrivera Ibrahim Khalifa ? demanda-t-il.

Elle eut un geste d'impuissance.

— Bientôt, *Inch Allah*… ou jamais. Je n'ai aucun moyen de le joindre. Il faut attendre ici. J'ai de quoi manger et de quoi boire.

— Bien, dit Malko. Je vais téléphoner à Bryan Palmer.

L'horrible corvée… Laissant Ashraf dans la *mechta*, il alla chercher son téléphone portable dans la Toyota.

L'estomac contracté, il composa le numéro donné par Bryan Palmer. Il y eut les bruits habituels d'une liaison satellite, un temps mort, et la voix du chef de station sortit de l'écouteur. Étonnamment claire, mais tendue.

— Malko ? Quelles nouvelles ?

— Mauvaises, fit sobrement Malko.

— Très mauvaises ?

— Oui, se résolut à dire Malko. Il abandonne. Il faut démonter.

Il y eut une sorte de soupir à l'autre bout du fil.

— Je m'en doutais, finit par dire Bryan Palmer dans une sorte de croassement. Ces dernières heures, nous avons intercepté des communications très troublantes.

— Notre ami demande notre protection, continua Malko. Il doit nous rejoindre où je suis. Il faudrait ensuite le ramener vers Tunis.

— Je suppose qu'on ne peut pas faire autrement, fit avec une certaine amertume Bryan Palmer. Si vous arrivez à l'amener à l'aéroport de Djerba, je m'occupe du reste. Je vais donner des ordres à Ali. Appelez-le dans quinze minutes.

— Parfait, dit Malko.

La ligne restait ouverte, mais il n'entendait plus rien. Finalement, Bryan Palmer dit d'une voix brisée, avant de raccrocher :

— On n'a pas eu de chance.

Malko eut l'impression qu'il pleurait. Il attendit un quart d'heure, puis composa le numéro d'Ali Fakhri. Là aussi, la communication fut établie facilement.

— Je sais ce qui se passe, annonça Ali Fakhri. Je suis à Medenine, mais j'ai un problème de radiateur. Impossible de se retrouver avant demain matin. Où voulez-vous ?

— Taguelmit, proposa Malko. Au lever du soleil.

— D'accord.

Il coupa, espérant que les services tunisiens n'avaient pas intercepté les deux communications. Le jour tombait rapidement, teintant de mauve le désert, rendant les formes difficiles à discerner, et le vent redoublait.

Il se dit que l'exfiltration d'Ibrahim Khalifa n'allait pas être une petite affaire. Il revint à l'intérieur de la *mechta*. Ashraf Khaled était allongée sur le côté en chien de fusil. Épuisée, elle s'était endormie.

Malko alla déplacer sa voiture pour qu'elle ne soit pas trop visible et revint à l'intérieur. Il faisait déjà presque nuit et la fraîcheur du désert le fit frissonner. Ashraf avait posé sur elle son gilet pare-balles pour s'en protéger. À six cents kilo-

mètres au nord, Bryan Palmer devait être en train de démonter sa belle opération, mettant fin du même coup à sa carrière.

Une fois de plus, la CIA avait péché par légèreté. Quand
on avait fait appel à Malko, le ver était déjà dans le fruit.

L'obscurité était tombée, brutale, sans un point lumineux,
sauf les étoiles.

Il pensa aux tueurs qui guettaient celui qu'il était chargé
de protéger. Sans parler de ce qu'il ignorait. Ashraf gémit et
il s'approcha d'elle. Aussitôt, elle se redressa avec la prompt-
titude d'un chat et demanda :

— Il n'est pas arrivé ?

— Non.

Elle retomba avec un léger cri de douleur et dit d'une voix
lasse :

— J'ai mal et j'ai froid. Venez près de moi.

Il s'allongea sur la couverture, ne gardant que son Jean et
sa chemise. Aussitôt, Ashraf vint se blottir dans ses bras. Elle
tremblait de fièvre. Il lui changea son pansement et put voir
que l'hémorragie avait cessé. Quand il voulut l'installer mieux
en lui touchant le dos, elle poussa un hurlement... Ses deux
énormes hématomes devaient la faire souffrir atrocement.
Calée tant bien que mal contre lui, elle s'installa, passant une
jambe entre les siennes à la recherche de chaleur et, quelques
instants plus tard, à sa respiration régulière, il comprit qu'elle
s'était endormie. Il demeura les yeux ouverts, le « 45 » à portée de la main, guettant les bruits de l'extérieur.

*

Le sein tiède et lourd semblait s'être niché tout seul au
creux de sa main. Malko émergea de sa somnolence, troublé.
Ashraf avait bougé pendant son sommeil, s'encastrant complètement contre lui. Son pubis appuyait involontairement contre
le haut des cuisses de Malko. Ce qui avait déclenché chez lui
une réaction aussi naturelle qu'involontaire. Il faisait toujours
nuit noire, le vent soufflait avec la même violence et Ibrahim
Khalifa n'était toujours pas là.

Machinalement, ses doigts coururent sur la chair tiède et ferme du sein, atteignant le mamelon.

Ashraf Khaled ne bougeait toujours pas. Il continua, avec un peu plus d'audace, et peu à peu, il la sentit réagir par de légers soubresauts de son bassin. Il passa à l'autre sein, lui infligea le même traitement et Ashraf gémit dans son sommeil. Sa main droite coincée entre leurs deux corps se posa sur la virilité de Malko comme pour s'y réchauffer. Il réalisa que ses seins avaient durci, que leurs pointes se dressaient et que la respiration de la jeune femme était plus rapide. Il posa une main à plat sur son ventre et la glissa entre la ceinture de son pantalon de treillis et sa peau. Il franchit ensuite la barrière d'un slip, et sentit sous ses doigts un astrakan un peu rêche, continua, débouchant sur une inondation... Ashraf se cabra sous ses doigts, surtout lorsqu'ils s'enfoncèrent en elle, lui arrachant un cri.

— Non ! Non ! protesta-t-elle.

Mais elle ne fit rien pour entraver l'action de Malko. Il la massa avec douceur, s'emparant peu à peu de son sexe trempé, accélérant progressivement jusqu'à ce qu'Ashraf soit agitée d'une violente secousse et retombe aussitôt toute molle. Il voulut lui ôter son treillis et elle se laissa aller sur le dos, se redressant aussitôt avec un cri de douleur.

— J'ai trop mal...

Elle était contre lui, torse nu, les seins gonflés, haletante. Sa main valide libéra la virilité qu'elle massait depuis un bon moment et elle se mit à la caresser très vite, le menant à l'explosion en un temps record. Puis, comme si elle avait agi en pleine crise de somnambulisme, elle se blottit à nouveau, ses seins nus pressés contre Malko, sa bouche appuyée à son cou.

*

L'aube se levait sur le désert, mauve, rose, grise, un arc-en-ciel de couleurs inouïes. Le vent continuait à soulever des tourbillons de sable jaunâtre. Un palmier rabougri était presque couché par les rafales. Malko s'étira. Cinq heures et demie du matin, la journée allait être longue. Ç'aurait dû être le jour de gloire de la CIA…

— Il n'est pas encore là, dit soudain Ashraf.

Réveillée elle aussi, elle avait remis son gilet pare-balles. Ils eurent beau scruter les contours mouvants du désert, ils ne virent aucune trace de véhicule. Ibrahim Khalifa était peut-être déjà mort.

— Je vais à Taguelmit, dit Malko, chercher Ali Fakhri. Je pense être de retour dans deux heures.

Ashraf approuva de la tête, hagarde de fatigue, et il prit place dans la Land Cruiser.

*

Celui qu'on appelait Al Chibani[1] remonta dans sa jeep russe et mit en route. Avant de démarrer, il se retourna vers l'énorme tente brunâtre, installée en plein désert, où il venait de rencontrer son chef, le colonel Muammar Kadhafi. Ce dernier l'avait reçu comme toujours avec une grande gentillesse, lui faisant partager son repas, qu'ils avaient mangé tous les deux avec leurs doigts, selon la tradition bédouine, assis à même le sol, sur des entassements de tapis.

Le colonel Kadhafi passait le plus clair de son temps au milieu du désert, dans des lieux qu'il choisissait lui-même, de préférence dans la dépression désertique, au sud de Syrte. Il était né dans cette région et y demeurait très attaché. Ces camps, en apparence rudimentaires, comportaient des moyens de transmission ultra-modernes, tout le confort, et étaient gardés par des hommes sûrs, sélectionnés par Kadhafi lui-même.

Une fois de plus, Al Chibani avait été sous le charme du maître de la Libye. Cet homme que le monde entier haïssait était son idole. Parce qu'à ses yeux, c'était un vrai bédouin, un authentique Arabe, il avait arraché son pays à l'emprise des

1. Le Vieux.

étrangers, il était désintéressé, idéaliste, avec quelques idées simples. Les Juifs étaient les ennemis des Arabes et les Américains les amis des Juifs. Donc, les Américains étaient les ennemis des Arabes…

Kadhafi et Al Chibani partageaient les mêmes valeurs, la tribu, l'honneur, la crainte de Dieu et rejetaient celles du monde occidental, corrompu, athée et frivole. Pour les deux hommes, la vie humaine n'avait qu'une valeur très relative, surtout celle des mécréants qui ne croyaient pas en Allah.

Ce qui justifiait à leurs yeux des actes qui révulsaient d'horreur le reste du monde. Faire sauter en plein vol un avion avec 270 passagers pour venger une blessure d'amour-propre ou faire avancer une politique était parfaitement licite.

Lorsque le colonel Kadhafi, après plusieurs tasses de thé, avait expliqué à Al Chibani ce qu'il attendait de lui, le vieux colonel avait parfaitement compris, approuvé même. Son puissant interlocuteur n'avait pas eu besoin de se justifier ou de s'expliquer. Chez les bédouins, la vengeance est un devoir sacré.

Al Chibani démarra et franchit à petite vitesse les différentes chicanes protégeant le campement du colonel Kadhafi, passant devant un affût octuple de mitrailleuses, servi par des hommes emmitouflés dans leur tenue du désert. Derrière eux, insolite, une Mercedes flambant neuve… Al Chibani accéléra et bientôt se retrouva en plein désert, fonçant vers Tripoli.

Colonel du génie, formé en Union soviétique et en Tchécoslovaquie, Al Chibani, un homme sans état d'âme, appartenant à la tribu des Warfala, avait toujours servi le régime de Kadhafi sans poser de questions. Avec sa moustache blanche tranchant sur sa peau sombre, sa bonne tête ronde et sa silhouette empâtée, il inspirait confiance à tous. C'était pourtant un des hommes les plus dangereux de Libye. Depuis des années, il fournissait des armes et des explosifs aux groupuscules terroristes qui utilisaient la Libye comme base opérationnelle. Dans son petit bureau, au fond d'une discrète caserne qui servait de dépôt d'armes pour les opérations spéciales, il avait épinglé une photo de Carlos dédicacée, déjà jaunie. Carlos le terroriste se terrait en Syrie et n'était plus *persona grata* en Libye.

Al Chibani arrêta sa Land Rover en face d'un petit bâtiment jaune pisseux qui abritait une des infrastructures clandestines du groupe Abu Nidal, à la périphérie de Tripoli. Deux ou trois loqueteux traînaient devant. Ils le saluèrent respectueusement et il monta rapidement au premier.

Accueilli par un grand moustachu vérolé. Embrassades. Thé. Échange de gentillesses. Puis on appela deux jeunes gens sans signe particulier, des recrues palestiniennes d'Abu Nidal, munies de passeports libyens. On leur donna leurs instructions et ils suivirent docilement Al Chibani.

L'aube se levait tout juste. Normalement, la mission d'Al Chibani se cantonnait au territoire libyen, mais elle pouvait se prolonger en Tunisie.

Dans cette optique, et particulièrement dans un pays étranger comme la Tunisie, c'était plus habile de sous-traiter avec des hommes d'Abu Nidal, afin de ne pas impliquer directement les services libyens. Al Chibani expliqua brièvement aux deux gars ce qu'ils avaient à faire et ils prirent la route. Le coffre de la voiture était bourré d'armes, mais sa plaque diplomatique lui éviterait la fouille à la frontière. Les Tunisiens savaient très bien qui était Al Chibani, mais n'y touchaient pas. Il transitait souvent par leur pays ou se rendait à Tunis pour rencontrer des gens de l'OLP. Il était admis que, les Israéliens ayant mis sa tête à prix, il avait, le droit de se promener avec ses gardes du corps…

Tandis qu'il roulait à tombeau ouvert vers la frontière tunisienne, il repassa son plan dans sa tête. Ibrahim Khalifa avait disparu en faisant croire qu'il était toujours à Tripoli. Évidemment, il allait chercher dans un premier temps à se réfugier en Tunisie, mais n'utiliserait pas la route principale. Un homme comme lui connaissait les pistes du désert et certains indices recueillis par Al Chibani lui laissaient penser qu'il allait emprunter un itinéraire fréquemment utilisé par le Mathaba.

C'est là que se dirigeait Al Chibani, roulant le plus possible sur la route asphaltée pour rattraper son retard.

Khalifa avait dû s'arrêter pour la nuit. Il n'avait pas un véhicule permettant de rouler dans le désert sans visibilité. S'il le ratait là, Al Chibani était persuadé que les Américains allaient l'exfiltrer par l'aéroport de Djerba. C'était trop dangereux d'organiser un long voyage par la route, jusqu'à Tunis. Entre Ben Gardane et Zarzis, « le Vieux » disposait d'une infrastructure légère, mais efficace. Et puis, il y avait « deep throat », la source à l'intérieur de la CIA, qui guiderait ses pas. Il pouvait également faire appel à ses « supplétifs » irlandais et américains. Avec tout cela, c'était bien le diable si Ibrahim Khalifa, le traître, parvenait à passer à travers les mailles du filet…

Dix kilomètres avant la frontière, il bifurqua sur la gauche, empruntant une piste partant vers le sud-ouest, en plein désert. Les deux Palestiniens regardaient le paysage, émerveillés, sans se douter qu'ils risquaient de passer quelques années en prison, en Tunisie, si leur opération se déroulait bien. Les ordres d'Al Chibani étaient clairs : les lancer à l'assaut et les abandonner pour ne pas impliquer la Jamahiriya. Ibrahim Khalifa devait mourir, mais d'une main officiellement inconnue. Ses démêlés avec le groupe Abu Nidal étaient publics, aussi son élimination par ses partisans aurait-elle quelque vraisemblance.

*

Une activité de ruche régnait au sixième étage de l'ambassade américaine de Tunis. Les services d'écoute étaient sur les dents, interceptant tout ce qui sortait de Libye et même les communications intérieures. Trois analystes qui avaient dormi deux heures s'affairaient, en recoupant les messages, à comprendre ce qui se passait à Tripoli. C'est presque comme s'ils avaient été sur place, tant les Libyens étaient bavards.

Jane, la secrétaire de Bryan Palmer, rafla les dernières transcriptions et alla les poser dans le bureau mis à la disposition de l'envoyé spécial de Langley, chargé de convoyer l'armada du colonel Haftar. Trois autres Américains se trouvaient là. Le chef de station parcourut les documents et leva un regard sombre sur ses interlocuteurs.

— Ça ressemble à une purge, dit-il. La Sécurité intérieure est déchaînée, un colonel fidèle au commandant Jalloud vient d'être nommé en remplacement d'Ibrahim Khalifa.

— Où est-il ? demandèrent d'une seule voix deux Américains.

— Apparemment, il a pu prendre la fuite, ce qui correspond aux informations recueillies par Malko, précisa Bryan Palmer. Mais, d'après ces papiers, ils ont lancé un commando à ses trousses dirigé par une vieille connaissance. Le colonel Hachili, dit Al Chibani. Il a acheté des armes pour la Libye dans tous les coins du monde. C'est le responsable du service « action » de Kadhafi.

L'envoyé de Washington se gratta la gorge.

— Il faut éviter à tout prix qu'Ibrahim Khalifa ne tombe entre leurs mains. Ses déclarations pourraient être extrêmement dommageables…

Bryan Palmer retint de justesse un ricanement.

— À mon avis, ce n'est pas cela qu'ils ont en tête. Ils veulent le flinguer, un point c'est tout. Mais il faut le mettre en sécurité. Je suppose qu'il est parti avec tous ses papiers et il a des choses vraiment intéressantes. Par exemple, tous les réseaux libyens en Afrique et en Europe. Nos amis français se feront une joie d'acheter cela à prix d'or. Et puis, nous aurons un joker contre le colonel.

Silence. De plomb. Puis l'envoyé de Langley demanda :

— Donc « Desert Spring » est vraiment foutu ?

Bryan Palmer affronta son regard. Un tic nerveux faisait battre sa paupière gauche.

— Si vous ajoutez aux six cents hommes d'Haftar un corps d'armée blindé avec un soutien aérien, on peut y aller. Nous prendrons notre petit déjeuner à Tripoli… N'oubliez pas que tout reposait sur Khalifa, il avait besoin d'une petite force bien entraînée pour des frappes chirurgicales à l'intérieur du pays.

— Je comprends, fit tristement le directeur adjoint du desk Moyen-Orient, l'addition va être lourde.

Un ange couvert de billets de cent dollars traversa la pièce. Dieu merci, c'était l'argent des contribuables.

— Ça coûtera moins cher que la Baie des Cochons, remarqua perfidement Bryan Palmer, et on ne perdra personne. Mais je voudrais que vous me laissiez le détachement précurseur de Tozeur, qui est en train de prendre contact avec Malko.

— Il y a des Américains dedans ? répliqua, sourcilleux, le responsable de Langley.

— Non, rien que du bronzé, répliqua placidement Bryan Palmer. On vous les rendra en bon état. Si possible, dès ce soir.

— Ils doivent être au plus tard à Tozeur à midi.

Un vent de déroute flottait sur tout l'étage. Une secrétaire vint chuchoter quelques mots à l'oreille de Palmer qui arbora un sourire ironique.

— Je suis convoqué par le ministre de l'Intérieur tunisien, annonça-t-il. À mon avis, ils doivent commencer à trouver qu'il se passe des choses bizarres en Libye.

*

Malko aperçut à l'entrée de Taguelmit un fourgon aux vitres peintes, arrêté en face des ruines d'une *mechta*. En se rapprochant, il vit que le véhicule avait des plaques italiennes. C'était celui qu'il cherchait. Malko s'arrêta et descendit. Les portes arrière s'ouvrirent sur une sorte de grande brute aux épaules larges comme des enclumes, avec une grosse tête ronde et d'énormes moustaches. L'inconnu lui adressa la parole en arabe, avec un sourire carnassier.

— Vous êtes Ali Fakhri ? demanda Malko.

Le moustachu montra des dents de cannibale dans un sourire éblouissant.

— Je vous attendais.

Enfin une bonne nouvelle dans l'océan des catastrophes.

CHAPITRE XVI

— Allons à l'intérieur, proposa Ali Fakhri.

Malko monta avec lui dans le fourgon où régnaient une chaleur de bête et un désordre incroyable. Deux Arabes plus jeunes saluèrent d'un sourire. Ali Fakhri s'assit sur une caisse et Malko aperçut, glissée dans sa ceinture, la crosse d'un gros pistolet. Dans un carton à ses pieds, il y avait des grenades défensives, de quoi mettre à feu et à sang une ville de moyenne importance...

Si ses anciens amis le prenaient, ils le découpaient en lanières. Fait prisonnier au Tchad, il avait choisi de trahir sous les ordres du colonel Haftar, avec l'espoir d'aller vivre aux USA, mais il y avait une petite formalité à accomplir avant : libérer son pays. Philosophe, il s'adaptait. En attendant, il vivait dans un des sordides petits cubes de béton sans climatisation d'une cité militaire de Floride, en pestant tous les jours contre Kadhafi... Il jeta un regard terne à Malko.

— Alors, c'est foutu.

Son anglais était guttural, mais très compréhensible.

— Je le crains, confirma Malko, mais j'ai fait appel à vous pour un « side-job ».

Il lui expliqua de quoi il s'agissait. Ali Fakhri conclut, en s'essuyant le front :

— Au moins, on ne sera pas venu pour rien. Allons-y.

L'un suivant l'autre, les deux véhicules repartirent en direction de la *mechta* où Malko avait laissé Ashraf Khaled.

Pourvu qu'Ibrahim Khalifa soit là.

Le vent continuait à déplacer des tourbillons de sable et le désert était aussi ras que la surface de la lune. Et tout aussi accueillant. Malko ne cessait de scruter l'horizon. Ils entraient en territoire libyen. Et, dès ce moment-là, ils pouvaient disparaître à tout jamais sans laisser de traces.

Concentré sur sa conduite, il continua, guettant les grossières volutes de poussière qui fendaient la piste à toute vitesse, faisant parfois croire à la présence d'un véhicule.

Enfin, la *mechta* détruite apparut dans le lointain. La Range d'Ashraf était toujours là, mais seule. Ibrahim Khalifa n'était toujours pas arrivé. Ce qui commençait à être inquiétant. Ashraf Khaled surgit, grise de fatigue, avec un T-shirt propre.

Ali Fakhri avait dans son fourgon une trousse de secours très complète, fournie par l'armée US, et Malko put refaire une piqûre d'antibiotiques à la jeune femme, doublée d'un antalgique afin de lutter contre la douleur. Pour combattre l'assoupissement, Ashraf avala deux comprimés d'amphétamines. Quelques instants plus tard, son regard s'animait déjà.

— Il y a du nouveau, annonça-t-elle. J'ai aperçu un véhicule suspect après votre départ. Il s'est approché puis a fait demi-tour.

— De quel côté ?

— Là-bas, comme nous en territoire libyen. Je pense qu'ils ont dû lancer des gens aux trousses d'Ibrahim et qu'ils le guettent ici, c'est bon signe, cela prouve qu'il a réussi à sortir de Tripoli.

— Comment se fait-il qu'il ne soit pas encore là ?

— Je ne sais pas, avoua-t-elle. Nous sommes dans le désert où les incidents prennent d'autres proportions. Il a pu s'enliser, se perdre, avoir un accident, une panne. Il faut attendre, mais nous risquons d'être attaqués. Le véhicule que j'ai vu a sûrement des moyens radio. Il faudrait s'en débarrasser avant qu'Ibrahim n'arrive.

Pas évident. S'ils avançaient vers lui, il fuirait le contact, les forçant à s'enfoncer en territoire libyen, ce qui présentait un risque supplémentaire.

Malko regardait le désert, en apparence vide à perte de vue. Il suffisait d'un petit mouvement de terrain pour dissimuler un véhicule. Soudain, il eut une idée. Il en fit part à Ashraf qui admit que c'était astucieux.

*

Le vieux Tunisien, appuyé sur son bâton, n'arrivait pas à dissimuler sa méfiance et sa stupéfaction ; trouver en plein désert des gens prêts à lui acheter le troupeau qu'il avait l'intention d'amener au marché de Tataouine du jeudi dépassait son entendement. Pourtant, les liasses de dinars étaient bien là... En plus, il s'agissait d'un étranger et d'un Arabe qui parlait avec un accent inhabituel...

— Ça fait trois dinars le kilo, avança-t-il.

Le prix normal était de deux dinars, mais vu les circonstances...

— Trois dinars, c'est d'accord, accepta Malko.

Heureusement qu'il avait des liasses d'argent tunisien, tout comme Ashraf.

— Il faut les peser, avança le vieux.

Une bonne idée, en plein désert. Ali Fakhri intervint, se baissa, rafla un mouton par les pattes et le tint en l'air quelques instants, avant de le reposer dans un concert de bêlements.

— Il fait quinze kilos...

— Vingt, protesta le berger.

On transigea à dix-huit...

Il n'y avait plus qu'à compter les moutons. Il y en avait quand même cinquante... Une demi-heure plus tard, le berger s'éloignait à pied vers Tataouine, les poches bourrées de dinars, ne comprenant pas encore ce qui lui était arrivé.

Malko se tourna vers Ali Fakhri.

— Expliquez à vos hommes ce qu'on attend d'eux. Ils sauront s'y prendre ?

— Bien sûr, affirma le renégat libyen, ce n'est pas très

difficile, c'étaient des paysans, ils savent comment il faut parler aux moutons...

Malko remonta dans sa Toyota pour rejoindre Ashraf Khaled, restée dans la *mechta* distante de quelques kilomètres. Ali Fakhri reprit le volant de son fourgon et sortit de la piste, s'arrêtant un peu plus loin, à une trentaine de mètres de la portion qui s'enfonçait dans le sol meuble comme un mini-canyon. Il leva le capot du véhicule, simulant une panne, tandis qu'un de ses hommes remontait les moutons pour les disposer selon le plan. Le piège était armé.

*

— Vous croyez qu'ils vont nous suivre ? demanda Malko, plutôt anxieux.

Le véhicule repéré par Ashraf était à peine visible dans le lointain. Il s'était un peu rapproché, demeurant à distance respectueuse. Ses occupants surveillaient de toute évidence la *mechta* et les deux véhicules. Ibrahim Khalifa n'était toujours pas là.

— Je le pense, dit Ashraf Khaled. À mon avis, ils ne savent pas plus que nous où se trouve Ibrahim Khalifa. Ils sont venus ici un peu par hasard. S'ils nous voient partir, ils vont penser que nous avons pu communiquer avec lui et que nous allons le rejoindre. Donc, pour ne pas perdre le contact, ils vont nous suivre.

Alors, allons-y. Vous pouvez conduire ?

— J'y arriverai.

La Toyota et la Range Rover regagnèrent la piste en cahotant. Tournant ensuite à droite, vers l'intérieur de la Tunisie. Malko surveillait l'horizon dans le rétro. D'abord il crut qu'il s'agissait d'un tourbillon de sable. Puis il réalisa que le véhicule en planque s'était lancé à toute vitesse à leurs trousses, soulevant un panache de poussière. Ashraf ne s'était pas trompée.

*

Al Chibani abaissa ses jumelles, pensif et méfiant. Depuis l'aube, il observait la Range Rover d'Ashraf, espérant à chaque seconde voir surgir la Mercedes noire d'Ibrahim Khalifa. Il n'avait vu que deux autres véhicules venant du côté tunisien, dont l'un était reparti.

Il venait de prendre contact par radio avec un de ses hommes qui avait franchi ouvertement la frontière et se tenait à Ben Gardane pour coordonner la suite des opérations.

— Ils bougent !

Un des hommes d'Abu Nidal venait de s'apercevoir du mouvement des deux véhicules. Al Chibani démarra immédiatement ; il y avait des dizaines de points de rencontre similaires dans le désert, sur la zone frontalière, et Ibrahim Khalifa pouvait se trouver à n'importe lequel d'entre eux.

Il dut accélérer à fond pour ne pas perdre la Range Rover de vue. À côté de lui, un des Palestiniens d'Abu Nidal cognait le pavillon de ses cheveux crépus à chaque cahot... Puis la piste se fit moins mauvaise et Al Chibani accéléra encore. La Range était tout juste visible, précédée par une Toyota Land Cruiser. Heureusement que le désert était plat comme la main. Ashraf tentait évidemment de le semer. Même si elle y parvenait, il aurait le temps de prévenir par radio un de ses hommes pour qu'il reprenne la poursuite en aval. Maintenant, il surfait sur la piste sablonneuse à plus de quatre-vingts. Le volant vibrait entre ses mains. Tout à coup, il poussa un effroyable juron.

À cent mètres devant lui, la piste était complètement obturée par un troupeau de moutons, juste sur la portion où elle était trop encaissée pour qu'il puisse en sortir pour foncer à travers le désert ! Al Chibani martela le klaxon, tapant dessus comme un sourd. Ces nomades croyaient posséder le désert et le berger qui marchait devant ne tourna même pas la tête. La Range s'éloignait à toute vitesse...

Impossible d'escalader les murs sablonneux à gauche et à droite. Les moutons n'étaient plus qu'à trente mètres. Al Chibani écrasa le frein, et la Land Rover s'arrêta dans un nuage de poussière à quelques centimètres des premiers ovins qui s'écartèrent en bêlant. Les autres continuaient bêtement à trottiner sur la piste, sans accélérer. Al Chibani sauta à terre, et hurla en direction du berger qui marchait devant :

— Imbécile, fils de chien, dégage…

L'autre ne se retourna même pas… Al Chibani plongea dans sa voiture et attrapa sous le siège un Skorpio avec lequel il tira une rafale en l'air. Toujours sans obtenir de réaction du berger.

— Je vais te tuer ! hurla-t-il.

Le berger ne broncha pas. Calant son arme contre la hanche, Al Chibani se prépara à appuyer sur la détente.

Ce fut son dernier geste. Il n'avait pas remarqué un véhicule stoppé à une trentaine de mètres en pleine rocaille. Les portes arrière s'ouvrirent. Un homme était assis sur le plancher et visait la Land Rover avec un étrange engin composé d'un fusil d'assaut M. 16 et d'un lance-grenades M. 79 couplé sous le canon. Une flamme orange et, quelques fractions de seconde plus tard, la grenade de 40 mm frappa la Land Rover à la hauteur de la portière avant, dispersant des éclats mortels sur vingt mètres. Le véhicule s'enflamma immédiatement, carbonisant sur place ses deux occupants. Al Chibani écopa d'un éclat coupant comme un rasoir, qui lui sectionna la carotide gauche.

Il inonda le pare-brise de son sang, avant de tomber en essayant vainement d'arrêter l'hémorragie. Implacablement, il se vida de son sang avec un bruit d'évier, très vite inconscient. Lorsque la Land Rover explosa, se déchiquetant et projetant des débris humains à plusieurs dizaines de mètres, il était déjà mort. Miracle : le talkie-walkie accroché à sa ceinture grésillait encore. Du bon matériel américain…

Ali Fakhri sauta à terre et s'approcha avec précaution de ce qui restait de la Land Rover. Les deux Palestiniens étaient réduits à l'état de souvenir, et le cadavre d'Al Chibani gisait à terre, gravement brûlé, mais reconnaissable. D'un coup de pied, Ali Fakhri écrasa le talkie-walkie, puis se pencha sur le corps et lui fit les poches. Papiers, argent, tout. Cela pouvait servir.

Une colonne de fumée noire montait du désert, visible à des

kilomètres à la ronde. Il ignorait s'il se trouvait encore en
Tunisie ou en Libye. Le ménage fait, il regagna la piste,
ramassant le faux berger au passage. Désorientés, les moutons
se regroupèrent au pied d'un épineux. Quelques minutes plus
tard, Ali Fakhri rejoignait les deux autres véhicules.

— Je vais repartir, annonça-t-il. Je dois être à Tozeur dans
la journée.

— Nous retournons à la *mechta* attendre Ibrahim, dit Ashraf Khaled, j'espère qu'il va arriver.

Malko était amer, malgré l'élimination réussie de leurs poursuivants. Non seulement la CIA avait raté l'opération « Desert
Spring » à cause d'un traître dans ses rangs, mais on le laissait
se débrouiller tout seul pour le sauvetage d'Ibrahim Khalifa.
Recommençant le même schéma qu'à Saigon, à Pnomh-Penh,
à Téhéran ou à Beyrouth… On sauvait les Américains, pas les
alliés, taillables et corvéables à merci. Ali Fakhri avait pourtant
été bien utile. Le cœur serré, Malko regarda le fourgon s'éloigner vers l'ouest. Ali Fakhri lui avait quand même laissé le
M. 16 couplé au M. 79 avec des munitions.

*

Suleiman Maktoub, membre du service « action » libyen,
était attablé au *Baraka*, un petit restaurant faisant face au
marché, à l'entrée de Ben Gardane, sur la route de Zarzis. C'est
là qu'il avait entendu l'explosion, suivie du silence définitif de
son chef Al Chibani. Il se retrouvait donc à la tête de la mission
destinée à intercepter Ibrahim Khalifa. Il rentra à l'intérieur,
commanda un café et s'installa au téléphone. Ibrahim Khalifa
allait sûrement passer par l'aéroport de Djerba pour gagner
Tunis. Ils avaient encore de bonnes chances de le coincer. Bien
sûr, il aurait préféré disposer des hommes d'Abu Nidal, mais il
fallait se contenter de ce qu'il avait.

— Allô, ici l'hôtel *Menzel*, annonça une voix en français,
avec un fort accent arabe.

— La chambre 154.

Grésillement, puis une voix grave dit en anglais :

— *Hello, who's speaking ?*

Suleiman Maktoub soupira intérieurement de soulagement. Le contact était établi.

*

Dix heures. La chaleur gondolait le paysage. Depuis long-temps la colonne de fumée noire, là où la Land Rover avait brûlé, avait été emportée par le vent violent. Les débris de la voiture calcinée étaient invisibles de loin. Quelques vautours tournoyaient au-dessus des cadavres, attendant la fraîcheur pour commencer leur repas...

Toujours aucun signe d'Ibrahim Khalifa. Ashraf Khaled regardait sa montre chaque fois qu'elle allumait une cigarette, c'est-à-dire toutes les cinq minutes.

— Ils ont dû l'intercepter, dit-elle.

— Si c'était le cas, remarqua Malko, ils ne l'auraient pas poursuivi.

— Ceux-là ne le savaient peut-être pas, objecta Ashraf Khaled. Attendons jusqu'à la tombée de la nuit. Ensuite, nous regagnerons Ben Gardane.

Une demi-heure plus tard, ils aperçurent ensemble le nuage de poussière. Il ne venait pas de l'est, mais du sud ! Une voi-ture qui roulait à petite vitesse en plein désert, comme un gros scarabée noir. Ashraf Khaled sauta sur ses pieds.

— C'est lui !

Malko observait le véhicule. Une Mercedes noire 560 aux glaces teintées, aussi sombres que sa carrosserie. Elle stoppa à côté d'eux et un homme en sortit. Les cheveux blancs frisottés, le teint très sombre, un visage rond plein d'énergie. Sa che-mise était trempée de sueur, imprégnée de poussière. À côté de lui, une mallette fauve était posée sur le siège du passager.

— J'ai cru que je n'y arriverais jamais ! dit Ibrahim Khalifa en anglais. J'ai dû quitter la piste et rouler très lente-ment. Cette voiture n'est pas faite pour le désert. J'ai soif.

En dépit de ses épreuves, il semblait relativement calme et parfaitement maître de lui. Ashraf lui présenta Malko et il lui serra chaleureusement la main. C'est tout juste s'il ne s'excusait pas pour son retard. Son éducation anglaise avait laissé des traces.

Ashraf lui tendit une bouteille d'eau, tandis que Malko activait son téléphone satellite. Sa mission commençait maintenant : ramener Ibrahim Khalifa sain et sauf à Tunis.

En évitant tous les pièges qui les attendaient sans doute sur la route.

CHAPITRE XVII

Malko désactiva son téléphone satellite, le remit dans sa mallette puis alla retrouver Ashraf Khaled et Ibrahim Khalifa. Il venait d'avoir une conversation difficile avec Bryan Palmer. Le chef de station de la CIA à Tunis était encore sous le choc et on avait du mal à lui soutirer des décisions, même modestes. Sa belle assurance avait fondu pour faire place à une attitude contenue mais désabusée.

Ibrahim Khalifa n'était guère plus brillant qu'Ashraf. Lui aussi s'était défait depuis l'instant où il était sorti de sa voiture, digne et maître de lui. Accroupi sur ses talons, à l'ombre, il semblait méditer sur son sort, les traits creusés, le regard flou. Malko se dit fugitivement qu'en ce moment, il aurait dû être en train de prendre le pouvoir à Tripoli. Ce n'était plus qu'un fuyard, un homme traqué.

— Tout devrait bien se passer maintenant, lui annonça-t-il. J'ai ordre de vous escorter jusqu'à Tunis où vous serez hébergé à l'ambassade américaine en attendant de quitter la Tunisie. Vous gagnerez Tunis par avion à partir de Djerba. Mr. Palmer nous a retenu des places sur le vol de 16 h 40. Les autorités tunisiennes de l'aéroport sont prévenues et faciliteront votre passage.

— Je vous remercie, dit Ibrahim Khalifa, mais mon sort n'a pas une importance énorme. Je pensais pouvoir arracher mon pays à l'emprise de cet homme qui l'a transformé en base de terrorisme et en ennemi des trois quarts de l'humanité. Maintenant, mon peuple va encore souffrir longtemps.

Élégamment, il n'avait pas mentionné la responsabilité américaine dans l'échec de « Desert Spring ».

D'où ils étaient, il fallait au maximum trois heures pour gagner l'aéroport de Djerba au nord de l'île, à une distance d'environ 170 kilomètres, en passant par Taguelmit, Ben Gardane, Zarzis et Houmt-Souk. Ibrahim Khalifa entama en arabe une discussion animée avec Ashraf. Celle-ci désigna l'endroit où avait brûlé la voiture d'Al Chibani et l'autre hocha la tête. Il ne semblait pas convaincu par les explications de la jeune femme qui reprit en anglais à l'intention de Malko :

— Ibrahim sait que d'autres obstacles ont été placés sur sa route. Il faudrait les éliminer avant qu'il ne gagne l'aéroport de Djerba.

— Vous pensez à Terpil et Shepard, fit Malko, mais où les trouver ?

— J'ai le numéro de la voiture qu'ils utilisent. Ils sont forcément entre Ben Gardane, Zarzis et Djerba. À Ben Gardane, il n'y a pas d'hôtels pour étrangers. Ils peuvent se trouver à Zarzis ou dans la zone touristique de Djerba où il y a tous les hôtels et où séjournent beaucoup de Libyens.

— Pourquoi ne pas foncer directement ? suggéra Malko.

— Ibrahim pense que c'est très dangereux, si on ne les a pas localisés. Ce sont des professionnels.

Malko n'était pas de cet avis, mais après tout ce qui était arrivé, il lui était difficile de s'opposer à Khalifa. Admettons qu'il passe outre et que l'autre prenne une roquette de RPG 7 dans sa voiture, il aurait bonne mine.

— Alors, passons par Medenine, suggéra-t-il.

— Ils nous attendent peut-être tout près de l'aéroport, il faudrait les débusquer et les neutraliser avant de nous lancer sur la route, répliqua Ashraf.

— Que voulez-vous dire ?

— Nous allons « cribler » Ben Gardane et Djerba, proposa-t-elle. Ibrahim nous attendra ici avec le M. 16.

— Dans ce cas, nous ratons l'avion, dit Malko.

— Il y en a un autre à 18 h 45.

Le Libyen ne semblait pas décidé à céder et Malko dut se résigner. Il calcula le temps que risquait de prendre cette expédition et consulta sa montre. Il était onze heures et demie. Cela leur laissait un peu plus de sept heures. C'était jouable d'autant que sur ces routes rectilignes et désertes, on pouvait rouler à 160 à l'heure.

Ibrahim Khalifa s'installa dans les ruines de la *mechta* et Malko se remit au volant de la Toyota, Ashraf à ses côtés, après lui avoir fait une nouvelle piqûre d'antibiotiques. Dix kilomètres plus loin, il aperçut le berger à qui il avait acheté le troupeau de moutons, en train de récupérer discrètement ses ovins. Il avait fait la meilleure affaire de sa vie… Jusqu'à Ben Gardane, distant de soixante kilomètres, ils ne virent pratiquement personne. Par acquit de conscience, ils passèrent une demi-heure à tourner dans les rues écrasées de soleil à la recherche de la voiture des deux tueurs.

Sans succès. Ils croisèrent plusieurs véhicules immatriculés en Libye, mais pas le bon.

— Remontons vers Zarzis, proposa Ashraf.

Elle ne semblait plus sentir sa blessure, alors qu'elle devait souffrir sûrement beaucoup. Mais par moments, Malko la voyait fermer les yeux et crisper ses doigts en refermant ses poings, comme si elle se concentrait pour chasser la douleur. Il admirait son courage.

La route de Ben Gardane à Zarzis était effrayante de monotonie. Rectiligne comme un fil à plomb sur cinquante kilomètres, avec à gauche le désert, et à droite des espèces de marais salants se terminant sur le golfe de Gabès. Pratiquement pas de circulation, pas un village. À mi-chemin, au sommet d'une petite côte, là où il y avait un peu de végétation, ils passèrent devant le poste militaire de Choucha surmonté d'une antenne radio, contrôlant l'accès à Djerba. Ensuite, plus un chat jusqu'à Zarzis, bourgade sans grâce en bord de mer. Les hôtels pour touristes – trois ou quatre – se trouvaient hors de la ville. Ils les inspectèrent rapidement, virent beaucoup d'Allemands, quelques voitures libyennes, mais pas celle qu'ils cherchaient. Le criblage des hôtels, en apparence impossible, se révélait relativement facile : les touristes étaient regroupés dans des ghettos le long de la plage, toujours loin des agglomérations, pour éviter la contagion des infidèles. Ashraf s'essuya le front.

— Il faut aller dans la zone touristique de Djerba, à Sidi Maharès et à la Séguia. C'est là que sont la plupart des grands hôtels.

Encore trente kilomètres de route rectiligne jusqu'à la chaussée-pont menant à l'île de Djerba, reliant El Kantara-continent à El Kantara-Djerba, enjambant le bras de mer entre le golfe de Gabès et celui de Bou Grara. Djerba était plate comme une planche, hideuse, balayée par un vent encore plus violent que dans le désert. Ils prirent la direction du nord par la côte est. Vingt-cinq kilomètres de goudron brûlant bordé d'une palmeraie anémique. Derrière, on bétonnait allégrement. Heureusement, la plupart des hôtels étaient encore en construction, ce qui évitait d'aller les visiter. Un Club Med. Fermé. Pas une voiture. Depuis les troubles islamiques, les « tour-opérators » étaient prudents.

Le *Carthago*. Personne.

Ils continuèrent vers Sidi Bakour. Là, les hôtels pullulaient, concentrés un peu en retrait de la route, cachés derrière les dunes et la palmeraie. *Les Sirènes, Le Club Toumana, Le Medina, Al Jazira.* À en avoir le tournis. Chaque fois, Malko pénétrait dans le parking, et ils examinaient les véhicules en stationnement. Partout des Libyens, mais pas les bons.

Des cohortes d'Allemands et de Bataves blafards profitaient du soleil parcimonieux pour se promener sur les dunes.

Ashraf et Malko atteignirent le nord de la zone touristique, trente kilomètres après El Kantara. Ensuite, c'était Houmt-Souk, la ville principale de Djerba. Malko pensait que les Libyens seraient plutôt dans un des grands hôtels où il était facile de se garer sans attirer l'attention.

— Retournons, suggéra-t-il. Tant pis. Si cela continue, nous raterons aussi le vol de 18 h 45.

Ils avaient parcouru presque 170 kilomètres en un peu plus

de deux heures. Ils firent demi-tour, croisant même des touristes en calèche ; le vent rabattait le sable des dunes en nuages jaunâtres.

Soudain, à mi-chemin, Malko aperçut un panneau indiquant : Hôtel El Menzel.

— On n'a pas vérifié celui-ci, remarqua-t-il.

— C'est vrai, reconnut la Libyenne, je croyais qu'il était fermé.

Ils refirent avec lassitude le même parcours, pour voir les mêmes choses. Effectivement, l'hôtel composé de petits bungalows blancs semblait à l'abandon. Ils trouvèrent quelques voitures sans intérêt sur le parking. Soudain, Malko sentit son pouls décoller. Un peu à l'écart était garée une Toyota Concord blanche avec une plaque orange et vert, celle des étrangers résidant en Libye !

— Ce sont eux, fit-il à voix basse, comme si les deux renégats de la CIA avaient pu l'entendre.

— Allez jusqu'au bâtiment central, dit Ashraf. On va essayer de se renseigner.

Malko continua dans les allées désertes et aperçut deux hommes qui émergeaient d'un bungalow en bordure de mer et se dirigeaient vers le parking. Il reconnut ses agresseurs de Tunis.

Ils montèrent dans leur voiture qui démarra aussitôt, tournant à gauche, donc vers El Kantara. Malko attendit quelques instants, puis sortit à son tour. Bien que la route soit sinueuse, il ne risquait pas de les perdre : il n'y avait pas d'autre itinéraire. L'un suivant l'autre, ils franchirent le pont d'El Kantara. Involontairement, Malko les « recolla » en plein Zarzis à un feu rouge. Ensuite ils suivirent la longue route rectiligne jusqu'à Ben Gardane. Malko avait laissé deux kilomètres entre les deux véhicules, mais réduisit la distance à l'approche de Ben Gardane. Il vit de loin la Toyota se garer à l'entrée du bourg, en face du souk désert, devant un restaurant, le *Baraka*. En les dépassant, Malko repéra les deux Américains qui s'installaient à la terrasse en compagnie d'un homme qui s'y trouvait déjà. Malko continua pour s'arrêter un peu plus loin, hors de vue.

— Ils préparent sûrement une embuscade, lança Ashraf d'une voix tendue. C'est l'unique route pour gagner l'aéroport, sauf si on fait un détour énorme par Medenine.

Il était bien sûr impossible de les éliminer en pleine ville. Malko consulta sa montre. S'ils ne se hâtaient pas, ils rataient le dernier avion pour Tunis. S'ils passaient par Medenine, ils n'arriveraient pas à temps non plus. Et ils ignoraient si une autre embuscade n'était pas tendue de ce côté-là.

— Retournons chercher Ibrahim Khalifa, dit-il. Vite.

Il s'arrêta juste pour faire le plein. Le comble eût été de tomber en panne d'essence.

*

— On y va.

Le ton de Malko était sans réplique. Il était quatre heures et il leur fallait une marge de sécurité minimum. D'autant qu'ils risquaient quand même d'avoir à affronter une embuscade. Bien sûr, leurs adversaires repérés, il y avait moins de risques, mais la partie n'était pas encore jouée…

Ibrahim Khalifa se leva et se dirigea vers sa grosse Mercedes noire. Avant d'y monter, il regarda longuement en direction de l'est, comme s'il contemplait une dernière fois le désert de son pays. Il n'avait fait aucun commentaire à Malko, mais ce dernier avait bien vu, à son attitude, qu'il déplorait la non-élimination de Terpil et Shepard, en plein Ben Gardane. Pourtant, grâce au M. 16 enrichi du M. 79, ils pouvaient désormais affronter une attaque sans trop de soucis.

Le moteur de la Mercedes gronda, et Ashraf prit place à côté de Malko, dans la Land Cruiser, le M. 16 sur ses genoux. Les deux véhicules cahotèrent jusqu'à la piste et prirent la route de l'ouest. Malko avait bien pensé à regrouper tout le monde dans la Land Cruiser, mais, avec deux véhicules, le dispositif était plus souple et plus sûr. Il fallait toujours compter avec un incident technique. En plus, la Mercedes aux glaces blindées offrait une protection relative à son propriétaire.

Jusqu'à Ben Gardane, les risques étaient limités. Ensuite, c'était la route de tous les dangers.

— Pourvu que cela se passe bien ! soupira Ashraf.

Où était la glorieuse opération « Desert Spring » ! Ils fuyaient comme des réprouvés, sous la chaleur torride, guettés par des tueurs américains à la solde de Tripoli. Pas de quoi avoir le moral. Les Tunisiens ne voulant pas se mêler de tout cela, c'était à la CIA de faire le ménage. Les premières maisons de Ben Gardane apparurent. Les gosses applaudissaient la belle Mercedes 560, noire comme un corbillard, n'accordant aucune attention à la Toyota de Malko.

Ils passèrent devant le poste à essence au croisement des routes de Tripoli, de Medenine et de Djerba, puis s'engagèrent sur la C 109 menant à Zarzis. À peine étaient-ils passés que la Concord blanche, stationnée en face du *Baraka*, démarrait. Les trois véhicules accélérèrent, une fois sortis du village. Malko était sûr que les tueurs allaient essayer de frapper avant le poste militaire, craignant peut-être un contrôle… La Mercedes fonçait à près de cent soixante à l'heure. Brutalement elle ralentit. Ils longeaient la zone la plus désertique où la seule végétation était composée de quelques cactus. Des tourbillons de sable se levaient comme des elfes, traversant parfois la route.

La Concord se rapprochait. Elle mit son clignotant pour dépasser la Toyota afin de se placer derrière la Mercedes noire. À côté de Malko, Ashraf, les traits figés, tenait sur ses genoux le M. 16. Elle arma le lance-grenades.

— Je vais leur expédier ça quand ils vont nous doubler, annonça-t-elle.

— Attention ! avertit Malko, je risque d'être atteint.

Il allait se trouver entre la Libyenne et la voiture des tueurs et la décharge du M. 79 pouvait le brûler grièvement. La Concord gagnait du terrain. Les deux Américains ne semblaient pas se méfier.

— Ne tirez pas encore, intima Malko.

Le meurtre lui avait toujours fait horreur. Le capot de la Concord grossissait dans le rétroviseur. Elle se lança dans le dépassement et les deux véhicules se retrouvèrent à la même hauteur. Du coin de l'œil, Malko aperçut Frank Terpil à la place du passager. Il regardait Malko. Ce dernier le vit sursauter et se tourner vers le conducteur. Instinctivement, il se déporta violemment sur la gauche et son pare-chocs avant heurta l'aile de la Concord, beaucoup plus légère. Le conducteur, surpris, donna un coup de volant réflexe et perdit le contrôle de son véhicule qui fila comme un zèbre sur le bas-côté caillouteux. Il réussit à redresser de justesse, mais si brutalement que, cette fois, il quitta la route sur la droite, vers la mer.

— Bravo ! lança Ashraf.

Malko pila. La Concord n'était pas vraiment abîmée et les deux Américains sûrement pas blessés… Ils sortaient d'ailleurs de leur véhicule embourbé et, à ce moment, aperçurent Ashraf Khaled qui venait de sauter hors de la Toyota, le M. 16 à la hanche.

— Incendiez la voiture ! cria Malko.

Injonction inutile… Les deux Américains étaient déjà à terre quand la grenade du M. 79 explosa au beau milieu de la Concord, la transformant en boule de feu…

Devant, la Mercedes 560 de Khalifa s'était arrêtée. Ashraf, M. 16 au poing, descendit sur le bas-côté, avec l'intention évidente de liquider les deux hommes. Ceux-ci s'éloignaient ventre à terre vers la mer : leurs armes de poing n'étaient pas de force contre un lance-grenades.

Malko s'attendait à ce qu'Ashraf regagne aussitôt la Land Cruiser. Mais elle se lança à la poursuite des deux Américains, comme si elle reportait sur eux toute la frustration de l'opération ratée. Elle qui avait semblé si calme, si maîtresse d'elle-même, se déchaînait contre ces rouages modestes. Seulement, ils n'avaient guère le temps de se venger, sous peine de rater l'avion…

Frank Terpil se retourna et tira un coup de feu en direction d'Ashraf, sans même viser, avant de reprendre sa course.

— Revenez ! cria Malko à la Libyenne.

Ashraf ne se retourna même pas. Marchant lentement dans le cloaque fait de boue séchée, d'eau saumâtre, de sable, elle

repoussait inexorablement les deux hommes vers la mer.
Malko ne comprenait pas très bien où elle voulait en venir. Il
lui aurait été facile de les abattre d'une rafale de M. 16. Soudain, bien que la menace soit toujours aussi proche, ils sem-
blèrent courir moins vite, avoir du mal à soulever leurs pieds.
On avait l'impression de voir un film au ralenti… Puis, d'un
coup, la jambe de Frank Terpil disparut jusqu'au genou dans le
sol. Il tomba, fit une tentative pour se redresser en s'appuyant
sur l'autre jambe qui, à son tour, s'enfonça dans la vase. À
quelques mètres de lui, William Shepard était confronté au
même problème… À quatre pattes, englué, il essayait de se
remettre debout sans y parvenir. Les deux hommes luttaient
sur place, n'avançant plus d'un millimètre. Ashraf Khaled
s'arrêta à son tour à une cinquantaine de mètres d'eux. Malko,
furieux de cette perte de temps et intrigué, la rejoignit.

— Qu'attendez-vous ? demanda-t-il.

Elle eut un sourire féroce et répondit comme si elle se parlait à elle-même :

— J'attends d'être certaine qu'ils soient complètement
engloutis par les sables mouvants. Sinon, je leur mets une
balle dans la tête.

Horrifié, Malko regarda les deux hommes qui luttaient
désespérément pour s'arracher à la gangue gluante qui les
aspirait : Frank Terpil, probablement parce qu'il était le plus
lourd, était déjà prisonnier jusqu'à la taille. Ses jurons et ses
cris leur parvenaient faiblement, emportés par le vent. William
Shepard, lui, les bras allongés sur le sol, semblait avoir stabi-
lisé sa descente. Il voulut remonter, mais poussa probablement
trop et s'enfonça d'un coup presque jusqu'aux épaules…

Ashraf se retourna vers Malko avec un sourire satisfait.

— Nous pouvons y aller. Dans très peu de temps, ils
auront disparu.

Malko jeta un dernier regard aux deux hommes. Quelle fin
abominable… Le vent avait tourné et on n'entendait plus
leurs appels. De la route, il fallait faire un sérieux effort pour
les apercevoir. Personne n'irait les chercher.

— Connaissiez-vous l'existence de ces sables mouvants ? demanda Malko, tandis qu'ils regagnaient la route.

— À votre avis ? demanda-t-elle en allumant, les mains tremblantes, une cigarette dont elle aspira longuement la première bouffée. C'est Allah qui a décidé de leur sort. Nous nous serions arrêtés quelques kilomètres plus loin, je les aurais simplement abattus.

Elle porta sa main droite à son épaule gauche avec une grimace de douleur. L'excitation passée, sa blessure se rappelait à elle.

La Mercedes noire avait reculé. Ibrahim Khalifa en surgit, visiblement angoissé et apostropha Malko :

— Il faut nous dépêcher, fit-il. L'avion ne nous attendra pas...

C'était aussi l'avis de Malko.

— Pourquoi avez-vous ralenti ? demanda-t-il.

— Il fallait régler ce problème maintenant, répliqua Ibrahim Khalifa. Je vous faisais confiance.

Malko reprit le volant de la Land Cruiser après un dernier regard pour les deux traîtres de la CIA dont on n'apercevait plus que les têtes. Cela ferait au moins une petite joie pour Bryan Palmer.

De nouveau, ce fut la monotonie de la route rectiligne, puis ils traversèrent Zarzis en trombe, s'engageant ensuite sur le pont El Kantara, pour longer la zone touristique. Malko commençait à se détendre. Ashraf, vaincue par la fatigue, dormait pratiquement les yeux ouverts.

Il arriva à Houmt-Souk, tout au nord de Djerba, et se faufila au milieu de la circulation beaucoup plus intense. Plus que dix kilomètres avant l'aéroport.

Enfin, les bâtiments blancs flambant neufs, hérissés de coupoles, de l'aérogare de Djerba apparurent au bout de la route. La Mercedes noire se gara dans le parking et Ibrahim Khalifa en sortit, son gros attaché en cuir fauve à la main. Il ferma soigneusement sa voiture, qu'il risquait pourtant de ne jamais revoir, et rejoignit Malko et Ashraf. Celle-ci était visiblement malheureuse d'abandonner le M. 16 dans la Land Cruiser. Le parking fourmillait de voitures immatriculées en Libye. Depuis l'embargo, l'aéroport de Djerba était la seule voie d'accès aérienne pour les habitants de Tripoli qui devaient parcourir trois cents kilomètres en voiture pour prendre l'avion.

Malko regarda sa montre : ils avaient largement le temps, ayant finalement roulé très vite. Tandis qu'Ashraf et Ibrahim Khalifa tenaient un conciliabule, il alla explorer à pied les allées du petit parking.

Au milieu de la seconde travée, il s'arrêta brutalement, examinant avec attention le véhicule qui était garé là. Puis il alla retrouver les deux Libyens. À son expression, Ashraf sentit immédiatement qu'il se passait quelque chose.

— Qu'est-ce qu'il y a ? demanda-t-elle.

— Il est possible que nous ayons un problème, dit Malko. Un gros problème.

CHAPITRE XVIII

Malko désigna une des voitures sagement garées en épi, une Renault 5 verte et poussiéreuse, avec des pneus presque lisses, et une plaque de Tunis.

— C'est la voiture des Irlandais, annonça-t-il, je reconnais le numéro. Celle qu'ils ont volée à Tunis, la semaine dernière.

— Ils ont peut-être embarqué comme nous, en l'abandonnant ici, suggéra Ashraf.

C'était possible, il y avait des vols directs à partir de Djerba pour Vienne, Zurich, Bruxelles ou Genève. Mais, après leurs crimes, il y avait peu de chance qu'ils se soient risqués à affronter les contrôles de police d'un aéroport. Donc, la présence de cette voiture était hautement inquiétante.

— Je crains plutôt qu'ils soient ici pour intercepter Mr. Khalifa, avança Malko.

Intercepter étant une litote...

— Que faisons-nous ? demanda Ashraf.

Ils me connaissent, observa Malko, allez inspecter l'aérogare, essayez de les repérer, voir à quoi ils ressemblent.

Dûment briefée, Ashraf Khaled pénétra dans l'aérogare tandis que Malko allait s'installer avec Ibrahim Khalifa dans la Mercedes dont les glaces teintées les protégeaient des regards. Ashraf Khaled les rejoignit un quart d'heure plus tard, en apparence soulagée.

— Je n'ai vu personne, dit-elle. Le vol commence à enregistrer. Nous pouvons y aller.

Malko n'était quand même pas tranquille. Il retourna dans la Toyota pour y prendre son pistolet qu'il glissa dans sa ceinture. Il s'en débarrasserait avant de passer les contrôles.

Il y avait peu de gens dans l'aérogare, à part ceux qui faisaient la queue devant le comptoir de Tunisair. Malko alla jusqu'au hall des arrivées par acquit de conscience, sans voir personne. Il revenait vers Tunisair quand, machinalement, il leva la tête vers la galerie en mezzanine qui surplombait la salle des départs ; pendant quelques fractions de seconde, il aperçut une chevelure rousse appartenant à une femme qui s'était penchée vers la salle du bas et avait reculé aussitôt, sortant de son champ de vision.

Cela ressemblait furieusement à Maureen O'Flaherty, la tueuse de l'IRA.

— Attendez-moi là, dit-il à Ashraf Khaled.

Il se dirigeait vers l'escalier menant au premier étage lorsqu'un homme – un Tunisien en costume et cravate – l'aborda.

— Mr. Linge ? Je suis le commissaire Amin Meknassy, de la Sûreté nationale.

— Que voulez-vous ? demanda Malko.

— J'appartiens au ministère de l'Intérieur et je vous attendais. Nous pensions que vous seriez là pour le vol de 16 h 40. J'ai reçu l'ordre de Tunis de veiller à ce que tout se passe bien pour le rembarquement de Mr. Khalifa.

Malgré ses déboires, la CIA avait encore le bras long en Tunisie…

— Justement, dit Malko, je voulais aller jeter un coup d'œil en haut afin de voir s'il n'y a rien de suspect.

— Je viens avec vous, proposa le policier.

Il n'avait pas vu l'arme de Malko et c'était mieux ainsi…

En haut, à part une galerie surplombant le hall, il y avait un salon, et une cafétéria dont les baies donnaient sur les pistes… Quelques touristes et un barman. Pas de rousse.

— Je vous offre un café, proposa le policier, nous avons le temps.

Ils s'accoudèrent au bar. Et soudain, dans la glace derrière le comptoir, Malko vit une femme sortir des toilettes. Un torrent d'adrénaline se rua dans ses artères. C'était Maureen O'Flaherty. Sa besace en bandoulière, les cheveux sur les épaules, l'allure paisible, les pieds nus dans des sandales. Semblable aux milliers de passagers de la zone touristique.

Son regard croisa celui de Malko dans la glace. Il vit aussitôt ses traits se crisper. Puis elle détourna la tête et Malko comprit tout de suite pourquoi : son compagnon émergeait des toilettes pour hommes. Soit ils s'y étaient cachés, soit ils avaient préféré vider leur vessie avant l'action.

Le policier tunisien avait suivi le regard de Malko.

— Vous la connaissez ? demanda-t-il sur ses gardes.

Malko n'eut littéralement pas le temps de répondre.

L'Irlandaise venait de plonger la main au fond de sa besace. Malko sentit son estomac rétrécir d'un coup. Il la revoyait à Tunis abattre de sang-froid le policier tunisien.

Sans se préoccuper de ses voisins, il arracha le « 45 » de sa ceinture, tira la culasse en arrière de la main gauche, faisant monter une balle dans te canon. La culasse claqua en se refermant et, pratiquement au même moment, Malko appuya sur la détente. Une fraction de seconde avant l'Irlandaise dont la main sortait de son sac, tenant son pistolet, toujours caché dans le sac noir.

Le projectile du « 45 » la frappa en pleine poitrine et elle n'acheva pas son geste, foudroyée par l'onde de choc.

Immédiatement, Malko tourna son arme vers son complice et cria :

— *Don't move !*

Le policier tunisien avait enfin réussi à dégainer un ridicule petit automatique et se précipitait vers Maureen O'Flaherty, recroquevillée sur le côté, les doigts encore crispés sur la crosse de son pistolet.

Les quelques clients du bar, pétrifiés, hésitaient à s'enfuir et le barman avait plongé derrière son comptoir.

Malko appuya Alan Cork contre le mur et le fouilla, découvrant un Browning dissimulé sous sa chemise. Des policiers en uniforme accouraient, attirés par le coup de feu. Leur collègue en civil les interpella avant qu'ils ne fassent un mauvais sort à Malko. Celui-ci vint s'accroupir près de Maureen O'Flaherty. Son visage cireux était éloquent. Une large tache de sang s'agrandissait sous elle et ses yeux étaient déjà vitreux. Elle agonisait.

— Cette femme a tué un policier à Tunis, expliqua-t-il, ainsi qu'un civil tunisien. Elle travaille pour l'IRA.

— J'en ai entendu parler, dit le policier qui l'avait abordé. Nous allons nous occuper d'eux. Venez, il ne faut pas rater votre avion. Mais je suis obligé de vous demander votre arme. Vous ne risquez plus rien.

Malko lui remit sans regret le « 45 ». Visiblement, l'autre n'avait qu'une idée : se débarrasser de ces encombrants passagers.

*

Le Boeing « 737 » de Tunisair avait décollé avec vingt minutes de retard. Le temps pour Maureen O'Flaherty de mourir. Son compagnon avait été immédiatement arrêté avec une première inculpation de port d'armes.

Malko se sentait vidé, sa mission remplie. Il ramenait Ibrahim Khalifa bien vivant à Tunis.

Une heure plus tard, le terrain de Carthage apparut et le « 737 » se posa sans à-coups. À peine fut-il immobilisé qu'une Ford noire apparut, escortée d'une voiture de police tunisienne. On bloqua les autres passagers, tandis que les policiers faisaient descendre Malko, Ashraf Khaled et Ibrahim Khalifa. Bryan Palmer les attendait au pied de la passerelle. Depuis que Malko l'avait quitté, deux jours plus tôt, il avait vieilli de vingt ans. Un zombi.

Vingt minutes plus tard, ils s'arrêtaient dans la cour de l'ambassade américaine.

— Vous allez provisoirement loger ici, annonça le chef de station à Ibrahim Khalifa et à Ashraf. Ainsi, les problèmes de sécurité seront réglés.

Ashraf fut immédiatement prise en main par le médecin de l'ambassade et Ibrahim Khalifa mené à ses appartements. Bryan Palmer se retrouva seul avec Malko.

— Tout est « démonté », annonça-t-il avec une pointe d'amertume dans la voix. Les hommes, du colonel Haftar sont repartis pour la Floride, Ibrahim Khalifa ne va pas tarder à en faire autant car les Tunisiens ne veulent pas le garder. Quant à moi…

Il laissa sa phrase en suspens.

— Et Arnold Angel ? demanda Malko. Je suis certain que c'est lui le responsable de cet échec.

— Moi aussi, maintenant, admit Bryan Palmer. Il n'y a pas d'autre explication. J'ai envoyé un rapport à Langley et ils sont très embarrassés. Là-bas, il est défendu par pas mal de gens. Je n'ai rien de concret à lui opposer. Je l'ai revu et il nie farouchement.

« Tout ça va finir en eau de boudin. Il m'a averti qu'il allait demander sa mutation à Langley. En attendant, il a recommencé à travailler, à sa demande. Langley m'a dit d'accepter.

« Là-bas, ils ne sont pas chauds pour un scandale public. Ils ont beau jeu de me répéter qu'il n'avait aucun motif de trahir. C'est plus simple de tout me mettre sur le dos…

Il faisait pitié. Mais Malko n'était pas d'humeur à compatir, il avait surtout envie de prendre une douche et de se reposer.

— Je vais retourner à l'*Abu Nawas*, suggéra-t-il. Nous parlerons de tout cela demain.

*

Après vingt minutes sous l'eau chaude, Malko se sentait un autre homme. Il réalisa qu'il était dix heures et qu'il mourait de faim.

À tout hasard, il composa le numéro d'Aïcha Renahem, désireux de reprendre leur conversation là où il l'avait laissée. Pas de réponse, elle avait dû sortir dîner. Déçu, il appela le room-service et se fit monter une assiette anglaise et une bouteille de Tertre Daugay 1983. Il y avait bien droit. S'endormant tout de suite après. Il se réveilla en sursaut vers quatre heures du matin.

Avec une sorte d'angoisse.

Pris d'une inspiration subite, il composa à nouveau le numéro d'Aïcha. Toujours pas de réponse. Elle avait découché ou était partie en voyage.

Intrigué, le sommeil perturbé, il essaya de nouveau, toutes les heures jusqu'au petit déjeuner.

Finalement, il descendit, prit un taxi et se fit conduire rue Kemal-Atatürk.

*

Pour la cinquième fois, Malko appuya sur la sonnette d'Aïcha Renahem. Elle était vraiment absente. Par acquit de conscience, avant de redescendre, il tourna le bouton de la porte et, à sa grande surprise, le battant s'ouvrit.

À peine fut-il entré dans l'appartement qu'une odeur douce-amère frappa ses narines. Il traversa le living et fonça vers la chambre. L'odeur se précisait.

Aïcha Renahem était étendue sur le lit dans un déshabillé rose, la gorge ouverte d'une oreille à l'autre, comme les moutons de l'Aïd El Kebir... Son visage était verdâtre, le sang avait séché et de grosses mouches tournaient autour de l'horrible blessure. Elle était morte depuis un bon moment d'après l'aspect du corps.

Il ressortit de la chambre, bouleversé, et balaya machinalement des yeux les tableaux où Aïcha s'exhibait dans toutes les positions.

Rien n'avait changé, il revoyait mentalement la jeune femme en train d'essayer de vendre ses œuvres à des clients fortunés, lorsque son pied heurta une toile posée à terre. Il la retourna : c'était « son » tableau, celui qu'Aïcha était si fière de lui offrir. Une vague de tristesse le submergea. Comme cela lui arrivait souvent dans ce métier où les êtres avec lesquels il avait eu des moments d'intimité fugitifs disparaissaient de façon violente. Il allait reposer la toile lorsque soudain, une phrase d'Aïcha Renahem lui revint en mémoire. Celle où elle lui léguait avec une insistance insolite ce tableau, juste lorsqu'ils s'étaient quittés, deux jours plus tôt. Pris d'une subite inspiration, il saisit un coupe-papier et se mit en devoir de découper la feuille de carton qui maintenait l'aquarelle dans le cadre.

Il l'ôta, découvrant alors une enveloppe scotchée au dos de l'aquarelle. Il la détacha, la mit dans sa poche et quitta l'appartement.

Ce n'est que revenu dans sa chambre à l'*Abu Nawas* qu'il ouvrit l'enveloppe. Elle ne contenait qu'une photo en couleurs, prise vraisemblablement au flash, représentant deux hommes. L'un était assis sur un tabouret et on voyait parfaitement son visage. C'était Forrest Uhler. Son pantalon était ouvert, laissant passer une verge longue et forte. On n'en voyait qu'une partie, l'autre se trouvant dans la bouche d'un homme dont on ne distinguait pas les traits dans l'ombre. Seulement les lunettes à monture blanche...

Malko contempla longuement le document. Persuadé qu'Aïcha Renahem avait été assassinée à cause de cette photo, qui allait beaucoup intéresser Bryan Palmer.

*

— Voilà le motif que vous cherchez! lança Malko en posant sur le bureau de Bryan Palmer la photo trouvée chez Aïcha Renahem. Arnold Angel est l'amant de Forrest Uhler. Voilà pourquoi les deux hommes sont si liés.

— L'immonde petit salaud! gronda le chef de station.

Si Angel avait été là, il l'aurait sûrement étranglé sur place. Malko continua.

— Angel a agi par passion pour Uhler. C'est celui-ci qui doit avoir le contact avec les Libyens. Lorsqu'il m'a vu déjeuner avec Aïcha, il a eu peur qu'elle me révèle son intimité avec Arnold Angel, et il l'a fait assassiner.

Depuis l'affaire Burgess-Mac Lean-Philby, on n'aimait pas beaucoup les homosexuels dans le Renseignement.

Bryan Palmer contemplait la photo, l'air sombre. Il releva la tête avec un sourire mauvais.

— Ces messieurs de Langley vont avoir une surprise quand ils vont débarquer ici pour l'enquête. Quel dommage qu'on n'ait pas eu ça plus tôt.

L'Américain se leva et alla enfermer le document dans son coffre.

— Je crois que je n'ai plus rien à faire à Tunis, dit Malko.

— Si. D'abord, je veux vous présenter mes excuses. Si je vous avais écouté, « Desert Spring » aurait été annulé, plus tôt et avec moins de dégâts. Vous pouvez encore me rendre un service, continua le chef de station, Ibrahim Khalifa est en possession de documents précieux pour l'Agence. S'il consentait à me les donner, *à moi*, plutôt qu'aux connards que Langley va envoyer pour le débriefer, ça mettrait un peu de baume sur mes plaies.

— Je veux bien essayer, accepta Malko, mais comment le convaincre ?

— Par Ashraf Khaled. Elle a formé une bonne équipe avec vous. Elle accepterait sûrement. Nous n'avons pas beaucoup de temps. Ils partent pour Le Caire demain sur un avion spécial de la Company.

— Où est Ashraf ?

— À l'ambassade, dans un des appartements de V.I.P. Je vais vous donner sa ligne directe.

*

Aucune trace ne semblait demeurer du voyage d'horreur Tripoli-Djerba d'Ashraf Khaled. Une légère fatigue au fond du regard, peut-être. Maquillée, ses cheveux relevés en chignon, elle portait une robe boutonnée devant qui lui écrasait un peu la poitrine. Lorsqu'elle pivota pour s'installer confortablement dans la Buick prêtée par la CIA à Malko, il put enfin apercevoir ses jambes, fuselées, avec de superbes genoux.

— C'est une bonne surprise ! dit-elle, je vous croyais déjà reparti.

Il l'avait appelée dans la journée, à la suite de sa conversation avec Bryan Palmer.

— Je n'aurais jamais quitté la Tunisie sans vous revoir, affirma Malko.

Elle eut un imperceptible recul lorsqu'il stoppa devant l'*Abu Nawas*.

— Le *Dar El Djed* était complet, expliqua Malko. Ici, ils ont, paraît-il, un excellent restaurant français.

Ashraf Khaled traversa le hall sans regarder personne et ils prirent l'escalator jusqu'au premier. Derrière eux, les quatre hommes de la Sûreté tunisienne s'installèrent dans les fauteuils du bar désert.

Le restaurant n'avait de français que le nom. Sauf pour la cave, Malko avait trouvé avec plaisir un Château La Gaffelière 1975 digne d'une meilleure cuisine... Ashraf, d'ailleurs, ne semblait pas avoir grand appétit. Elle avait bu deux Cointreau coup sur coup avant de commencer le repas, et son regard se posait fréquemment sur Malko avec une interrogation muette.

— Pourquoi m'avez-vous invitée à dîner ? lui demanda-t-elle en allumant une cigarette.

Malko faillit lui répondre : « Pour terminer ce que nous avons commencé dans le désert », mais pensa qu'il valait mieux dire la vérité. Il lui transmit donc la demande de Bryan Palmer. Ashraf Khaled le fixa longuement avec un sourire en demi-teinte.

— J'ai déjà abordé ce sujet avec Ibrahim, dit-elle. Il n'a aucune confiance dans les Américains. Les documents auxquels vous faites allusion sont son assurance-vie. Il ne les communiquera qu'une fois son statut et son avenu-assurés. Je ne pense pas que cela puisse se faire au niveau de Mr Palmer.

C'était net et sans appel. Aussi, Malko n'insista pas.

La fin du dîner se passa dans un silence presque morose. Après des cafés infects, ils se levèrent. Machinalement, au lieu de gagner les escalators, Malko se dirigea vers les ascenseurs, et en appela un. Encore quelques secondes de silence. La cabine arriva et Ashraf y entra la première, se retournant aussitôt.

— Je crois que nous n'avons plus rien à nous dire, fit-elle d'une voix qui manquait de naturel.

— À nous dire, non, répliqua Malko.

Les portes se refermèrent. Malko ne sut jamais lequel des deux avait bougé, mais Ashraf se retrouva dans ses bras, sa bouche sur la sienne. Leur baiser durait encore quand la cabine s'arrêta au rez-de-chaussée. À tâtons, il appuya sur le bouton du sixième. Arrivés à l'étage, Ashraf Khaled le suivit sans un mot. À peine dans la chambre, elle jeta son sac sur le lit et commença à déboutonner sa robe. Sa blessure était dissimulée par un large pansement adhésif qui couvrait en partie son sein gauche.

Elle regarda Malko se déshabiller, étendue sur le lit, n'ayant gardé qu'un élégant slip de dentelle noire et ses escarpins, exhibant un magnifique corps cuivré. Lorsque Malko la rejoignit, elle l'enlaça aussitôt, l'embrassant avec furie. Il sentait ses mains, à plat sur son dos, le presser contre elle.

Elle ne le caressa pas, ondulant seulement contre lui jusqu'à ce qu'elle le débarrasse de la dentelle noire et qu'il bascule sur elle. Son sexe était inondé et, pourtant, il dut forcer pour l'envahir, comme si elle se refusait. Ce qui n'était vraiment pas le cas... Les jambes grandes ouvertes, elle poussait son bassin en avant, jusqu'à ce qu'il soit à fond en elle, déclenchant un râle rauque de chatte en chaleur.

Il s'écarta un peu pour regarder son visage : ses yeux étaient clos et elle arborait un sourire léger, un peu comme celui des Bouddhas qui sont censés exprimer un ineffable bonheur... Et puis, quand il commença à la pilonner, elle se mit à hurler de toute la force de ses poumons, chaque fois qu'il l'envahissait. Comme s'il atteignait des zones de sensibilité exacerbées. Peu à peu, ses cris prirent un rythme plus rapide, Malko sentit des ongles féroces griffer son dos, lui arracher la peau. Ashraf s'accrochait à lui comme une noyée, écartelée, ravie, haletante.

Le cri ultime dut s'entendre jusque dans le hall de l'*Abu Nawas*. Malko eut l'impression que des griffes d'acier lui déchiraient le dos. Il explosa à son tour, tandis que le cri d'Ashraf refluait comme une vague, se transformant en feulement.

Un peu plus tard, lovée contre lui, elle murmura :

— Ce que je suis bien.

Le dos de Malko le brûlait, déchiqueté comme par les griffes d'un fauve. Il le lui dit et Ashraf répliqua, à peine confuse.

— Je ne m'en suis pas aperçue. Je n'ai pas fait exprès.

Pour la première fois depuis qu'ils étaient entrés dans la chambre, elle sembla découvrir qu'elle avait des mains et, fort habilement, entreprit de le remettre en forme. Sans, toutefois, lui faire l'offrande de sa bouche.

Lorsqu'elle fut satisfaite du résultat, d'elle-même, elle s'agenouilla, la tête entre les mains, la croupe haute, bien calée sur ses genoux écartés. Elle se servait de lui comme un homme se sert parfois d'une femme. Malko ne récusa pas son rôle de bête à plaisir. Plongeant brutalement au cœur de la longue entaille rose qu'Ashraf dévoilait sans la moindre pudeur.

Ce qui arracha à la Libyenne un hurlement d'écorchée vive. Les mains crochées dans ses hanches, Malko se mit à la chevaucher à la façon d'un cheval, ses jambes sur les siennes, ses cuisses collées à celles d'Ashraf. Chaque fois qu'il se laissait tomber sur elle de tout son poids, s'enfonçant jusqu'à la garde, elle émettait un cri aigu, ravi.

Quand elle sentit qu'il jouissait, elle arracha les draps avec ses ongles et trembla sous lui de tous ses muscles.

Une somptueuse femelle.

Plus tard, tandis qu'il regardait dans la glace son dos strié de coups de griffes, elle vint se coller à lui et chercha son regard dans le miroir.

— Viens au Caire, dit-elle. Ibrahim ne te donnera rien, mais, moi, j'ai encore besoin de toi.

— Je voudrais bien, dit Malko, mais je ne crois pas que ce soit possible. Je dois retourner en Europe. Et je pense que la CIA me l'interdirait. Ma mission se termine ici.

— Tant pis, dit-elle. Nous risquons de ne jamais nous revoir. Kadhafi a la rancune tenace. Il fera tout pour nous tuer, Ibrahim et moi. Ne serait-ce que pour décourager ceux qui seraient tentés de nous imiter. Et il y arrivera probablement.

— Ne sois pas aussi pessimiste, dit Malko. La vie nous remettra sûrement en présence.

Collée à lui, Ashraf Khaled murmura d'une voix de petite fille :

— J'ai encore envie.

CHAPITRE XIX

À l'arrière de la Cadillac blindée empruntée à l'ambassadeur, Ibrahim Khalifa demeurait silencieux, perdu dans ses pensées, n'adressant même pas la parole à Ashraf assise à côté de lui. Ils traversaient la zone industrielle de la Charguia, au début de la route Tunis-La Marsa. Malko, assis à côté du chauffeur, se retourna : la voiture de protection avec quatre Marines roulait à quelques mètres derrière eux. Toutes glaces ouvertes.

Un panneau défila à toute vitesse devant ses yeux : route contrôlée par radar. Vitesse maxima 110 km/h. Aimable plaisanterie. Les Tunisiens n'avaient pas le premier dinar pour s'offrir des radars et leur intox n'impressionnait que quelques touristes bataves particulièrement obtus...

Les cheveux frisés d'Ibrahim Khalifa semblaient encore avoir blanchi et sa grosse moustache envahissait son visage comme une plante mal taillée. Il n'avait pas ouvert la bouche depuis le départ de l'ambassade. Méditant sans doute sur son avenir. Pas vraiment brillant. Bien sûr, la CIA allait lui offrir de l'argent, de bonnes conditions de vie et une protection. Avec la carotte d'un nouveau complot pour renverser Kadhafi. Mais Ibrahim Khalifa était trop fin pour s'y laisser prendre. Des détecteurs comme lui, opposants au régime libyen, il y en avait déjà une demi-douzaine, entre Le Caire, Londres, Paris et Washington. Bien sûr, on les traitait avec égards, mais ils ne

servaient plus à rien et leur avenir était derrière eux. Le jour
venu, il faudrait un homme neuf.

Machinalement, il caressait le dessus de son attaché-case
en cuir fauve qui contenait, outre ses moyens financiers, des
secrets qui allaient très vite se dévaluer. Un réseau dénoncé se
reconstituait. Quant à l'action politique dans un pays comme
la Libye, c'était une vue de l'esprit. Khalifa allait passer son
temps à remuer des idées, avec le risque permanent d'être
assassiné. Le paysage monotone de la route de La Marsa
défilait à toute vitesse. La voiture du ministère de l'Intérieur
tunisien qui roulait en tête tanguait dangereusement, à cause
de ses pneus archi-usés. Il était neuf heures du matin et
Ibrahim Khalifa était censé embarquer sur le vol Air France
de 10 heures pour Paris.

En réalité, l'ex-chef du Renseignement libyen allait partir
sur un Gulfstream VC 20 de la Company, qui allait se poser à
Tunis, en provenance de Londres. Son nouveau plan de vol
serait déposé au dernier moment. Direction Le Caire où l'attendait une villa sur les bords du Nil, louée par la CIA. Son debriefing aurait lieu là. Les Égyptiens étaient plus coopératifs que
les Tunisiens. Tant qu'il ne serait pas arrivé là-bas, la CIA
prenait toutes ses précautions. Muammar Kadhafi avait prouvé
qu'il ne reculait devant aucun moyen pour se venger. Pas
même faire sauter un avion. Bien sûr, les probabilités étaient
extrêmement faibles, mais l'opération « Desert Spring » avait
déjà accumulé assez de problèmes pour ne pas en rajouter.

Malko était amer. Une fois de plus les Libyens avaient mani-
pulé tout le monde. Certes, ils n'avaient pas réussi à abattre
Ibrahim Khalifa, ce qui aurait découragé les bonnes volontés
des traîtres pour un moment... Mais à part cela, c'était un
échec grandiose. Les Tunisiens étaient furieux, la Maison-
Blanche ne décolérait pas et les autres services occidentaux
riaient sous cape...

Un panneau défila à droite, indiquant l'embranchement
pour l'aéroport de Tunis-Carthage. Ils y seraient dans cinq
minutes. Ibrahim Khalifa avait allumé une cigarette. Brutalement, la pluie se mit à tomber, se transformant rapidement en

déluge, noyant le paysage. Quand ils atteignirent l'aéroport, le ciel était complètement bouché. Un emplacement avait été dégagé devant l'aérogare, délimité par des barrières métalliques et protégé par une nuée de policiers en uniforme gris.

Dès que la Cadillac s'arrêta, elle fut entourée d'une véritable muraille grise hérissée d'armes. Les policiers tunisiens armés de leurs étranges PM Beretta surgissaient de partout. Bryan Palmer, sanglé dans un vieil imperméable, le visage fermé, ses lunettes pleines de gouttes d'eau, s'avança vers Malko.

— Ce sera la merde jusqu'au bout ! grommela-t-il. Le Gulfstream est retardé à cause du temps. Au moins une heure. Je vais prévenir Khalifa. Nous allons tous en haut, dans la zone sous douane, en attendant qu'ils puissent embarquer.

Pratiquement porté par des policiers, Ibrahim Khalifa traversa le trottoir en quelques secondes. À l'intérieur de l'aérogare, une zone balisée fut empruntée à toute vitesse, jusqu'à un des guichets de l'immigration. Là aussi, tout avait été prévu. Malko, Ibrahim Khalifa, Ashraf Khaled et Bryan Palmer se retrouvèrent dans un coin dégagé de tout passage, protégé par une haie de policiers en civil et en uniforme. Le ministère de l'Intérieur tunisien avait mis le paquet. Pour rien au monde, il ne fallait que quelque chose arrive à Ibrahim Khalifa sur le sol tunisien.

Ashraf Khaled alluma une cigarette et dit à Malko avec un sourire vorace :

— Il n'y a pas un endroit où nous pourrions nous isoler ? J'ai follement envie de faire l'amour.

Elle choisissait vraiment son moment…

— Ça me paraît difficile, dit Malko.

Le regard brûlant de la Libyenne ne le quittait pas, lui rappelant l'intermède passionné de la veille comme son dos déchiré. Ashraf se pencha à nouveau sur lui.

— Nous avons au moins une heure ! insista-t-elle. Vous ne voulez plus de moi ?

Elle était déchaînée.

— Si, dit Malko, mais *ici*, je ne vois vraiment pas.

Brusquement, elle changea de ton.

— Alors, partez. Maintenant.

Elle se détourna et alla rejoindre Ibrahim Khalifa qui faisait la gueule dans son coin. Malko se leva, aussitôt intercepté par Bryan Palmer.

— Khalifa n'a pas l'air gai, remarqua-t-il.

— Ce n'est pas étonnant, dit Malko. Il part en exil, et il est condamné à porter un gilet pare-balles le reste de son existence. Il n'y a pas de quoi pleurer de joie…

— Et moi ? grommela le chef de station. Je suis convoqué à Washington pour passer devant une commission d'enquête interne. Vous croyez qu'ils vont me faire des cadeaux ? Le seul truc qu'ils ne peuvent pas me sucrer, c'est ma pension. À part ça…

— Je suis désolé, dit Malko. Nous avons tous fait de notre mieux.

Agacé, il se réfugia dans un coin, s'intéressant à un magazine annonçant qu'à compter de juillet les passagers des vols Air France Paris-Tokyo et Tokyo-Paris pourraient téléphoner dans le monde entier sans bouger de leur siège, grâce à un téléphone sans fil.

Son magazine terminé, il alla trouver Bryan Palmer :

— Ma présence ici n'est plus indispensable, dit-il. Je vais vous laisser.

Il serra la main de l'Américain, puis d'Ibrahim Khalifa. Ashraf Khaled lui tendit froidement la sienne et il n'arriva pas à croiser son regard.

Tandis qu'il redescendait, un grondement ébranla l'aérogare : l'Airbus d'Air France pour Paris décollait.

Malko gagna le comptoir Air France pour prendre une réservation sur le second vol de la journée. Il eut toutes les peines du monde à obtenir satisfaction : le vol était presque entièrement rempli par un groupe d'Alsaciens qui regagnaient Strasbourg sans problème, grâce à la correspondance Air Inter de Roissy, dans la même aérogare. Pour faire patienter les enfants, une hôtesse distribuait par poignées des pin's de futurs pilote ou hôtesse…

Après avoir récupéré sa valise, il demanda au chauffeur de

la voiture d'escorte de le conduire jusqu'à la villa de la CIA, place Pasteur. De là, il pourrait organiser par téléphone son escale à Paris.

*

Au moment où la Ford qui amenait Malko débouchait place Pasteur, venant de l'avenue Mohammed-V, une voiture sortit de la villa de la CIA. Au volant se trouvait Arnold Angel qui prit la direction du nord.

La vue d'Arnold Angel rappela douloureusement à Malko le rôle plus que trouble du numéro 2 de la station de Tunis.

La voiture s'arrêta dans la cour et Malko grimpa le perron, accueilli par le sourire éblouissant de Mary, la standardiste-réceptionniste noire qui semblait avoir un faible pour lui. Il lui confia sa valise et, aussitôt, elle demanda :

— J'espère que vous ne cherchez pas Mr. Angel. Il vient juste de partir. Je crois qu'il est à Sidi Bou Saïd chez son ami, Mr. Uhler. Il lui a téléphoné juste avant et il semblait très pressé de le joindre. C'est moi qui lui ai composé le numéro.

Malko se rappela soudain qu'une des mesures de rétorsion à l'égard d'Arnold Angel avait été de le priver de l'usage de sa ligne directe. L'interdiction n'était pas tombée.

La standardiste noire se leva pour ranger la valise de Malko et remarqua :

— Tout le monde voyage aujourd'hui ! Mr. Angel a appelé plusieurs fois l'aéroport, il doit attendre quelqu'un.

Un déclic se fit soudain dans la tête de Malko. Dans le Renseignement, il y avait rarement de coïncidences.

— Mary, demanda-t-il, vous pourriez me prêter votre voiture pour une heure ou deux ?

Ravie, la standardiste lui tendait déjà ses clefs.

*

La voiture d'Arnold Angel était garée en face de la villa de Forrest Uhler. Malko remonta la petite rue qui longeait le jardin de la villa de l'Américain. Il hésitait encore. Ce qu'il allait faire n'avait aucun fondement juridique et encore moins logique. C'était juste une idée.

Il enjamba pourtant le parapet de pierre et se laissa tomber silencieusement dans l'herbe épaisse du jardin en contrebas. Il courut ensuite jusqu'à une galerie couverte adossée au mur blanc. De sa précédente visite, il avait gardé le plan de la maison en tête. Il atteignit une porte qu'il ouvrit, débouchant dans le hall au sol de marbre bleu. Il contourna un énorme meuble abritant une bibliothèque, une télé, un bar et une chaîne hi-fi, en laque décorée avec des incrustations de bois clair et de lapis-lazuli, en harmonie avec le sol. Sorti sûrement de chez Claude Dalle.

Il avança à pas de loup, pénétrant dans le living qui donnait sur la mer. C'est là qu'il entendit deux voix d'hommes en train de bavarder. Les sons venaient de la chambre de Forrest Uhler. Il avança, glissant sur le sol carrelé sans le moindre bruit, passant à côté d'une grande table où était posé un attaché-case de cuir noir avec des initiales dorées : A.A. C'était celui d'Arnold Angel. Il l'ouvrit tout doucement, découvrant divers papiers et un petit revolver au canon de deux pouces. Après une courte hésitation, il le prit et le mit dans sa poche, avant de continuer sa progression.

Cinq mètres plus loin, il s'arrêta, son regard plongeant dans la chambre. Arnold Angel et Forrest Uhler étaient assis sur le lit, Uhler drapé dans un peignoir éponge mauve. La main droite d'Arnold Angel disparaissait sous la ceinture du peignoir. À voir son expression extatique, il était facile de deviner son occupation.

Permettant à Malko de vérifier de visu ce que la photo trouvée chez Aïcha Renahem lui avait fait découvrir.

Arnold Angel et Forrest Uhler étaient un couple homosexuel. Ce qui expliquait leur intimité et les « fuites ». Mais l'homosexualité n'était pas un crime, à plus forte raison dans les murs d'une demeure particulière…

Sa réflexion fut interrompue par un cri de souris. Arnold

Angel venait de tourner la tête et de l'apercevoir, retirant vivement la main de dessous le peignoir.

— Forrest ! lança-t-il d'une voix affolée à son ami, il y a quelqu'un.

Forrest Uhler se leva, fit un pas en avant et se trouva nez à nez avec Malko.

— Qu'est-ce que vous faites là ? lança-t-il d'une voix furibonde. Comment êtes-vous entré ?

— Par le jardin, dit tranquillement Malko.

— Sortez immédiatement de cette maison ou j'appelle la police.

Malko ne bougea pas. L'Américain se retourna vers une commode, ouvrit un tiroir, y plongea la main, mais ne termina pas son geste. Malko, sortant le « deux-pouces », l'avait appuyé contre le cou de Forrest Uhler.

— Calmez-vous, fit Malko. J'ai quelques questions à poser à Mr. Angel.

Ce dernier semblait transformé en statue de sel. Malko récupéra dans le tiroir un Beretta 9 mm et, après avoir fait asseoir Forest Uhler sur le lit, se planta face aux deux hommes.

— Mr. Angel, dit-il, ce matin, vous avez téléphoné plusieurs fois à l'aéroport de Carthage. Pourquoi ?

Surpris par la question, Arnold Angel commença par se taire, puis bredouilla une réponse inintelligible.

— Ne lui réponds pas ! cria Forrest Uhler. Il n'a pas le droit de te questionner.

— Mr. Angel, continua implacablement Malko, vous ne cherchiez pas à connaître le plan de vol du VC 20 Gulfstream qui transporte Ibrahim Khalifa ?

Arnold Angel blêmit et son regard vacilla. Forrest Uhler lança d'une voix furieuse :

— Il est ici illégalement, je vais appeler la police.

Il se retourna et voulut saisir un téléphone posé sur la commode. Malko, d'un coup sec de crosse sur le poignet, lui fit lâcher le récepteur. En même temps, ses yeux tombèrent sur quelques gribouillis griffonnés sur un papier à côté de l'appareil. *Cap 095. Niveau 300. 10.30 GMT.*

Il eut l'impression qu'on lui coulait de la cire brûlante dans l'estomac. Quand son regard croisa celui de Forrest Uhler, ce dernier ne vociférait plus. Malko posa l'index sur les inscriptions.

— Je parie qu'il s'agit des coordonnées du vol qui emmène Ibrahim Khalifa au Caire. Le cap, l'altitude et l'heure de son départ.

Il se tourna vers Arnold Angel.

— Comment l'avez-vous appris ?

La réponse à cette dernière question était facile.

L'Américain l'avait demandé à la tour de contrôle de Tunis-Carthage, où il devait avoir un contact. Arnold Angel ne répondit pas. Quant à Forrest Uhler, il semblait avoir perdu sa langue.

Malko intercepta soudain le regard de ce dernier, plein d'angoisse, posé sur le téléphone, et eut une illumination. L'appareil comportait une touche « bis ». Il suffisait d'appuyer dessus pour qu'il refasse automatiquement le dernier numéro appelé...

De la main gauche, Malko décrocha l'appareil et, menaçant toujours les deux hommes de son arme, appuya sur le « bis ».

— Arrêtez ! Vous n'avez pas le droit ! couina Forrest Uhler d'une voix aiguë.

Malko avait collé l'écouteur à son oreille. Il n'attendit pas longtemps. Une voix d'homme annonça quelque chose en arabe et devant le silence de Malko reprit, en anglais cette fois. *This is the popular bureau of the Libyan Jamahiriya. What do you want ?*

— Salaud !

Le cri sortait des tripes de Forrest Uhler. Reculant brusquement, il saisit derrière lui un fusil pour la pêche sous-marine sur lequel était accroché une flèche, le leva à l'horizontale, visant Malko, et appuya sur la détente.

CHAPITRE XX

Malko vit partir la flèche et fit un écart. Au lieu de le frapper en plein visage, elle s'enfonça de plusieurs centimètres juste au-dessus de son sein gauche. La douleur l'anesthésia pendant quelques fractions de seconde, un voile noir passa devant ses yeux. Dans un brouillard, il vit Forrest Uhler arracher du mur un long poignard mauresque et foncer sur lui avec l'intention évidente de l'achever.

Il appuya sur la détente du « deux-pouces ». La détonation sèche fit trembler les murs de la pièce au moment où Arnold Angel se jetait entre les deux hommes. Il reçut la balle en pleine poitrine, tituba, toussa et une mousse rosâtre perla à ses lèvres. Il se laissa tomber sur le lit, respirant avec un bruit de soufflet de forge.

Forrest Uhler était resté le poignard levé, stupéfait.

— Vous l'avez tué, hurla-t-il. Assassin ! Salaud !

Malko titubait, au bord de l'évanouissement. Il essaya de sa main gauche d'arracher la flèche, mais c'était impossible. Il sentait le sang dégouliner entre sa chemise et sa peau. La douleur gagnait, il allait se trouver mal.

— Si vous bougez, je vous tue, lança-t-il à Uhler. De la main gauche, il composa la ligne directe du chef de station de la CIA. Jane, sa secrétaire, répondit aussitôt. Malko se fit connaître et annonça :

— Jane, il faut joindre Bryan à l'aéroport. Les Libyens

savent que Khalifa est parti sur le VC 20 Gulfstream. Ils connaissent l'heure de départ, son cap et son altitude.

— Mais comment ? demanda la secrétaire, stupéfaite.

— Forrest Uhler ou Arnold Angel le leur ont dit, expliqua Malko. Je suis à Sidi Bou Saïd chez Forrest Uhler. Celui-ci a tenté de me tuer. Envoyez une ambulance et des gens de la station.

Quand il raccrocha, Forrest Uhler le fixa, de la haine plein les yeux.

— Pourquoi avez-vous trahi votre pays ? demanda Malko.

Forrest Uhler lui jeta, plein de mépris.

— Vous êtes des imbéciles ! Kadhafi est notre ami, il aurait pu depuis longtemps vendre son pétrole aux Japonais, aux Français ou aux Anglais. Il continue à travailler avec nous. C'est un homme fidèle dans ses amitiés.

— Et le terrorisme ? fit Malko. Les avions qui sautent, les innocents assassinés...

— Vous croyez que les Chinois sont mieux ? Ou les Syriens ? Vous confondez tout. Votre ami Ibrahim Khalifa était au courant des derniers attentats étant donné ses fonctions. Vous le savez très bien. Seulement, vous préférez l'oublier. S'il avait pris le pouvoir, il aurait été comme les autres. Puisque notre gouvernement veut tellement punir Kadhafi, il n'y avait qu'à mettre en place un embargo pétrolier... Mais ça, personne ne s'y est risqué.

Malko sentait ses forces l'abandonner. Il agita son revolver et dit d'une voix faible :

— Taisez-vous. J'espère pour vous qu'on va arriver vite. Parce que je ne vous laisserai pas une chance.

Il resta appuyé au mur, cherchant à vaincre l'immense fatigue qui l'envahissait.

On tambourina à la porte d'entrée vingt minutes plus tard et il lança à Forrest Uhler :

— Allez ouvrir.

*

Installé dans un profond fauteuil, l'épaule bandée, abruti de piqûres d'antalgiques, Malko suivait l'évolution de la situation à partir du bureau officiel de Bryan Palmer, à l'ambassade américaine. Il était midi et demi. Le VC 20 Gulfstream de la 89e escadre de transport aérien militaire de l'US Air Force, affrété par la CIA, avait pu décoller quarante-cinq minutes plus tôt, à 11 h 45, à destination du Caire. Bryan Palmer était revenu immédiatement à son bureau pour organiser le suivi de l'opération. Des gens entraient et sortaient sans cesse, apportant des messages et des précisions. Le médecin de l'ambassade avait pu extraire la flèche du torse de Malko sans trop de dégâts. Aucun organe essentiel n'avait été touché. Arnold Angel n'avait pas eu autant de chance... Il reposait à la morgue de Tunis. Grâce aux relations de Bryan Palmer au ministère de l'Intérieur, la police de Sidi Bou Saïd avait accepté la thèse de l'accident. Il avait fallu très peu de temps au chef de station de la CIA pour convaincre Forrest Uhler de témoigner dans ce sens... Ce dernier était resté à Sidi Bou Saïd, prostré. Officiellement, personne ne lui reprochait rien.

Bryan Palmer interpella Malko.

— Ça y est, les contre-mesures sont en route. La trahison de ce salaud n'aura pas de conséquences. Je n'en reviens pas ! Jamais au grand jamais, je ne l'ai cru pédé. Quant à Forrest, il était connu comme play-boy. Ils se sont bien cachés.

— C'est probablement à cause de leur déviation commune qu'ils ont sympathisé, dit Malko. Arnold Angel savait que si la Company soupçonnait son homosexualité, il serait écarté. C'est pour cela qu'il a pris tant de peine pour la dissimuler.

*

Le convoi ralentit à peine en franchissant le poste de garde de la base aérienne 101, à une dizaine de kilomètres de Tripoli. En tête, se trouvait une Land-Rover bourrée de femmes soldats, en treillis, un bandeau autour de la tête, un pistolet à la ceinture : la garde féminine du colonel Kadhafi. La voiture de ce dernier roulait à quelques mètres derrière : une Mercedes 600 au châssis allongé, blindée comme un char, sans plaque d'immatriculation.

Fermant la marche, un véhicule mixte à plate-forme avec une mitrailleuse quadruple.

Le convoi zigzagua autour des différents bâtiments et des hangars pour s'arrêter devant un bunker qui comportait au rez-de-chaussée le bureau du commandant de la base.

Muammar Kadhafi descendit de la Mercedes, le regard protégé par des Ray-ban, et entra d'un pas vif dans le bâtiment. Salué aussitôt par le commandant de la base.

— Envoyez-moi le capitaine Youres Turki, demanda Kadhafi.

L'officier, un membre de sa tribu, attendait dans la pièce à côté. On le fit pénétrer dans le bureau et il y eut une brève conversation entre les trois hommes. Certes, Kadhafi aurait pu régler cela par téléphone, mais il se méfiait des écoutes américaines.

Trois minutes plus tard, le capitaine Turki sortait en courant du bureau.

Presque aussitôt, le colonel Kadhafi remontait dans sa Mercedes et le convoi quittait la base.

Des mécaniciens s'affairaient autour de quatre Mig 29. La base en comportait une vingtaine, prêts à aller à la rencontre d'éventuels envahisseurs. La plupart du temps, les pilotes libyens se contentaient d'aller au devant des navires de la VIe Flotte américaine, de tourner autour et de changer de cap pour regagner l'espace aérien libyen, dès que les chasseurs américains embarqués décollaient des porte-avions pour venir les identifier.

Dix minutes après le passage du colonel Kadhafi, à midi quinze exactement, quatre Mig 29 décollaient sur un signal lumineux de la tour de contrôle – une fusée rouge – afin d'éviter un dialogue radio. Chaque appareil emportait quatre missiles AA8 « Aphid » à guidage infrarouge.

Ils prirent le cap 055, volant à Mach 1,4, montant progressivement jusqu'au niveau 300[1].

Dix minutes plus tard, à 12 h 25, ils activèrent leur radar de bord.

Les trois pilotes qui accompagnaient le capitaine Turki étaient des gens politiquement sûrs et des pilotes confirmés avec plus de mille heures de vol chacun. Ils avaient été formés en Union soviétique et représentaient la fine fleur du pilotage libyen. Leur Mig 29 était ce qui se faisait de mieux dans les pays de l'Est, à l'exception du nouveau Mig 31 qui n'était pas encore dans les escadrilles et volait à Mach 3.

Chaque appareil emportait deux réservoirs supplémentaires en bout d'aile, car ils n'étaient pas sûrs de trouver leur objectif immédiatement.

*

Ibrahim Khalifa regardait à travers le hublot la ligne d'horizon au sud, là où se trouvaient les côtes libyennes ! invisibles en raison de la distance, Ils volaient depuis presque une heure et étaient passés, vers 12 h 15, à l'ouest de Malte. Ashraf, de l'autre côté de l'allée centrale, somnolait.

Le copilote sortit du cockpit et s'approcha du Libyen.

— Nous arriverons au Caire dans moins de deux heures, annonça-t-il. En ce moment, nous volons à une altitude de 30 000 pieds.

Ibrahim Khalifa remercia d'un hochement de tête et se replongea dans une méditation morose. Il avait été fou de faire confiance aux Américains. Tous ceux qui l'avaient précédé dans cette voie avaient toujours mal fini.

*

Le porte-avions USS *Saratoga*, navire amiral de la VIe Flotte de l'US Navy, était en train de contourner l'île de Malte par le

1. 30 000 pieds, environ 10 000 mètres.

sud à près de trente-cinq nœuds, filant en direction de la Crète, conformément à ses instructions. Le commandant se préparait à prendre un peu de repos dans sa cabine, laissant le commandement à son second, quand on lui apporta un message urgent transmis par le quartier général à Naples, et tout juste décodé. Il était midi pile.

Il le lut et convoqua immédiatement l'officier « opérations ».

— John, nous avons une mission immédiate à remplir. La protection d'un VC 20 Gulfstream de chez nous qui a décollé il y a quinze minutes de Tunis, charte par la CIA à destination du Caire, cap 095, niveau 300. Opération spéciale. Apparemment, les gens de la CIA pensent qu'il est susceptible d'être attaqué par des appareils hostiles.

— Par qui, commandant ? demanda l'officier « opérations » stupéfait.

Depuis le désarmement en Union soviétique, la mission du *Saratoga* était redevenue entièrement conventionnelle et, disons-le, routinière. Les bombes thermonucléaires B. 61 avaient été remisées dans une soute spéciale et les A. 26 Intruder destinés à les emporter vers l'Union soviétique, à plus de 1 000 miles nautiques de là, ne faisaient plus que des missions d'entraînement.

Seuls, les F. 14 Tomcat sortaient tous les jours, effectuant de courtes missions de surveillance.

— Par les Libyens, probablement, répliqua le commandant du *Saratoga*. Je ne vois personne d'autre. Le télégramme que je viens de recevoir est clair : nous devons mobiliser le nombre suffisant d'appareils afin de protéger ce VC 20. Les règles d'engagement sont le « stade deux », c'est-à-dire que tout ce qui peut représenter une menace pour cet appareil doit être détruit sous ma responsabilité. Faites décoller immédiatement un Hawkeye[1] et tenez des intercepteurs prêts à décoller en alerte 1.

L'officier « opérations » fila rapidement sur le pont. La mer était un peu agitée, avec un vent violent comme presque tou-

1. Appareil de reconnaissance électronique.

jours dans le golfe de Syrte. Il donna ses ordres de décoller au *Hawkeye* qui s'élança de la catapulte quatre minutes plus tard puis sélectionna trois pilotes, Richard Webb, Vernon Kiefer et Bud Ryan.

Deux minutes plus tard, ils étaient dans leur cockpit, verrière ouverte en alerte n° 1. Sous les ailes de leurs F. 14 pendaient quatre missiles « Phoenix » à autodirecteur radar et quatre « Sidewinder » à guidage infrarouge.

*

— Pas de nouvelles ? demanda Malko.

Il était midi vingt et le VC 20 avait décollé depuis trente-cinq minutes.

— Rien encore, mais je suis tranquille, affirma Bryan Palmer. Le Gulfstream est maintenant sous la protection de la VIᵉ Flotte. Il ne risque plus rien.

— Vous avez le contact avec lui ?

— Non, les liaisons radio sont mauvaises. Venez, allons boire un café, cela vous fera du bien. Dès qu'il se sera posé au Caire, on m'avertira.

Ils gagnèrent la cafétéria déserte de l'ambassade. Abruti par les antalgiques, Malko avait du mal à grouper deux idées... L'opération « Desert Spring » se terminait en déroute. Les écoutes de la CIA à Tunis avaient capté des conversations à Tripoli montrant que les amis d'Ibrahim Khalifa étaient impitoyablement pourchassés. Les 600 hommes du colonel Haftar avaient regagné la Floride, amers et déçus.

Quant aux Tunisiens, ils étaient fous furieux d'avoir été tenus à l'écart et allaient le faire payer politiquement. Bryan Palmer leva un œil torve sur Malko.

— Dès que le Gulfstream s'est posé, je me mets aux abonnés absents. Les jours qui viennent ne vont pas être gais pour moi.

*

À 12 h 25, quelques secondes après que les Mig eurent activé leur radar de bord, le *Hawkeye* les repéra électroniquement.

À 12 h 28, les trois F. 14 Tomcat s'arrachèrent du *Saratoga*, prenant le cap 100, montant eux aussi vers le niveau 300, à Mach 1,4[1].

Quelques minutes plus tard, le capitaine Webb annonça au *Saratoga* :

— Le VC 20 est à 80 nautiques[2] devant moi.

L'appareil de la CIA et les trois chasseurs suivaient des trajectoires pratiquement parallèles.

Quelques instants plus tard, le capitaine Webb annonça de nouveau :

— J'ai dans mon scope trois « hostiles » par le travers avant droit, à environ 60 nautiques.

Les Mig se trouvaient derrière le VC 20 et n'avaient pas encore aperçu les chasseurs américains qui se rapprochaient.

*

Depuis plusieurs minutes, les quatre Mig libyens se trouvaient dans l'espace aérien international. Dans n'importe quelle autre armée de l'air, la mission qui leur avait été confiée eût déclenché au minimum des questions et au pire un refus d'obéissance. Abattre de sang-froid un appareil civil et désarmé en pleine Méditerranée, c'était ce qui se faisait de mieux en fait de piraterie. On avait déclenché des guerres pour moins que cela.

En Libye, les choses étaient différentes. Le capitaine Youres Turki savait qui se trouvait à bord : deux traîtres à la Jamahiriya et deux pilotes impérialistes. Pas de quoi fouetter un chat. Pas vu, pas pris.

La voix de son coéquipier de gauche l'avertit.

— J'ai l'objectif dans mon scope, à onze heures. Même niveau. Distance 60 nautiques.

1. Environ 1 500 km/h.
2. Nautical mile, environ 1,8 km.

Youres Turki régla son radar et aperçut un point qui filait. Il augmenta aussitôt sa vitesse, déclenchant de petites traînées blanches sous ses ailes et bientôt reconnut la silhouette caractéristique d'un VC 20. Il avait ordre de ne pas utiliser la radio, une fois l'acquisition faite. Il fit battre des ailes à son appareil, signifiant aux trois autres pilotes qu'ils avaient trouvé leur cible.

Il ne restait plus qu'à l'abattre, conformément aux ordres reçus.

CHAPITRE XXI

— Quatre Mig 29, annonça le capitaine de vaisseau Webb. Avec missiles et réservoirs supplémentaires. Ils se rapprochent du VC 20. Ils en sont à 15 nautiques.

Il y eut un court silence tandis qu'à bord du *Saratoga* le commandant du porte-avions réfléchissait ; c'était toujours une décision difficile à prendre. Il avait deux options. Soit tenter d'intimider les quatre Mig 29 libyens en dévoilant ses propres appareils, sans tirer. Cela suffirait peut-être. Découverts, ils n'iraient pas au bout de leur mission. Problème : il ignorait les ordres qui leur avaient été donnés. Tenter de forcer le VC 20 à atterrir ou l'abattre.

La deuxième option était simple. Supprimer le danger qui menaçait l'appareil de la CIA. Cela, c'était ses ordres.

— Abattez les hostiles, lança-t-il d'une voix parfaitement contrôlée.

Lui aussi prenait un risque politique, abattre des appareils militaires dans l'espace aérien international, c'était un acte de guerre. Le capitaine Webb devait se dire la même chose car il lança aussitôt.

— Répétez.

— Abattez les hostiles et rendez compte, répéta le commandant du *Saratoga*.

— Reçu, j'attaque, terminé, signala le capitaine de corvette Webb.

La situation se présentait de la façon suivante. Le VC 20, les quatre Mig libyens et, cinq cents pieds plus haut, les trois F. 14 Tomcat volaient tous maintenant avec le même cap, dans cet ordre. Tous les appareils se trouvaient à environ 200 nautiques à l'est de Malte et 155 au nord de Tripoli.

Le capitaine Webb déverrouilla son système de tir et annonça en VHF, à l'intention de ses coéquipiers :

— Nous allons lancer deux Sidewinder, un à gauche, un à droite.

— OK, bien reçu, répercutèrent les deux autres pilotes des F. 14.

Ils armèrent à leur tour leur système de tir, de façon à ce que les missiles se mettent en autodirection à environ un mile de la cible. Un « bip-bip » dans les oreilles des pilotes les avertit que les systèmes étaient activés. Les Mig 29 se trouvaient alors à une dizaine de nautiques devant eux et ils les apercevaient parfaitement grâce aux caméras du F. 14, grossissant dix fois, de jour comme de nuit.

— Paré, annonça Webb, missiles en acquisition.

Ils appuyèrent en même temps sur les poussoirs de tir et les missiles s'arrachèrent de leurs ailes, laissant derrière eux une flamme jaunâtre, gagnant tout de suite leur vitesse de croisière de trois mille nœuds.

*

Ibrahim Khalifa n'arrivait pas à se vider le cerveau pour se détendre. Pourtant, d'habitude, l'avion le faisait somnoler. Il passait et repassait les événements des derniers jours en revue, comme s'il pouvait remonter le temps. Ashraf Khaled avait succombé à la fatigue. Il la regarda longuement, se disant que dans le désastre, c'était bien le seul point positif : il ne serait pas seul au Caire.

*

Le capitaine Youres Turki venait d'acquérir dans le viseur de son Mig 29 le VC 20. Il prenait son temps. Ses instruments de bord n'indiquaient aucun danger immédiat et les radars de Tripoli et de Syrte, éloignés d'environ 200 nautiques, ne lui avaient rien signalé.

— Paré à tirer, lança-t-il dans son micro, à l'intention de ses coéquipiers.

Il allait tirer un seul missile. Pour un VC 20, c'était amplement suffisant.

Tout à coup, un gros voyant rouge rectangulaire s'alluma sur son tableau de bord, accompagné d'une sonnerie stridente.

Machinalement, il baissa les yeux sur ses appareils et constata que tout fonctionnait normalement. D'un brutal mouvement réflexe, il vira à droite de toutes ses forces et lâcha ses leurres anti-infrarouges. Il eut le temps d'apercevoir sur sa gauche une boule orange, puis une grande flamme et enfin un éclair. Un des Sidewinder lancés par les Tomcat venait de s'engouffrer dans la tuyère du Mig 29 à sa gauche, pulvérisant l'appareil et le pilote. Le capitaine Youres Turki, le pouls à 180, vit avec horreur les deux autres Sidewinder frapper ses deux coéquipiers de droite qui explosèrent immédiatement dans une gerbe de fumée noire et rouge. Il passa entre les débris, continuant à virer jusqu'à ce que les « G » lui donnent un voile noir et revint par un virage encore plus serré sur la gauche. Assommé littéralement.

Il se relâcha d'un coup en voyant la flamme jaune du Sidewinder qui lui était destinée s'éloigner. Sa brusque manœuvre avait induit en erreur le système de guidage infrarouge du missile et maintenant celui-ci, privé d'objectif, allait exploser au bout de 30 secondes.

Reprenant de l'altitude, il aperçut derrière lui les trois Tomcat en formation. Il n'avait aucune chance de leur échapper car ils volaient à la même vitesse que lui et avaient largement assez de pétrole pour engager le combat et regagner ensuite leur porte-avions.

Son cerveau travaillant à toute vitesse lui fournit une solution provisoire.

Le VC 20 avait continué sur son cap 095, à la même altitude. Il le rattrapa facilement et se plaça de front par rapport à lui à 2 nautiques sur sa gauche, au même niveau. De cette façon, les chasseurs américains ne pouvaient pas tirer de missile Sparrow à déclenchement électromagnétique, de peur de toucher le VC 20. Seulement, il ne lui restait plus de contre-mesures infrarouges et les trois Tomcat arrivaient plein secteur arrière… S'il ne trouvait pas une solution rapidement, il était mort.

*

Ibrahim Khalifa sursauta en apercevant un chasseur par un hublot de gauche. Trop loin pour qu'il puisse identifier ses marques nationales. Sans même réveiller Ashraf Khaled, il se précipita vers le poste de pilotage.

— Nous sommes suivis par un chasseur, lança-t-il, fou d'angoisse.

Le pilote, qui se trouvait en contact radio avec le *Saratoga*, se retourna avec un sourire rassurant.

— C'est un des nôtres. Le porte-avions *Saratoga* a fait décoller trois F. 14 pour nous escorter jusqu'au Caire.

Il ignorait l'intrusion des Mig 29, demeurés silencieux à la radio et il prenait le Mig 29 à sa gauche pour un F. 14, leurs silhouettes étant très similaires.

Rassuré, Ibrahim Khalifa regagna son siège. Secrètement flatté que les Américains prennent tant de précautions pour le protéger. Peut-être, après tout, que son avenir n'était pas complètement bouché.

*

Le capitaine de vaisseau Webb éprouvait une impression bizarre. C'était la première fois qu'il abattait un avion. Jusque-là, il n'avait tiré que sur des cibles d'entraînement et c'était quand même bien différent. Il pensa aux trois pilotes qui avaient vu venir la mort en quelques secondes, impuissants, déchiquetés. Un seul siège éjectable avait fonctionné, mais il était sûrement endommagé car le parachute ne s'était pas ouvert. Le pilote, peut-être déjà mort, scellé à son siège, était tombé comme une pierre vers la mer.

— Je m'occupe du dernier, lança-t-il à ses coéquipiers.

Il activa dans son écran son système de tir et accrocha un Sidewinder sur le Mig 29 devant lui. Arrivé à 3 nautiques, plein secteur arrière, il tira et dégagea aussitôt.

*

Le capitaine Youres Turki aperçut soudain dans son rétroviseur une grosse flamme sortir de l'aile droite du Tomcat qui se trouvait juste derrière lui. Suivie d'une importante fumée et ensuite d'une traînée blanche.

Le Sidewinder se dirigeait droit vers lui.

Depuis quelques instants, il s'était préparé à cette éventualité. Mettant pleine postcombustion, pour augmenter sa vitesse, il vira sur le VC 20, visant le secteur arrière, en cap collision. Manœuvre audacieuse et délicate qui se jouait à la fraction de seconde. Arrivé à quelques mètres du VC 20, il coupa la postcombustion, réduisit ses deux moteurs et partit en retournement vers le bas. Frôlant l'arrière de l'appareil civil au lieu de le percuter.

Le piqué brutal le colla à son siège, lui enfonçant les yeux dans les orbites. Pendant quelques secondes, il ne fut plus qu'une masse inerte, assommé par la gravitation, aveugle, tous les muscles tendus, guettant l'explosion du missile qui serait sa dernière sensation.

*

Bryan Palmer, sans lâcher son téléphone, se tourna vers Malko et lança d'une voix altérée :

— Vous aviez raison, les F. 14 du *Saratoga* ont intercepté une patrouille de Mig 29 libyens qui s'apprêtaient à abattre le

Falcon. Trois appareils libyens ont été abattus, le dernier est en fuite.

*

Le Sidewinder tiré par le F. 14 du capitaine Webb fonçait vers le Mig 29 à près de cinq mille kilomètres à l'heure. Il lui restait environ trois kilomètres à parcourir avant l'impact, c'est-à-dire moins de trois secondes. Le dispositif infrarouge, enclenché automatiquement, le guidait vers les sources de chaleur sélectionnées, les tuyères du chasseur.

La manœuvre brutale du pilote libyen prit le système de guidage infrarouge par surprise. Il était programmé pour « suivre » sa cible et réagir aux mouvements d'esquive de celle-ci, reprogrammant sans cesse sa trajectoire. Pendant quelques fractions de seconde, le Sidewinder « flotta », puis le guidage infrarouge lui indiqua son nouveau cap, presque le même. La source de chaleur provoquée par les deux réacteurs du VC 20. Pratiquement dans l'alignement de la source précédente, le Mig 29. Le missile n'était pas assez « intelligent » pour faire la différence.

Deux secondes plus tard, le Sidewinder s'engouffrait dans le réacteur gauche du VC 20 et explosait.

*

Ibrahim Khalifa et Ashraf Khaled n'eurent pas te temps d'avoir peur. Un « bang » violent les arracha au sommeil, ils aperçurent pendant un temps très court une boule de feu, puis tout se désintégra autour d'eux, tandis que le VC 20 explosait. À huit cents à l'heure, le biréacteur d'affaires disparut du ciel, tombant dans un panache de kérosène enflammé vers la Méditerranée.

*

Horrifié, le capitaine de vaisseau Webb vit le VC 20 se transformer en boule de feu et piquer droit vers la surface de la mer. Du coup, il ne songea même pas à poursuivre le dernier Mig 29 qui venait de disparaître dans une couche d'alto-cumulus.

— Rocky à Fox, lança l'officier « opérations » du *Saratoga*. Nous n'avons plus d'écho radar de Deer. Que se passe-t-il ?

Sur le porte-avions, c'était la panique. Webb réunit tout son courage pour répondre, d'une voix brisée.

— J'ai tiré un Sidewinder sur l'hostile qui a pu l'éviter. Mon missile a acquis le VC 20 qui se trouvait dans sa trajectoire.

Un silence pesant suivit sa révélation, puis l'officier « opérations » arriva à dire d'une voix neutre :

— Restez sur zone. Assurez-vous qu'il n'y a pas de survivants, nous envoyons des hélicoptères.

C'était vraiment pour la forme. Tous les deux savaient qu'un appareil touché en plein vol explosait sur-le-champ et qu'il n'y avait aucune chance de trouver des rescapés. Mais Webb, assommé par ce qui venait de se passer, réduisit sa vitesse et commença à descendre, rejoint par les deux autres F. 14. Ils avaient suivi l'engagement dans leurs caméras et comprenaient parfaitement ce qui était arrivé. Le pilote libyen avait bien joué. Mais Webb ne pouvait pas être blâmé. Il avait obéi aux ordres.

Ils scrutèrent la mer à la surface de laquelle flottaient quelques débris dont une « Mae-West » orange, vide. Du kérosène brûlait à la surface, dégageant une fumée noirâtre.

Lorsque les deux hélicoptères « Sea Stallion » du *Saratoga* arrivèrent sur la zone, il y avait encore un peu de fumée noire. Un des hélicos s'immobilisa au-dessus du crash et un homme-grenouille descendit au bout d'un câble pour recueillir la « Mae-West » vide. C'est vraiment tout ce qu'ils pouvaient faire… À court de carburant, les trois F. 14 reprirent le cap du porte-avions.

Le dernier des Mig 29 ne devait plus être loin de sa base de départ.

*

Malko vit le visage de Bryan Palmer se vider de son sang. En quelques secondes, il eut l'air d'un cadavre, bredouillant des obscénités d'une voix éteinte. Il serrait si fort le récepteur que ses jointures en étaient blanches.

— Ils ont abattu le VC 20 ! laissa-t-il tomber.

— Les Libyens ?

— Non. Les gens de chez nous.

— Quoi !

— Une putain d'erreur. Je ne comprends rien à leurs conneries de missiles. Khalifa est au fond de l'eau et ses papiers avec lui.

Il ne pensait même pas aux deux pilotes prêtés par l'Air Force ni à Ashraf. Après avoir raccroché violemment, il se prit la tête entre les mains. C'était à pleurer. Malko ressentait le même désarroi, revoyant le regard glacé d'Ashraf Khaled dans l'aéroport.

*

Le téléphone sonna dans la bibliothèque du château de Liezen où Malko était en train de lire le *Kurier* en dégustant un Dom Pérignon bien glacé. L'appel venait de l'ambassade des États-Unis à Tunis.

— Malko ?

C'était la voix rogomme de Bryan Palmer. Les deux hommes s'étaient quittés presque sans un mot, une semaine plus tôt, assommés par l'ampleur de la catastrophe.

— Comment allez-vous, Bryan ? demanda Malko.

— Comme un retraité, fit avec une pointe d'amertume le chef de station de la CIA à Tunis. Je viens de faire valoir mes droits à la retraite. Sous l'affectueuse pression de Langley, ajouta-t-il avec un ricanement discret. Enfin, ils sont corrects côté pognon.

« Je vais m'installer dans l'Arkansas et consacrer désormais mes efforts à la pêche à la truite. Si vous passez par là, un jour…

— Et Forrest Uhler ? demanda Malko.

— Ce salaud a eu le culot de m'appeler ce matin. Il quitte Tunis pour le New Jersey. Il va travailler au siège de sa compagnie pendant un an ou deux. Avec un très, très gros job.

Un ange passa, les ailes dégoulinantes de pétrole.

Malko demeura silencieux. Langley avait eu beau faire des pieds et des mains, la CIA n'était pas arrivée à obtenir une sanction contre Forrest Uhler. Légalement, il n'avait commis aucun délit. La tentative de coup d'État en Libye fomentée par la CIA n'avait pas d'existence légale. Forrest Uhler ne pouvait même pas être tenu pour juridiquement responsable de la perte du VC 20. Il n'y avait aucune preuve qu'il ait donné des informations « sensibles » aux Libyens. Le meurtre d'Aïcha Renahem resterait impuni, la police tunisienne n'ayant aucun élément pour commencer son enquête.

Arnold Angel était mort et même Malko ne savait pas lequel des deux hommes avait communiqué aux services libyens les coordonnées du vol du VC 20.

Ce n'était pas de sitôt que la CIA tenterait à nouveau une opération de déstabilisation contre la Libye.

Le colonel Kadhafi avait encore de beaux jours devant lui.

ABONNEMENTS — RÉABONNEMENTS
Tarifs valables jusqu'au 31/12/2015

Je souhaite commander les numéros suivants

☐ SAS N°...

frais de port (par vol = 2,94 €) **et remise 5 % inclus** dans ces tarifs
port Europe (par vol = 4,20 €)
Monde = 5,70 €

TOTAL =..€

PAIEMENT PAR CHÈQUE À
EDITIONS GÉRARD DE VILLIERS
15, CHEMIN DES COURTILLES
92600 ASNIÈRES

Nom:.................................Prénom.......................
Adresse..
....
Code postal................Ville...................................

SAS : Je souhaite recevoir
- les volumes cochés ci-dessous au prix de 7,50 € l'unité, soit :
N°...
.... livres à 7,50 € = ...€

+ frais de port = ...€

2015 - 1 livre : 2,94 € / 2 livres : 3,51 € / 3 livres : 4,56 € / 4 livres :
5,04 € / 5 livres : 5,89 € / 6 livres : 6,35 € / 7 livres et plus : 10 €

TOTAL .... (ajouter à TOTAL abonnements) .... = ...€

Contact : Philippe Kaniszay
editions-gerard-de-villiers@orange.fr
Tél. : 01 41 21 37 88

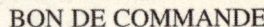

LA VENGEANCE DU KREMLIN

De Londres à Moscou en passant
par Tel Aviv, une traque impitoyable
pour déjouer les plans du Kremlin.

LES FOUS DE BENGHAZI

*Dans le libye à feu et à sang
une course mortelle contre la montre!*

GÉRARD DE VILLIERS

IGLA S

*De Moscou au Dagestan,
une course sanglante à la
recherche des missiles IGLA S!*

GÉRARD DE VILLIERS

PANIQUE À BAMAKO

*Qui stoppera les Islamistes
en route pour Bamako?*

GÉRARD DE VILLIERS

LE CHEMIN DE DAMAS [1]

*Il est torturé
et semé de cadavres!*

GÉRARD DE VILLIERS

...AMAS [2]

...m tue
...erpire!

...LIERS

SAUVE-QUI-PEUT À KABOUL [1]

*Mission Impossible:
assassiner le président Karzaï.
Malko a eu tort d'accepter*

GÉRARD DE VILLIERS

...KABOUL [2]

...à Kaboul.
...avorte
...des amis...

...LIERS

LE BEAU DANUBE ROUGE

*On valse à Vienne, mais
on tue aussi beaucoup!*

GÉRARD DE VILLIERS

LES FANTÔMES DE LOCKERBIE

*De Beyrouth à Tunis,
les fantômes de Lockerbie
tuent encore!*

GÉRARD DE VILLIERS

LA VENGEANCE DU KREMLIN

*De Londres à Moscou en passant
par Tel Aviv, une traque implacable
pour déjouer les plans du Kremlin.*

GÉRARD DE VILLIERS

GÉRARD DE VILLIERS
SAS à ISTANBUL
La première aventure du Prince Malko!
ESPIONNAGE
ÉDITION LIMITÉE

GÉRARD DE VILLIERS
SAS CONTRE C.I.A.
ESPIONNAGE
ÉDITION LIMITÉE

GÉRARD DE VILLIERS
OPÉRATION APOCALYPSE
ESPIONNAGE
SAS
ÉDITION LIMITÉE

GÉRARD DE VILLIERS
SAMBA POUR SAS
ESPIONNAGE
ÉDITION LIMITÉE

GÉRARD DE VILLIERS
SAS RENDEZ-VOUS À SAN FRANCISCO
ESPIONNAGE
ÉDITION LIMITÉE

GÉRARD DE VILLIERS
SAS LE DOSSIER KENNEDY
ESPIONNAGE
ÉDITION LIMITÉE

GÉRARD DE VILLIERS
SAS BROIE DU NOIR
ESPIONNAGE
ÉDITION LIMITÉE

GÉRARD DE VILLIERS
SAS AUX CARAÏBES
ESPIONNAGE
ÉDITION LIMITÉE

GÉRARD DE VILLIERS

SAS CONTRE C.I.A.

ESPIONNAGE

ÉDITION LIMITÉE

GÉRARD DE VILLIERS

OPÉRATION APOCALYPSE

ESPIONNAGE

SAS

ÉDITION LIMITÉE

GÉRARD DE VILLIERS

SAMBA
POUR
SAS

ESPIONNAGE

ÉDITION LIMITÉE

GÉRARD DE VILLIERS

SAS RENDEZ-VOUS À SAN FRANCISCO

ESPIONNAGE

ÉDITION LIMITÉE

GÉRARD DE VILLIERS

SAS
LE DOSSIER
KENNEDY

ESPIONNAGE

ÉDITION LIMITÉE

GÉRARD DE VILLIERS

SAS
BROIE DU NOIR

ESPIONNAGE

ÉDITION LIMITÉE

GÉRARD DE VILLIERS

SAS
AUX CARAÏBES

ESPIONNAGE

ÉDITION
LIMITÉE

Cet ouvrage a été imprimé en France par

à La Flèche (Sarthe), le 04-05-2015

Mise en pages : Firmin-Didot

ÉDITIONS GÉRARD DE VILLIERS

N° d'impression : 3010921
Dépôt légal : mai 2015
Imprimé en France